DUVETEUSE ET DÉLECTABLE

UNE ROMANCE DE PETITE VILLE AVEC UNE HÉROÏNE AUX COURBES VOLUPTUEUSES

GRANDE ET BELLE

TOME HUIT

MARY E THOMPSON

GRANDE ET BELLE

Soyez fières de vous. Aimez-vous. Ne doutez jamais de vous. Partez à la conquête du monde et déchirez tout, comme le font les femmes de *Grande et Belle*. Elles luttent, mais elles savent qui elles sont et ont des hommes qui leur rappellent chaque jour à quel point elles sont formidables.

~

LIVRE **8**

Duveteuse et Délectable

Pourquoi les distractions n'arrivent-elles jamais quand la vie est calme et sans histoire ?

30 jours. C'était tout ce qu'il me restait pour trouver une nouvelle boutique et un nouveau logement. Heureusement, l'endroit idéal était disponible, et j'allais l'avoir.

Ou pas.

Non seulement je n'ai pas eu la boutique que je voulais, mais une nouvelle boulangerie s'installait. Juste en face. Je n'avais nulle part où aller, et ce nouvel endroit s'apprêtait à me voler mes clients durement gagnés. Et je ne pouvais rien y faire.

Dire que j'étais frustrée était un euphémisme. La seule chose positive dans ma vie, c'était ma rencontre avec Max. Il était adorable, sexy, et il m'a fait oublier tous mes problèmes pendant un petit moment. Jusqu'à ce que je découvre qui il est vraiment, et où il va quand il me fausse compagnie.

À Jackie, mon inspiration de tous les instants, ma confidente et mon amie.

MON RÉVEIL A SONNÉ à 4 heures du matin, comme tous les jours. Mais ça n'avait pas vraiment d'importance, car j'étais déjà réveillée. J'avais eu deux mois pour décider de ce que j'allais faire de mon avenir, et j'avais enfin une réponse.

J'avais trouvé l'endroit idéal. Ça m'avait pris huit semaines, mais j'avais trouvé le lieu parfait où déménager. Enfin, assez parfait. Mon immeuble, celui où je vivais et travaillais à la fois, était vendu sous mon nez. J'allais être expulsée et il ne me restait plus qu'un mois pour trouver un nouvel endroit. La veille, j'avais fait une offre pour un local commercial dans une nouvelle galerie marchande qui ouvrait de l'autre côté de la rue.

C'était parfait. Une petite boutique, assez de place pour un immense comptoir, et de nombreuses places assises. Je songeais à agrandir Mords-moi !, ma pâtisserie, de toute façon, mais avec ce nouvel emplacement, ça allait devenir une réalité. Probablement une nécessité aussi, afin de compenser la différence de loyer. Le nouveau local n'avait pas de studio où je pouvais habiter, donc je devais aussi trouver un nouveau logement, mais cette partie ne m'inquiétait pas plus que ça.

— Merde, ai-je lâché alors que le réveil sonnait de nouveau, indiquant que j'avais somnolé neuf minutes de plus. Pour une personne normale, neuf minutes supplémentaires n'étaient rien, mais pour moi, ça représentait la différence entre cinq et six fournées de muffins. D'une tape ferme et d'un geste pour l'éteindre, je suis sortie du lit et je me suis précipitée sous la douche. J'ai attaché mes épais cheveux couleur chocolat et beurre de cacahuète pour éviter de les laver, espérant rattraper ces neuf minutes.

Propre et vêtue de ma tenue habituelle du petit matin, un pantalon de jogging et un t-shirt à manches longues, sans soutien-gorge parce que… eh bien, parce que je détestais les soutiens-gorge et qu'il n'y avait personne d'autre à cette heure-là de toute façon, je suis allée au travail. Ma poitrine de 110C a rebondi tandis que je dévalais les escaliers de mon appartement pour entrer dans la cuisine de Mords-moi ! J'ai allumé les lumières et j'ai souri pour moi-même. Dans le calme de la cuisine, je pouvais toujours sentir la présence de ma grand-mère. — Salut Mamie, ai-je dit, comme chaque matin. Bien sûr, le silence m'a répondu, mais ça me faisait du bien de lui dire bonjour.

Première chose à faire : préparer le café. Même si je ne dormais jamais plus de quelques heures, je buvais du café comme si ma vie en dépendait. Il y avait quelque chose dans l'acidité vive et amère d'une tasse de café noir et le goût doux et suave d'un muffin ou d'un petit gâteaux qui me faisait toujours sourire le matin.

Pendant que le café percolait, je me suis lavé les mains, j'ai noué un tablier autour de ma taille et j'ai mis mes robots en marche. Mes clients du matin venaient généralement pour les muffins, alors je commençais chaque journée avec quatre grosses fournées avant de passer aux petits gâteaux.

Farine, sucre, sel et levure chimique se sont mélangés dans le premier robot, suivis de l'huile végétale, des œufs et du lait. Pendant que la pâte aux myrtilles se formait, je suis passée à celle aux bananes et aux noix, travaillant les deux préparations simultanément avec une efficacité bien rodée. Une fois les myrtilles incorporées à la pâte à muffins, j'ai rempli les caissettes en papier et j'ai glissé la première fournée dans le four. Ceux à la banane et aux noix ont suivi de près ceux aux myrtilles, et j'ai commencé à respirer plus facilement, pensant que j'avais peut-être rattrapé mes neuf minutes.

Les étagères à l'arrière étaient peu garnies des quelques restes habituels de la veille. Je cuisinais des produits frais tous les jours, et c'était l'une des raisons pour lesquelles ma boutique était pleine de clients depuis deux ans et demi.

Les muffins étant au four, j'ai lavé les robots et j'ai recommencé avec de nouvelles fournées de muffins aux pépites de chocolat et ma spécialité des fêtes, les muffins à la menthe poivrée. Thanksgiving était derrière nous, et Noël approchait à grands pas, mes clients avaient envie de saveurs d'hiver.

Quant à moi… eh bien, j'aurais pu me passer de cette saison. Ne pas avoir de famille rendait les fêtes particulièrement difficiles. J'avais sept meilleures amies, mais elles étaient toutes en couple et n'avaient pas besoin que je m'incruste à leurs événements familiaux. De plus, j'étais une grande fille, au sens figuré comme au sens propre, et à 31 ans, je pouvais supporter quelques soirées seule.

Même si ces soirées solitaires me donnaient envie de dévorer une fournée entière de mes petits gâteaux au caramel au beurre salé.

Mes grosses fesses n'avaient pas besoin de ça.

Mais la pâtisserie comblait un vide en moi que je m'étais convaincue d'avoir rempli tant qu'il y avait un petit gâteaux, un muffin ou une nouvelle recette. Ce n'est que ces dernières années, en regardant mes amies trouver l'amour, que j'ai commencé à me permettre de croire que je pouvais l'avoir moi aussi. Je sortais beaucoup, mes amies me qualifiaient souvent de romantique, mais j'avais du mal à croire qu'un homme voudrait un jour s'installer avec moi.

Et s'il le voulait, je n'étais pas sûre d'en avoir le temps de toute façon.

En grandissant, j'avais toujours été en surpoids. Ma grand-mère disait que j'étais « duveteuse », probablement parce qu'elle l'était aussi. Elle me disait : « On est duveteuse, comme un petit gâteaux parfait. N'aie jamais honte de ça. » Quand j'étais petite, je la croyais. Je pensais que j'étais spéciale parce que je ne ressemblais pas aux autres filles, les minces qui avaient des cheveux parfaits et pas de formes. Une fois arrivée au collège, j'ai commencé à réaliser qu'être différente n'était pas quelque chose à chérir, mais quelque chose à changer.

La cuisine de ma grand-mère était mon endroit préféré au monde. Après l'école, on y passait des heures à dissiper mes chagrins en pâtissant, à pleurer dans la pâte à petits gâteaux à cause des garçons qui ne m'aimaient pas ou des filles qui ne voulaient pas être mes amies. J'essayais de ne pas m'en soucier, d'être simplement moi-même, ma petite personne rondelette, mais les autres élèves ne l'entendaient pas de cette oreille. J'ai enduré des moqueries quasi incessantes jusqu'à ce que j'obtienne mon diplôme de fin d'études secondaires avec un an d'avance et que je m'inscrive à l'université en tant qu'étudiante externe.

L'université a été un peu différente. Je me suis concentrée sur mes cours et je n'étais pas sur le campus pour me mêler aux autres étudiants. Ça signifiait que j'avais très peu d'amis, mais ça signifiait aussi que j'étais libérée du harcèlement. J'ai adoré mes années universitaires parce que j'étudiais le commerce. Il n'a jamais été question de savoir si j'ouvrirais une pâtisserie un jour, mais j'étais impatiente d'apprendre tout ce que je pouvais sur la gestion d'une entreprise, puisque je savais déjà comment faire de la pâtisserie.

J'étais au paradis. Jusqu'à ce que mon monde entier s'effondre.

Mais rien de tout ça n'avait d'importance maintenant. Ma vie, c'était Mords-moi !, et j'étais prête à tout pour la sauver. Trouver un homme était la dernière de mes préoccupations alors que je me battais pour sauver mon bébé, mon cœur. Mords-moi ! était la seule chose que j'avais, la chose qui me rappelait le plus ma mamie, et je n'allais pas rester les bras croisés à la regarder s'effondrer autour de moi comme un petit gâteaux trop sec.

Je ne faisais pas de petits gâteaux secs.

À six heures, la cuisine sentait divinement bon et j'en étais à la cuisson des petits gâteaux pour mes clients de l'après-midi. Les petits gâteaux étaient mon produit phare, et ce sur quoi j'avais bâti mon commerce. J'avais cédé et ajouté des muffins un an plus tôt lorsque les clients avaient commencé à en réclamer. Je n'avais jamais eu l'envie de me diversifier dans les gâteaux, les brownies ou les pains, mais les muffins étaient une extension facile. Et j'avais toujours adoré les muffins. Presque autant que les petits gâteaux.

Les muffins ayant refroidi, je suis allée à l'avant avec un plateau chargé pour garnir la vitrine. J'ai allumé toutes les lumières alors que le chasse-neige passait devant ma fenêtre pour déblayer les soixante centimètres de neige accumulée. J'ai souri en glissant le premier plateau en place et je suis retournée à la cuisine pour le suivant.

J'adorais la neige. L'hiver était ma saison préférée. Non seulement j'avais une « silhouette d'hiver » plutôt qu'une silhouette d'été, mais j'adorais pouvoir me blottir devant un feu avec une tasse de café et un petit gâteaux sucré.

Parfois, je fantasmais sur la présence d'un homme à mes côtés, mais même une romantique comme moi ne pouvait pas en faire apparaître un par magie. Une fois que j'aurais installé Mords-moi ! dans son nouveau local, je pourrais à nouveau me préoccuper de trouver un homme.

Ou commencer une collection de chats pour me tenir chaud près de ma cheminée imaginaire.

Les vitrines étant pleines, j'ai essuyé toutes les tables à l'avant, éteint les lumières et vérifié les petits gâteaux. Je me suis versé une tasse de café bien chaude, extra-large, et j'ai lentement déballé le muffin aux pépites de chocolat que je m'étais gardé.

Il était encore chaud au milieu quand je l'ai brisé en deux. J'ai humé l'odeur sucrée du chocolat et j'ai fermé les yeux, repensant à la première fois où j'avais fait ces muffins.

Ça avait été une journée particulièrement mauvaise à l'école. Le garçon mignon qui me plaisait m'avait souri dans le couloir, et j'avais finalement trouvé le courage de lui parler. À la cafétéria, je me suis approchée de sa table et j'ai courageusement demandé si je pouvais me joindre à lui. Il m'a regardée comme s'il ne m'avait jamais vue auparavant et m'a demandé : — Pourquoi ?

Je ne savais pas trop quoi dire. Il n'avait pas l'air d'être méchant, mais il n'arrivait pas à imaginer pourquoi je voulais m'asseoir avec lui.

— Hum, tu m'as souri aujourd'hui et j'ai pensé que peut-être je te plaisais.

J'étais une gamine maladroite. Ça allait de pair quand on était élevée par une grand-mère qui vous faisait croire que tout le monde était gentil et merveilleux. Elle m'avait aussi appris à toujours dire ce que je pensais et à dire la vérité.

J'ai appris une douloureuse leçon quand le garçon, dont j'avais oublié le nom des années plus tard, a dit : — Je ne t'ai pas souri à toi. Je regardais la fille derrière toi. La bombe.

Mon visage s'est décomposé, et je me suis sentie si stupide que je n'ai même pas répondu. J'ai simplement tourné les talons et je suis sortie de l'école. Quand je suis rentrée à la maison, des heures plus tôt que prévu, j'avais encore des larmes qui coulaient sur mes joues. Mamie n'était pas en colère, elle a juste enroulé ses bras autour de moi, son odeur de vanille m'enveloppant, et elle a dit qu'il était temps de préparer quelque chose de spécial.

Chaque fois que nous faisions de la pâtisserie, nous faisions toujours des petits gâteaux, alors quand nous avons ajouté des pépites de chocolat à la pâte, j'ai été déconcertée. Mamie m'a expliqué que parfois, on avait besoin de quelque chose qu'on pouvait tremper.

Au moment où nous avons sorti les muffins du four, j'avais complètement oublié ce garçon stupide et j'avais décidé de tenir bon jusqu'à la fin du lycée pour pouvoir en sortir plus tôt. Mamie était de mon côté, comme d'habitude, et je savais que je faisais le bon choix.

Les muffins étaient parfaits et nous les avons trempés dans le café frais que Mamie avait préparé cet après-midi-là. C'était la première fois que je buvais du café et la première fois que je faisais des muffins. Mamie avait transformé ce qui avait commencé comme ma pire journée de lycée en un excellent souvenir et en quelque chose qui a suscité l'expansion de mon commerce.

Perdue dans mes souvenirs, j'ai sursauté lorsque la porte d'entrée a fait du bruit. Il faisait encore sombre dehors, bien que le jour menaçait de percer. Au bruit a succédé un coup. J'ai posé mon café et j'ai regardé autour de moi, me demandant si j'avais quelque chose que je pourrais utiliser comme arme.

Décidant que je n'avais rien qui puisse m'aider, j'ai jeté un coup d'œil par la fenêtre de la porte entre l'arrière et l'avant de ma boutique. Le chasse-neige était garé devant et une grande silhouette protégeait ses yeux du soleil pour regarder à l'intérieur de mon magasin.

Il n'avait pas l'air d'une menace, alors je suis passée à l'avant et je me suis dirigée vers la porte. Il a levé la main pour me saluer et j'ai répondu à son geste. — Je peux vous aider ?

— J'ai vu votre lumière allumée il y a quelques minutes. Vous auriez du café, par hasard ?

J'ai réfléchi à sa demande. La bonne personne en moi voulait simplement ouvrir la porte et lui donner une tasse de café. La femme d'affaires en moi voulait lui dire de revenir dans une heure, à l'ouverture. La femme en moi voulait se rapprocher de ce type à l'allure robuste qui se tenait devant ma porte dans un froid glacial.

La femme d'affaires a perdu la bataille. J'ai déverrouillé la porte et je l'ai ouverte pour qu'il puisse entrer. Il était grand, d'environ quinze centimètres de plus que mon mètre soixante-dix-huit. Son sourire a été la première chose que j'ai remarquée chez lui, après sa taille. Il affichait le sourire de la personne la plus heureuse du monde. Il a levé une main gantée à sa tête et a retiré son bonnet en polaire noir pour révéler des cheveux couleur café. Ses yeux pétillants, assortis à la riche couleur café de ses cheveux, brillaient tandis qu'il me souriait.

Un jean tombait bas sur ses hanches et sa veste de ski, laissée ouverte, révélait un t-shirt moulant qui montrait à quel point il était bâti. Je n'avais pas vu un homme aussi séduisant depuis longtemps. Enfin, à l'exception des beaux gosses que toutes mes amies avaient épousés. Mais ce type, il a éveillé quelque chose en moi que les autres n'avaient jamais provoqué. Quelque chose à quoi je n'étais pas préparée. Quelque chose pour lequel je n'avais pas le temps.

— J'apprécie vraiment que vous me laissiez entrer.

— Vous conduisez le chasse-neige ? ai-je demandé, me

sentant immédiatement idiote. Bien sûr que oui, pourquoi d'autre serait-il garé devant Mords-moi ! ?

— Oui, j'ai obtenu le contrat cette année. Je n'ai pas vérifié la météo hier soir, alors je me suis dépêché de venir ce matin pour déblayer le parking. Je n'ai pas eu le temps de préparer mon café et je suis déjà à plat.

Je me suis mordu la lèvre et je l'ai de nouveau examiné, essayant de décider si je pouvais lui faire confiance. Son chasse-neige avait l'air tout à fait légitime et le parking était dégagé, alors je me suis dit que le moins que je pouvais faire était de lui donner une tasse de café.

— Donnez-moi une minute. Je n'ouvre que dans une heure, donc le seul café que j'ai est celui que je garde à l'arrière.

Il a hoché la tête et j'ai disparu dans la cuisine. J'ai pris un gobelet à emporter et je l'ai rempli avec le reste du café de ma cafetière. Mon café et mon muffin m'ont appelée au passage, mais je me suis forcée à les ignorer et à apporter le café au conducteur du chasse-neige.

Son nez était pratiquement collé à la vitrine quand je suis revenue. Je me suis éclairci la gorge et il s'est redressé en me souriant d'un air penaud. Bon sang, pouvait-il être plus mignon ?

— Ça sent délicieusement bon ici. Vous avez fait tout ça ce matin ?

J'ai hoché la tête en contemplant la vitrine. J'étais fière de mon travail et j'adorais ma boutique. Arriver à ce point avait été un défi, mais je savais que j'étais douée. Le fait que j'adorais ce que je faisais aidait aussi.

— J'ai préparé la plupart des muffins ce matin et je commence les petits gâteaux. La plupart de mes clients viennent pour les petits gâteaux, mais j'ai une clientèle fidèle pour le petit-déjeuner qui adore mes muffins.

— Je vois bien pourquoi, a-t-il murmuré, ses yeux me parcourant.

Mon corps a été parcouru de picotements et j'ai commencé à transpirer. C'est à ce moment-là, bien sûr, que je me suis souvenue de ce que je portais. Eh oui, toujours en pantalon de jogging et en t-shirt. Sans soutien-gorge.

Je voulais croire que mon tablier couvrait suffisamment, mais il n'y avait rien à faire pour cacher mes seins.

Ou le fait qu'ils appréciaient mon invité.

J'ai croisé les bras sur ma poitrine et je me suis forcée à le regarder dans les yeux. — Vous prenez quelque chose dans votre café ?

Il a baissé les yeux vers le gobelet rose qu'il tenait à la main, avec l'inscription Mords-moi ! sur le côté, et il a gloussé. — Mignon. J'aime bien. Et non, je bois mon café noir. Mais si vous êtes d'accord, j'adorerais un de ces muffins aux pépites de chocolat. C'est mon péché mignon.

Je me suis sentie incapable de résister à son sourire. J'ai glissé deux muffins dans un sac rose, également avec Mords-moi ! sur le devant, et je le lui ai tendu.

— Merci. Vraiment. Je vous dois combien ?

— Ne vous en faites pas.

— Je ne peux pas. Vous avez un commerce à faire tourner.

J'ai haussé les épaules. — Oui, mais si vous défoncez ma vitrine parce que vous vous endormez au volant, ça me coûtera bien plus cher que quelques muffins et une tasse de café.

Il a ri, un son profond et grondant qui a étiré un sourire sur mes lèvres. — C'est très vrai, a-t-il lancé. — Dans ce cas, je vais vous laisser. J'apprécie énormément le café et les muffins. Et le plaisir de votre compagnie pendant quelques minutes. Au fait, je suis Max Sullivan.

Il a tendu la main et j'ai glissé la mienne dans la sienne,

des picotements se propageant dans mon bras, faisant durcir mes tétons. — Enchantée de vous rencontrer, Max. Je suis Charlotte Black.

— Charlotte, a-t-il dit, presque pour lui-même. — Un beau prénom pour une belle femme. Max a remis son bonnet sur sa tête et a pris son café et ses muffins. — Passez une bonne journée, Charlotte Black.

Puis il est parti.

2

J'AI REFERMÉ la porte d'entrée à clé et je suis allée à l'arrière pour finir mon petit-déjeuner. Mon café et mon muffin étaient tous les deux froids, alors je les ai passés au micro-ondes, puis je me suis réinstallée dans mon fauteuil. J'ai essayé de chasser Max de mes pensées, mais il s'y est accroché. Rêvasser était dangereux dans mon travail, alors je me suis répété ce que je savais déjà : je n'avais pas de temps pour un homme.

Aussi délicieux soit-il.

Une fois mon petit-déjeuner bien calé dans mon estomac, j'ai couru à l'étage et je me suis changée pour la journée. J'ai boutonné mon jean, attrapé un t-shirt Mords-moi ! dans mon placard, puis j'ai renoué mon tablier, avec mes seins bien calés dans un soutien-gorge cette fois.

En bas, j'ai préparé une cafetière à l'avant de la boutique et j'ai disposé la crème et le sucre sur une table près du bout du comptoir. Je proposais une variété de crèmes aromatisées et plusieurs sortes de sucre, même si je n'arrivais pas à comprendre comment les gens pouvaient utiliser ces alternatives si mauvaises pour la santé.

À qui voulais-je faire croire ça ? Je carburais au café noir et je mangeais des petits gâteaux ou des muffins au petit-déjeuner, au déjeuner et au dîner. J'étais mal placée pour parler de santé.

Ma dernière fournée de petits gâteaux est sortie du four et je l'ai mise de côté à refroidir avec les trois autres fournées qui attendaient déjà leur glaçage. Je savais que je n'aurais pas le temps de les glacer avant d'ouvrir, mais j'avais quelques minutes pour consulter mes e-mails. Mon agente immobilière, Elizabeth, devait me contacter au sujet de la propriété dès qu'elle aurait des nouvelles. Non pas que je m'attendais à un e-mail de sa part si tôt, mais je pouvais toujours rêver.

J'ai rangé mon iPad après avoir vidé ma boîte de réception, j'ai déverrouillé la porte d'entrée pour la deuxième fois de la journée et j'ai souri lorsque le carillon au-dessus a tinté dès que je suis passée derrière le comptoir.

— Bonjour, ai-je lancé d'un ton joyeux à mes premiers clients de la journée. Bienvenue chez Mords-moi ! Faites-moi signe quand vous serez prêts.

LES QUELQUES HEURES suivantes sont passées rapidement pour moi. J'avais toujours deux ou trois heures chargées juste après l'ouverture et j'adorais ça. Mes clients étaient géniaux. Tout le monde a fait une remarque sur la neige, quelques-uns en râlant, mais étant à Winterville, dans l'État de New York… eh bien, la neige était pratiquement une obligation contractuelle.

Une fois mon coup de feu du matin calmé, je suis retournée à la cuisine et j'ai commencé à glacer les petits gâteaux en attente. C'était mardi et mes amies allaient venir pour notre soirée filles hebdomadaire. Au fil des ans, notre groupe avait changé. Je ne faisais pas partie du groupe d'origine de Mandy, Sam, Addi et Claire. Les quatre étaient allées à l'université ensemble et se voyaient chaque semaine depuis des années après leurs études. Mandy a rencontré Xander et, une semaine où ils se disputaient, elle a eu besoin d'un nouveau lieu pour leurs rassemblements hebdomadaires et elles sont arrivées chez Mords-moi ! Et n'en sont jamais reparties.

Je les ai tout de suite aimées toutes les quatre, mais il a fallu quelques mois avant que je fasse partie du groupe. Ma meilleure amie, Lexi, et moi avons commencé à traîner avec elles à peu près au moment où Claire s'est mariée. Environ un an plus tard, Sam a rencontré Riley et avec Riley est venue Carrie.

Ces sept femmes étaient devenues une famille pour moi. Lexi et moi nous étions rapprochées pendant nos études supérieures, et elle m'a aidée à me convaincre de lancer Mords-moi ! et c'est après une bouteille de vin de trop que nous avons trouvé le nom. Élargir notre petit duo à huit a apporté une plénitude à ma vie que je n'avais jamais connue.

Je m'assurais toujours d'avoir les petits gâteaux préférés de mes amies, tout frais et prêts pour nos soirées du mardi. C'était une lutte pour qu'elles me paient, mais elles insistaient toutes. Parfois, je me demandais si mon commerce n'était pas principalement soutenu par mes amies.

Presque.

Mes vitrines étaient à moitié remplies à l'heure du déjeuner. J'ai essuyé mes mains sur mon tablier et j'ai expiré avec un grand sourire. La matinée avait été bonne. Une fois le coup de feu du midi passé, je pourrais faire une pause. Certains jours, mon déjeuner se composait de quelques petits gâteaux. Ce n'était pas l'option la plus saine, mais c'était délicieux.

Même si mon après-midi serait calme jusqu'à ce que les gens sortent du travail, je n'aimais pas laisser la boutique sans surveillance. Comme je m'étais réveillée tard ce matin-là, mon déjeuner n'était pas prêt, mais manger des petits gâteaux n'avait rien d'une corvée.

Alors que le coup de feu du midi commençait à se calmer, je ne pouvais nier à quel point j'avais faim. Il ne restait plus qu'un seul muffin aux myrtilles et il m'appelait.

Le carillon au-dessus de la porte a tinté et un homme grand et mince, vêtu d'un sweat-shirt Soup's On, est entré. Mon estomac a immédiatement gargouillé, souhaitant avoir un bol de soupe chaude pour le déjeuner, mais sachant que je ne pouvais pas quitter Mords-moi ! J'ai souri à l'homme et j'ai demandé : — Puis-je vous aider ?

— Oui, je cherche Charlotte.

Perplexe, je l'ai examiné. Prudemment, j'ai répondu : — C'est moi, Charlotte.

Personne ne m'appelle Charlotte. Les gens qui me connaissent m'appellent Charlie, ou Charles. J'ai senti ma colonne vertébrale se raidir et la peur s'est logée dans ma gorge. La dernière fois que j'avais reçu une visite inattendue de quelqu'un qui m'appelait Charlotte, c'était quand ma grand-mère était morte.

— Alors c'est pour vous. Bon appétit, a-t-il dit en me tendant un grand sac blanc avec Soup's On écrit dessus.

— Attendez, qu'est-ce que c'est ? ai-je lancé alors qu'il se dirigeait vers la porte.

— Le déjeuner. Il y a un mot dans le sac.

Il m'a souri avant de franchir la porte et de se précipiter vers sa voiture sur le parking. Je l'ai regardé comme si tout cela n'était qu'une sorte de blague et je me suis demandé ce qui se passait.

Puis j'ai réalisé à quel point ça sentait bon.

J'ai emporté le sac dans la cuisine et je l'ai ouvert. Une feuille de papier se trouvait à l'intérieur, comme l'homme l'avait dit. En la dépliant, j'ai vu une écriture que je ne reconnaissais pas.

> *Charlotte,*
>
> *Merci encore pour le café et les muffins ce matin. Comme tu ne voulais pas me laisser te payer, je me suis dit que je pouvais au moins t'envoyer le déjeuner. Ne sachant pas ce que tu aimais, j'ai inclus leurs quatre soupes les plus populaires, ainsi que ma préférée. J'espère qu'au moins une d'elles te plaira.*
>
> *Ce fut un plaisir de faire ta connaissance ce matin.*
>
> *Max*

Je n'ai pas pu retenir le sourire qui s'est dessiné sur mon visage. Je n'avais pas le temps de m'impliquer avec qui que ce soit, mais il était adorable. Et j'avais faim.

Le sac contenait de la soupe à l'oignon gratinée, du velouté de brocoli au fromage, du chili, de la soupe à la pomme de terre au four et du minestrone. Ça sentait si bon que j'en avais l'eau à la bouche. N'arrivant pas à décider laquelle je voulais manger, je les ai toutes ouvertes et j'ai alterné les bouchées entre chaque bol, grignotant également les mini-pains au levain. Chaque bouchée était plus délicieuse que la précédente.

Je suis parvenue à m'arracher à mon festin quand le carillon au-dessus de la porte a sonné. J'ai souri en voyant Lexi entrer, vêtue de son uniforme de travail bleu de la tête aux pieds. — Salut, Lex, qu'est-ce que tu fais là ?

J'avais toujours été un peu jalouse de Lexi. Lorsque nous

nous sommes rencontrées dans notre cours de commerce, nous avions été mises en binôme pour un travail de groupe. Au cours du semestre, nous avions réalisé à quel point nous avions de choses en commun et nous avions commencé à nous voir aussi en dehors des cours. Lexi était une de ces femmes discrètes. Elle avait l'air parfaitement ordinaire, mais sous cette carapace de surpoids se cachait une femme qui ne faisait pas de quartier et qui était devenue cheffe de bâtiment chez EAAC Pigments au début de la trentaine.

Ses cheveux blonds mi-longs et ses yeux d'un bleu éclatant étaient trompeurs. Elle avait l'air sage et douce jusqu'à ce qu'elle ouvre la bouche et vous remette à votre place. Lexi était une battante au travail et cette assurance a attiré son merveilleux mari, Mike.

Elle était aussi la seule personne qui aurait eu la confiance nécessaire pour me mettre au défi de poursuivre mes rêves.

— Je devais aller chercher des fournitures pour notre événement de fin de semaine. J'ai un autre kaizen dans mon bâtiment et j'essaie d'aider le responsable Lean. J'espérais aussi pouvoir te convaincre d'ouvrir plus tôt pour que je puisse prendre du café et des muffins pour commencer la réunion.

J'ai agité la main d'un air dédaigneux. — Tu sais bien que j'ouvrirai toujours pour toi. Si j'ouvre pour le gars du chasse-neige, je vais bien ouvrir pour ma meilleure amie.

Dès que les mots sont sortis, j'ai su que j'allais regretter de l'avoir admis. Lexi était devenue un véritable requin depuis qu'elle et Mike s'étaient mariés, cherchant constamment à me caser. Je n'arrêtais pas de lui dire que je n'étais pas intéressée par une relation, mais elle pensait que c'était juste quelque chose que je disais parce que je n'avais pas trouvé le bon.

C'était en partie vrai, mais je détestais aussi les rendez-vous arrangés. J'étais parfaitement capable de trouver mes propres rencards.

— Quel déneigeur ? a demandé Lexi en haussant les sourcils d'un air malicieux.

J'ai levé les yeux au ciel… parce qu'elle le méritait bien. — Le type qui déneige le parking est passé ce matin quand il a eu fini. Il a dit qu'il avait oublié son café. Il a vu que les lumières étaient allumées, et j'ai eu pitié de lui.

— Il est mignon ?

J'ai haussé les épaules et je me suis détournée, m'occupant à aligner les petits gâteaux et les muffins parfaitement rangés. La chaleur m'est montée au cou et je savais que Lexi le remarquerait. Elle ne ratait jamais rien.

— Ooh, il est mignon. Il te plaît, c'est sûr !

— Non, pas du tout. Il est mignon. Il était gentil. Ça ne veut pas dire qu'il me plaît.

Lexi a pris son temps pour m'évaluer, et je voyais bien qu'elle essayait de comprendre quelque chose. Connaissant Lexi, elle finirait par avoir raison, mais je n'avais pas envie de l'entendre. Quoi qu'elle s'apprête à dire, je n'étais pas prête à l'encaisser.

— Lex, n'y pense plus. J'ai trop de choses à gérer avec le déménagement de toute ma vie. Je n'ai pas de temps pour un homme. Sujet suivant. Quels muffins est-ce que tu veux et combien ?

Lexi a pincé les lèvres et j'ai bien vu qu'elle voulait ajouter quelque chose. Heureusement, elle a laissé tomber le sujet. — On sera 17 dans le groupe. Je pensais à trois douzaines de muffins et autant de café que nécessaire. Est-ce que je pourrais passer chercher ça vers six heures ?

J'ai hoché la tête en notant tout. — Pas de problème. Pour les parfums ?

Lexi a haussé les épaules. — Comme tu le sens. Je dirais

un assortiment. Tu sauras mieux ce que les gens vont aimer. Tu sais que je voudrai des myrtilles.

— Yep, je vais mettre myrtille, banane-noix, pépites de chocolat, et quelques-uns au bacon et aux œufs. Surtout des hommes ?

Lexi a hoché la tête et a montré du doigt un petit gâteaux à la mousse au chocolat. Je le lui ai tendu. — Ouais, 14 hommes, trois femmes.

— Ça marche. Je m'en occuperai en premier. Tu viens ce soir ?

Lexi a pris une bouchée de son petit gâteaux et a gémi. — Trop bon, a-t-elle marmonné. — Ouais, je serai là tout à l'heure. Il faut que je retourne au boulot. Je t'aime, ma belle.

— Moi aussi je t'aime, ai-je répondu en lui faisant un signe de la main. Lexi est sortie, la moitié de son petit gâteaux déjà avalée. Je suis retournée à mon déjeuner en souriant, contente d'avoir tenu ma langue à propos de ma livraison spéciale. Elle ne m'aurait jamais lâchée si j'avais laissé échapper ça.

MON TÉLÉPHONE A SONNÉ TARD dans l'après-midi. C'était l'agente immobilière avec qui je travaillais, Elizabeth. J'ai essuyé mes mains couvertes de glaçage sur mon tablier et j'ai répondu à l'appel avant qu'il ne bascule sur la messagerie vocale.

— Bonjour, Elizabeth. Comment allez-vous ?

— Bonjour, Charlie. J'ai des nouvelles pour vous, mais je ne pense pas que ça va vous plaire.

Mon estomac s'est noué. Elle n'a pas eu besoin d'en dire plus. — Savez-vous qui a eu le local ?

— Non. Ils n'ont rien voulu me dire. L'agente en charge de l'annonce m'a appelée ce matin. Elle a dit qu'ils avaient bien reçu notre dossier, mais que le propriétaire de l'immeuble avait déjà signé un bail avec quelqu'un d'autre. On l'a manqué de peu. Je suis désolée.

— Ce n'est pas votre faute, Elizabeth. Mais il faut que je trouve autre chose. Cet endroit était parfait. Enfin, presque parfait.

— Je sais. J'ai quelques autres annonces qu'on peut aller voir. Aucune avec un appartement attenant, mais elles pourraient quand même vous convenir. Peut-on se voir demain pour les visiter ?

— Oui, absolument. J'ai une fête d'anniversaire le deuxième week-end de janvier et il me faut absolument une cuisine pour honorer la commande. Sans compter que j'ai besoin d'un endroit où vivre.

— Je sais, Charlie. On va trouver quelque chose. Je vous vois demain après-midi.

J'ai remercié Elizabeth et j'ai raccroché. Je n'avais aucune idée de ce que j'allais faire, mais je n'allais pas baisser les bras. Quelque chose allait se produire qui ferait que tout s'arrangerait. Il le fallait bien.

Heureusement, le reste de mon après-midi a été calme, bien que rempli de petits gâteaux et de glaçage. Kendall, la lycéenne qui travaillait à temps partiel pour moi, est arrivée vers quatre heures et s'est occupée des clients à l'avant pendant que je cuisais et glaçais tout ce qui me tombait sous la main.

Juste avant six heures, je suis montée en vitesse pour prendre une douche et manger encore de la soupe pour le dîner. Elle était si bonne que je n'ai pas pu y résister à nouveau. J'étais impatiente que notre soirée entre filles commence. Au fil des ans, notre groupe avait grandi et changé. Comme toutes les autres étaient mariées, il arrivait souvent qu'un ou plusieurs des hommes se joignent à nous. Étant donné que c'était la dernière semaine de Mandy avant son congé maternité, tous les hommes restaient à la maison.

En jean propre et en pull vert, j'ai séché mes cheveux couleur beurre de cacahuète et j'ai mis une touche de gloss. Je savais qu'Addi serait déjà en bas, alors je me suis dépêchée pour m'asseoir un peu avec elle. Addi était celle que j'avais connue en premier. Elle était adorable et un peu coquine, mais cela venait probablement du fait qu'elle enseignait à des lycéens. Il n'y avait pas une fois où je ne riais pas de quelque chose qu'Addi disait avant même que les autres n'arrivent.

Addi était à ce qui était devenu 'notre table' dans le coin au fond quand je suis sortie de la cuisine. Devant elle se trouvaient une assiette avec un petit gâteaux et demi et une tasse qui, je le savais, contenait un moka. Quand j'avais aménagé l'endroit à l'origine, j'avais des tables de deux et quatre personnes dispersées dans le petit espace à l'avant. Le bar au bout de la vitrine avait des tabourets pour les gens qui voulaient s'y asseoir, dont beaucoup aimaient me parler comme si j'étais une barmaid. En tout, je pouvais faire asseoir une vingtaine de personnes à l'intérieur. Quand il faisait beau, j'ajoutais aussi quelques tables dehors pour une terrasse sur le trottoir.

Quand Addi, Sam, Mandy et Claire ont commencé à venir à Mords-moi !, elles s'asseyaient toujours à la même table. Il n'a pas fallu longtemps pour qu'elles tirent des chaises supplémentaires ou poussent des tables ensemble. Quand Lexi et moi avons commencé à les rejoindre régulièrement, on était déjà huit si Xander et Aidan se joignaient à nous. Je m'étais assurée de pousser deux tables l'une contre l'autre au fond de la salle pour qu'on puisse tous s'asseoir ensemble sans déranger les autres clients.

Au moment où notre groupe a atteint 17 personnes, on

occupait toute la salle intérieure, ne laissant que quelques tabourets de bar. J'avais commencé à envisager de déménager dans un nouvel endroit avec plus d'espace avant de recevoir mon avis d'expulsion. La plupart du temps, les clients prenaient leurs petits gâteaux et partaient, mais de temps en temps, j'en surprenais certains qui lorgnaient les tables et avaient l'air déçus de ne pas en trouver une de libre un mardi soir.

Je me suis laissée tomber sur une chaise à côté d'Addi et je lui ai fait un câlin rapide. — Comment était le boulot ?

— Pff, a grogné Addi. — C'est quand, les vacances d'hiver ? Mes classes me rendent folle cette année. Je jure que certains de ces gamins pensent que je ne suis là que pour les divertir.

— Ils sont méchants ? Mes premières pensées sont toujours revenues aux horribles gamins avec qui j'étais au lycée. Je savais qu'Addi était ronde au lycée aussi, mais elle ne semblait pas avoir la même angoisse que moi. Dieu sait que je ne retournerais jamais de mon plein gré au lycée tous les jours pour le reste de ma vie.

— Non, ils ne sont pas méchants, juste farceurs. Quelqu'un a ramené une boule de neige aujourd'hui et l'a laissée sur ma chaise. Quand je me suis assise, elle avait fondu, donc j'ai eu l'air de m'être pissé dessus tout l'après-midi.

J'ai lutté pour ne pas rire. — Tu te moques de moi.

Addi a reniflé. — J'aimerais bien. Ces petits merdeux ont trouvé ça hilarant. Mon string a gelé dans la raie de mes fesses et j'ai failli me pisser dessus là, sur le coup. Je peux maintenant compatir avec ce que Mandy va vivre dans quelques semaines. Il va falloir que je la prévienne de rester à la maison pour que sa poche des eaux ne se perce pas au milieu d'un magasin ou quelque chose comme ça.

J'ai ri et Addi m'a rejointe, nous imaginant toutes les deux Mandy avec le pantalon trempé, essayant de cacher ce qui se passait. Mandy était merveilleuse, mais elle était vite gênée. Elle serait mortifiée.

Carrie et Riley sont arrivées ensuite. Elles ont pris place de l'autre côté d'Addi et se sont jointes à notre conversation. Carrie était mariée à l'associé du mari de Mandy, Drew. Ils s'étaient rencontrés à la soirée de lancement et Mandy avait trouvé un poste d'assistante à Carrie. Ce que Carrie a découvert après qu'ils se sont pelotés dans son bureau, ne sachant ni l'un ni l'autre qui était l'autre. Riley était notre puits de science résident. Elle possédait une librairie indépendante en ville, READ, et semblait avoir lu à peu près tout ce qui existait. Sa moitié était Connor, un mec super canon qui devenait accro aux romans de fantasy comme Riley.

Fantasy au sens mondes fictifs et créatures. Pensez Tolkien et Le Seigneur des Anneaux. Pas le genre de fantasy de Cinquante Nuances de Grey. Même si j'étais sûre que Riley les avait lus aussi.

Pendant que nous parlions, les autres sont arrivées et nous ont rejointes. J'aurais dû savoir que quelque chose se tramait quand Lexi m'a fait un clin d'œil, mais j'ai été lente à la détente. Il ne m'a pas traversé l'esprit que quelque chose clochait jusqu'à ce qu'elle lance, narquoise : — Charlie a rencontré un mec ce matin.

3

J'ai levé les yeux au ciel en grognant. J'aurais dû m'en douter. Lexi et Mike étaient ensemble depuis plus longtemps que tous les autres, car ils avaient été sex-friends avant d'admettre qu'ils étaient amoureux. Lexi était devenue la plus grande fervente de l'amour après l'avoir trouvé.

En avouant que j'avais rencontré quelqu'un, j'avais mis Lexi à mes trousses comme un limier. Je ne sais pas pourquoi je ne l'avais pas remarqué plus tôt.

Les voir toutes y mettre leur grain de sel n'allait qu'empirer ma journée. J'avais déjà passé l'après-midi à penser à Max, mais ça, je n'allais pas le leur dire. Tout en pâtissant, je me demandais quels parfums de petits gâteaux il pourrait aimer et s'il allait revenir. En mangeant ma soupe pour le dîner, j'imaginais la partager avec lui ou, encore mieux, partager mon lit avec lui.

J'en étais venue à la conclusion que ça faisait beaucoup, beaucoup trop longtemps que je n'avais partagé mon lit avec personne. Ces deux derniers mois, je m'étais uniquement concentrée sur le sauvetage de mon commerce, mais même avant ça, je n'étais pas sortie avec quelqu'un de prometteur depuis un bon moment. C'était assez déprimant.

— Charlie, arrête de nous faire languir. On veut tout savoir sur lui, a déclaré Addi au nom du groupe.

J'ai regardé son visage excité et curieux, le même qui se reflétait sur celui de nos autres amies, et je me suis demandé pourquoi j'avais pris la peine de dire quoi que ce soit à Lexi.

— Lexi en fait toute une histoire. Il n'y a rien à dire. Il déneige le parking et il est passé ce matin parce qu'il avait besoin d'un café. Je lui ai donné des muffins avec son café et il m'a envoyé le déjeuner. C'est tout.

— Tu ne m'as pas dit qu'il t'avait envoyé le déjeuner, m'a accusée Lexi.

— Parce que ça n'avait pas vraiment d'importance. Son mot disait qu'il s'en voulait de ne pas avoir payé le petit-déjeuner et qu'il voulait se rattraper, alors il m'a envoyé plein de soupes.

J'ai jeté un coup d'œil aux visages stupéfaits qui m'entouraient. De toute évidence, j'avais raté quelque chose. Perplexe et irritée contre Lexi, j'ai simplement continué à parler.

— Vous en faites toutes toute une montagne pour rien. Ce n'est pas comme si on avait eu un rencard ou même qu'il m'avait invitée à sortir. Il se trouvait dans le coin et je lui ai donné à manger, comme je le fais pour tous mes clients. Il m'a payé le déjeuner parce qu'il se sentait coupable que je ne lui ai rien fait payer. J'étais encore en train de faire de la pâtisserie quand il a frappé et ça ne me semblait pas correct de le faire payer alors que je n'étais même pas ouverte.

Riley a agité les mains pour m'interrompre. — Attends. Tu ne pâtisses pas ici tôt le matin en pyjama ? Genre, en pyjama sans soutien-gorge ?

J'ai grincé des dents. J'avais espéré qu'elles ne s'en rendraient pas compte. Mes seins généreux étaient probablement ce qui avait attiré Max et lui avait donné envie de m'envoyer le déjeuner. C'était un problème courant. Chaque homme avait une partie du corps favorite qui le faisait toujours revenir. Il était clair que Max était un homme à seins.

Les yeux fermés pour échapper à leurs regards trop perspicaces, j'ai hoché la tête. Le hoquet de surprise collectif autour de la table était palpable. Je ne voulais pas ouvrir les yeux et voir le rire sur leurs visages. En tant que femmes rondes, nous avions toutes partagé à de nombreuses reprises le supplice que représentait le port d'un soutien-gorge toute la journée. Chacune d'entre nous attendait le plus longtemps possible pour en mettre un et l'enlevait dès que c'était humainement possible.

Addi m'a tapoté le bras en parlant, sa voix remplie de pitié. — Il a eu plus que ce qu'il espérait en frappant à ta porte ce matin. Le petit-déjeuner et le spectacle ? Un homme à seins devait être au paradis. C'était un crétin ?

J'ai secoué la tête. — Je crois que c'est le pire. Il a à peine jeté un coup d'œil à ma poitrine et avait l'air d'être un type sympa. Il a dit que j'étais belle, mais il ne m'a pas reluquée comme la plupart des hommes l'auraient fait. Je portais mon tablier, alors peut-être qu'il n'a rien vu.

Secouant ma honte avec une lueur d'espoir, j'ai levé les yeux vers mes amies. Leurs expressions disaient tout. Elles ne pensaient pas que mon tablier couvrait plus de choses que ce que j'avais cru ce matin-là. J'avais offert un spectacle à Max, et nous le savions toutes.

Carrie s'est penchée en avant. — Parfois, les premières impressions ne disent pas tout. Tous les hommes ne sont pas des porcs qui te matent la poitrine et te pelotent les fesses quand tu t'éloignes. Bien sûr, parfois, c'est plus amusant quand ils le font.

Mandy a ri et a hoché la tête. — Je suis d'accord. On est tombées sur des bons. Peut-être que Max l'est aussi.

— Donne-lui sa chance, Charlie, a dit Carrie fermement.

— J'ai trop de choses en tête, les filles. Vous le savez toutes.

— L'amour n'attend personne. Ni homme. Ni femme. Ni pâtisserie, a taquiné Carrie.

Mon Dieu, toutes ces histoires de « ils vécurent heureux » me donnaient la nausée. Entre les diamants qui scintillaient sous mes yeux, le ventre rond de Mandy qui l'empêchait de s'asseoir près de la table et les regards béats sur leurs visages, je commençais à me demander si je n'allais pas avoir besoin de nouvelles amies.

Des amies célibataires.

Des amies qui détestaient les hommes.

Ah, merde. J'allais devoir commencer à traîner avec des lesbiennes.

La frustration a plissé mon nez et l'irritation m'a retourné l'estomac. Je ne voulais pas d'un « ils vécurent heureux ». Enfin, si, bien sûr que si. Mais je n'avais pas le temps pour ça.

Cherchant désespérément à changer de sujet, je me suis raccrochée à la seule chose qui détournerait l'attention de moi. — Mandy, comment va le bébé ?

Mandy a souri comme la femme la plus chanceuse du monde. Elle a caressé son ventre énorme et sa bague en diamant a failli m'aveugler. Xander était un mari tellement attentionné, avec une pointe de jalousie, qu'il avait insisté pour acheter à Mandy de nouvelles bagues de fiançailles et de mariage lorsque ses doigts avaient enflé avec le poids de la grossesse. Les styles étaient légèrement différents, mais toujours aussi magnifiques avec un grand solitaire et deux fins anneaux en argent. Mandy nous avait dit que Xander ne voulait pas que quelqu'un l'ennuie quand elle ne pourrait pas porter ses bagues. En neuf mois de grossesse, Mandy n'avait pris que trois kilos environ, mais elle affirmait que son poids s'était déplacé et qu'elle se sentait toute gonflée.

L'idée d'avoir des enfants a disparu de ma liste de projets d'avenir quand j'ai aussi réalisé qu'elle ne pouvait pas rester beaucoup debout. J'aimais trop la pâtisserie pour y renoncer pendant neuf mois. Non pas que ça ait de l'importance. Il faudrait que je recouche avec quelqu'un un jour pour tomber enceinte.

— Je suis tellement impatiente de rencontrer le bébé, tu n'imagines même pas, s'est exclamée Mandy. Ses humeurs passaient de l'excitation et de l'impatience à la terreur et au sentiment de n'être pas prête plus vite que je ne pouvais faire cuire une fournée de petits gâteaux.

— Et tu ne sais toujours pas ce que tu attends ? a demandé Sam.

Mandy a secoué la tête avec un sourire secret qui m'a fait me demander si elle le savait vraiment, mais ne voulait le dire à personne. — Mais j'ai ma petite idée. Tout le monde s'est penché en avant sans s'en rendre compte tandis que Mandy baissait la voix. Nous avons toutes jeté un coup d'œil autour de nous pour voir si quelqu'un écoutait avant que Mandy ne continue. — J'ai des envies de folie depuis que je suis enceinte, donc je suis presque sûre que c'est un garçon. Un truc lié à l'excès de testostérone qui circule dans mon corps. Xander pense que je suis folle, mais il ne se rend pas compte à quel point je suis excitée. Tout. Le. Temps. C'est frustrant.

Carrie s'est mise à rire et est tombée sur Riley qui a gloussé avec elle. Le reste d'entre nous les regardait comme si elles étaient folles. Quand elles se sont finalement reprises, Carrie a lissé sa chemise et a gloussé de nouveau.

— Qu'est-ce qui vous prend, vous deux ? a demandé Claire.

— Je crois que je suis peut-être enceinte d'un petit garçon, moi aussi, a gloussé Carrie. — Dès qu'on passe la porte, je déshabille Drew et je lui saute dessus. Je pensais juste que c'était parce qu'il est tellement sexy et que je n'en ai jamais assez de lui. Riley et Connor nous ont presque surpris l'autre jour. Non pas qu'ils ne savaient pas ce qu'ils avaient manqué dès qu'on a ouvert la porte.

Quand Carrie et Drew sortaient ensemble, elle avait eu une fausse alerte de grossesse. En fait, non, elle était tombée enceinte. Elle avait perdu le bébé quelques jours seulement après avoir appris sa grossesse, mais elle avait été anéantie. Ça avait été très dur pour Carrie, surtout parce que cette histoire de bébé était arrivée alors qu'elle et Drew étaient en quelque sorte séparés.

L'entendre plaisanter sur le fait d'être enceinte m'a coupé le souffle. Nous avions toutes fait attention à ne pas plaisanter sur la grossesse ou à ne pas trop parler de celle de Mandy devant Carrie. Je crois que nous avions toutes été sur des charbons ardents avec elle, ne sachant pas si un commentaire anodin la ferait sombrer.

Apparemment, elle allait mieux.

— Ouais, a ri Riley, — impossible de ne pas le savoir quand on était sur le porche à t'écouter crier : — Oui, Drew, juste comme ça, bébé. Ce n'est pas un hasard si vous aviez fini avant qu'on ne frappe à la porte.

Carrie a donné une tape à Riley pendant que nous autres riions. — Pourquoi tu ne me l'as pas dit ?

Riley a haussé les épaules et a arqué un sourcil sombre. — On savait toutes ce qui se passait et je n'avais vraiment pas envie d'une rediffusion pendant qu'on était dans la maison. Si tu avais su qu'on t'avait déjà entendue une fois, j'avais peur que tu l'entraînes dans la salle de bains pendant l'apéro pour un deuxième round.

Carrie a ri si fort qu'elle en est devenue rouge et a acquiescé aux propos de Riley, nous faisant toutes rire encore plus fort. Mandy s'est tenue le ventre et a essayé de calmer sa respiration. — Ça va ? lui a demandé Claire.

— Oh, merde, oui. Vous êtes trop drôles. Si un fou rire me déclenche le travail, je suis sûre que ce sera une bonne façon de commencer. J'ai peur que ce soit quelque chose d'horrible comme perdre les eaux au milieu de Target et qu'un inconnu doive faire naître le bébé au rayon chaussures.

Addi et moi avons échangé un regard et avons ricané à cette idée. Entendre Mandy mettre des mots sur les pensées que nous avions eues plus tôt était plus drôle que ce à quoi nous nous attendions et nous a plongées dans un autre fou rire. C'est ainsi que la plupart des choses se passaient quand nous étions toutes ensemble. Nous huit étions bruyantes, odieuses et adorions rire.

Parfois, j'étais encore surprise de faire partie du groupe. Au début, je pensais qu'elles m'avaient incluse juste parce qu'elles se sentaient impolies de ne pas me demander de me joindre à elles alors que j'étais toujours dans les parages pour leurs soirées. Quand Claire a commencé à sortir avec Aidan, elle habitait près et venait parfois me parler, ainsi qu'à Lexi si elle était là. Quand Claire m'a invitée à sa fête de mariage après s'être mariée en secret, je me demandais encore si c'était une invitation par pitié.

À la fête, Claire était gentille et amicale et j'ai eu l'occasion de parler beaucoup plus avec Sam, Addi et Mandy. Après ça, nous nous sommes rapprochées et j'ai arrêté de remettre en question leurs intentions. Sauf quand je testais de nouveaux parfums de petits gâteaux. Là, je savais qu'elles n'étaient là que pour le sucre, pas pour moi. Ça ne me dérangeait pas.

— Qu'est-ce que tu comptes faire pendant ton congé ? a demandé Riley à Mandy.

Mandy a roulé des épaules et a tiré la langue. Elle ressemblait à un chien par une chaude journée d'été. — Xander est parano. Je lui ai dit que je voulais me promener dans le quartier ou faire un peu plus de décoration dans la chambre du bébé ou aller voir mes parents. Il a pété un câble. Il ne veut pas que je fasse quoi que ce soit sans sa présence. Je serai à trente-neuf semaines demain, donc je pourrais accoucher à tout moment. Je prends mon congé après vendredi parce que j'en ai juste marre de travailler.

— Tu devrais venir traîner ici, lui ai-je dit.

Mandy avait l'air d'une enfant le matin de Noël. — Sérieux ? Je ne dérangerais pas ?

J'ai balayé son inquiétude d'un revers de la main. — C'est parfois ennuyeux d'être seule ici. En plus, je peux te fournir en petits gâteaux et tu ne seras pas seule. S'il ne te laisse aller nulle part, je parie qu'il devient fou à l'idée que tu sois seule toute la journée pendant qu'il est au travail.

Mandy a levé les yeux au ciel. — Tu n'as pas idée. Il a déjà pratiquement arrêté tout ce qu'il avait de prévu pour les prochaines semaines et Drew est un saint et le couvre pour leurs réunions. Xander agit comme si le travail n'allait durer que trente minutes et qu'ensuite il s'occuperait de moi et du bébé pendant des semaines.

— Ça pourrait être le cas, a offert Claire de manière encourageante.

Mandy a ri. — Peu probable. La plupart des premiers accouchements durent entre dix et quatorze heures. Il pourrait faire une journée complète de travail et je n'aurais toujours pas fini quand il rentrerait. Non pas qu'il m'écoute quand je lui dis ça.

— Il s'inquiète juste pour toi, est intervenue Carrie. — Il panique constamment au bureau. Chaque fois que le téléphone sonne, il est parano. Si tu lui envoies un texto, il sort en courant avant même de l'avoir lu. Je trouve ça adorable.

— Ouais, attends de voir. Ce ne sera pas si mignon quand ton mari sera le fou surprotecteur, a grommelé Mandy. J'ai observé Carrie attentivement pour voir si les mots de Mandy auraient l'impact que je craignais. Quand Carrie a perdu le bébé, Drew était au plus mal, surtout que Carrie ne voulait ni le voir ni lui parler, mais Carrie avait toujours rêvé d'avoir des enfants et elle avait très mal vécu cette perte. Heureusement, Carrie a ignoré les commentaires de Mandy sans sourciller et je me suis efforcée de laisser tomber moi-même. Peut-être que j'étais la seule à encore traiter Carrie avec des pincettes.

Mandy, par contre, je savais qu'elle adorait secrètement l'attention qu'elle recevait de Xander. Mandy n'avait jamais pensé trouver l'amour avant de rencontrer Xander. Je ne la connaissais pas à l'époque, mais j'avais entendu des histoires des autres sur le fait qu'elle était farouchement opposée à tout ce qui touchait à l'amour ou aux hommes, à part les aventures sans lendemain. Xander est arrivé et l'a complètement séduite. Ils ont eu quelques problèmes à régler au début, mais pratiquement tout le temps que j'ai connu Mandy, elle a été folle amoureuse de Xander.

Le sentiment était très réciproque.

— Viens juste traîner avec moi. Tu pourras m'aider à pâtisser, depuis une chaise, et goûter à tout ce jour-là. Xander peut même te déposer le matin s'il veut pour que tu ne conduises pas, puis venir te chercher en fin de journée.

— Je crois que tu viens de devenir sa personne préférée. Il va adorer ça. Tu es sûre que je ne serai pas dans le chemin ?

J'ai regardé ostensiblement son énorme ventre et j'ai haussé un sourcil comme si je considérais sérieusement la question. Addi a reniflé à côté de moi et toutes les autres ont étouffé leur propre rire avant que je ne rencontre les yeux craintifs de Mandy. J'ai laissé un large sourire fendre mon visage et j'ai secoué la tête. — On ne passera probablement pas la porte en même temps, mais vu la taille de mon cul, je suis sûre que je dirais la même chose à n'importe qui, pas seulement à une femme enceinte. Ça ira, et on va s'amuser.

— Connor et moi passerons peut-être un jour aussi. Nos

horaires se chevauchent le matin et on a généralement environ une heure où on se voit, a ajouté Riley.

— Tu ne passes pas habituellement cette heure à pratiquer toutes ces choses coquines que tu lis ? a taquiné Carrie.

Riley lui a tapé sur le bras. — Je ne lis pas de choses coquines. Et si, mais on peut bien sacrifier une matinée pour notre amie.

Tout le monde a ri et a promis d'essayer de passer un jour avant, pendant ou après le travail pour prendre des nouvelles de Mandy. Nous avions toutes déjà discuté d'apporter des dîners à Mandy et Xander pendant un mois après la naissance du bébé. Celle qui apportait le dîner ce soir-là avait accepté de prendre des muffins avant d'aller chez eux pour qu'ils aient aussi le petit-déjeuner prêt chaque matin.

Nous étions prêtes à accueillir le premier bébé dans notre groupe.

Peu de temps après la fin de notre conversation sur le bébé, tout le monde était prêt à rentrer chez soi retrouver son mari. Kendall leur a emboîté le pas, me laissant de nouveau seule. J'ai nettoyé la boutique et préparé les choses pour le lendemain. J'ai verrouillé la porte d'entrée avec un petit sourire, me demandant ce que ma matinée me réserverait. J'ai attrapé quelques petits gâteaux avant de monter me préparer pour aller au lit.

Juste moi, mes petits gâteaux et mes fantasmes sur Max.

Le lendemain matin, je me suis encore réveillée avant mon réveil. Je me suis douchée, j'ai enfilé mon t-shirt et mon pantalon de survêtement habituels, soutien-gorge compris, et j'ai même appliqué une touche de maquillage. Ouais, je perdais la tête.

J'avais passé la nuit entière à rêver de Max. Des rêves torrides, sensuels, excitants. Ça faisait vraiment trop longtemps que je n'avais pas couché avec quelqu'un. Non pas que je veuille y penser. La plupart de mes expériences sexuelles laissaient à désirer, généralement un orgasme ou deux manquaient à l'appel, et elles s'étaient faites rares ces derniers mois. Il était temps de changer les piles du seul homme avec qui j'avais passé du temps dernièrement, mon BOB.

En bas, j'ai allumé les lumières extérieures, au cas où. Tout en me rongeant les ongles, j'ai hésité, puis j'ai de nouveau éteint les lumières avant de me réfugier dans la cuisine.

Mon esprit s'est délicieusement vidé pendant que je préparais les muffins, m'épargnant de repenser à Max et aux rêves cochons que j'avais faits. J'espérais qu'il « oublierait » encore son café pour que je puisse le voir, mais je savais que les chances étaient minces.

Quand j'ai entendu le chasse-neige passer devant la boutique, mon cœur a raté un battement. Sans déconner, il a vraiment raté un battement. Je me suis demandé ce que je devais faire et je me suis immédiatement sentie comme une de ces stupides adolescentes que je détestais au lycée. À 31 ans, je ne pouvais pas laisser un homme diriger ma vie, même une infime partie.

Les idées remises en place, j'ai continué ma matinée, remarquant à peine le chasse-neige qui tournait encore sur le parking quand j'ai allumé les lumières de la devanture et commencé à remplir la vitrine.

J'ai aussi à peine remarqué quand ce même chasse-neige est sorti de l'allée pour disparaître dans l'obscurité du petit matin.

À peine.

Quel gâchis de soutien-gorge.

Quand j'ai ouvert la boutique, j'étais d'une humeur de merde. Il n'avait jamais promis de revenir ou de me reparler, mais je l'ai quand même pris comme un affront. Comme s'il m'ignorait. Comme si les compliments qu'il m'avait faits la veille n'avaient servi qu'à obtenir son café et ses muffins.

Le pire, c'est que j'étais tombée dans le panneau. J'ai tout gobé.

Tant pis, un de plus au compteur. Tout ce que ça m'avait coûté, c'était un tout petit peu de stock et un morceau de ma fierté. Je n'aurais jamais dû parler de lui à Lexi. Tout le monde me demanderait chaque semaine ce qui s'était passé avec lui et s'il était revenu. Elles finiraient bien par abandonner. Je l'espérais.

J'ai déverrouillé la porte quelques heures plus tard et j'ai attendu que les clients commencent à affluer.

Heureusement, je n'ai pas eu à attendre longtemps. Ma matinée a été relativement chargée pendant que je remplissais les tasses de café, distribuais les muffins et me forçais à chasser de mon esprit les pensées du sexy conducteur de chasse-neige.

À neuf heures trente, fidèlement, mes clients préférés sont entrés, emmitouflés dans leurs lourds manteaux et leurs écharpes. M. et Mme O'Neill avaient vécu à Winterville toute leur vie. Ils étaient des amours de lycée et s'aimaient encore soixante-deux ans plus tard. Ils venaient chaque matin pour des petits gâteaux et des muffins.

— Bonjour, Charlie. Comment allez-vous aujourd'hui ?

— Je vais très bien, Mme O'Neill, ai-je menti en prenant leur commande habituelle, un muffin aux myrtilles et un autre à la banane et aux noix sur une assiette pour qu'ils les mangent sur place, et deux petits gâteaux à la vanille à emporter. J'ai ajouté une grande tasse de café qu'ils partageraient et j'ai tout posé sur le comptoir entre nous. — Comment allez-vous, tous les deux, aujourd'hui ?

— Nous allons très bien. Notre plus jeune petite-fille a appelé hier soir, elle attend un bébé, alors nous fêtons ça.

— Oh, comme c'est excitant ! C'est Molly, n'est-ce pas ? Ce sera votre 23e ou 24e arrière-petit-enfant ?

Mme O'Neill rayonnait. — Notre 24e. Molly est si excitée. Elle et son mari ont dit qu'ils essayaient depuis un moment et commençaient à s'inquiéter que ça n'arrive pas. Ses parents, notre fils Roger et sa femme Beth, sont ravis.

M. O'Neill se tenait fièrement derrière sa femme, la regardant avec un tel amour que j'en ai eu le souffle coupé. À la façon dont ils se regardaient et parlaient, on aurait dit que le bébé était le leur. Ressentir cette joie et cette excitation était quelque chose que je n'avais jamais connu auparavant. Étant fille unique et n'ayant pas de cousins, un bébé était une joie que je n'avais connue que dans les films.

Vivre la grossesse de Mandy avait été ce qui m'avait le plus rapprochée du bonheur de quelqu'un d'autre. Voir les O'Neill remplis de cette joie et savoir qu'après six enfants, quatorze petits-enfants et maintenant vingt-quatre arrière-petits-enfants, leur excitation n'avait pas diminué, c'était... enivrant, rafraîchissant et déchirant.

Je voulais cet amour dans ma vie.

Ça veut dire laisser un homme entrer dans ta vie !

Je n'aimais pas cette petite voix, mais je savais qu'elle avait raison. Le sexe était facile parce qu'on pouvait le faire sans véritables émotions. Mais l'amour... L'amour exigeait de la confiance et des sentiments et toutes ces choses pétrifiantes dont je n'étais pas sûre, même si je les voulais.

Je devrais me contenter d'être heureuse pour les autres, de vivre par procuration à travers la joie qui m'entourait. Même si je ne pouvais ni la toucher ni la ressentir, je pouvais en être témoin. Il faudrait que ça suffise. Jusqu'à ce que Mords-moi ! soit de nouveau sur pied. Alors je pourrais commencer à l'imaginer.

— Vous devrez me dire si vous organisez une fête. J'adorerais vous préparer des petits gâteaux.

Les O'Neill cherchaient toujours une excuse pour faire une fête. La moindre petite chose dans leur famille semblait être une raison de célébrer. Après avoir grandi avec seulement Mamie et moi, même les occasions que la plupart des gens fêteraient, comme les anniversaires et Noël, étaient de petites affaires intimes. Il n'y avait jamais eu que nous.

Faire partie d'une famille, de quelque chose de plus grand, aurait pu être bien. Mais Mamie a fait de son mieux. Elle m'a aimée comme personne d'autre ne l'a jamais fait. Elle m'a tout donné, et je ne regretterais jamais la façon dont j'ai grandi, parce que je l'ai toujours eue, elle.

— En fait, nous pensions organiser une petite fête ce

week-end. Pourriez-vous préparer quelque chose d'ici là ? a demandé Mme O'Neill avec une grande lueur d'espoir.

J'ai souri, sachant que je ferais n'importe quoi pour aider cet adorable couple. Ils étaient clients depuis ma première ouverture et il était hors de question que je leur dise non, quoi qu'il arrive. — Bien sûr que je vais le faire. J'ai attrapé un bloc-notes et un stylo et je les ai bombardés de questions. — Combien de personnes ?

— Tout le monde ne peut pas venir, donc nous pensons qu'il y aura environ 40 personnes.

— D'accord, combien d'enfants ?

M. et Mme O'Neill ont compté les familles qui venaient, débattant pour savoir quels enfants seraient là avant de se retourner vers moi. — Douze enfants.

J'ai hoché la tête et j'ai noté l'information. — Des allergies ou des préférences ?

— Pas d'allergies. Vous savez que nous voudrons de la vanille, mais tous les autres ont des goûts un peu plus sophistiqués. Nous vous faisons confiance pour les choix.

— D'habitude, je prévois deux petits gâteaux par adulte et un par enfant. Ça nous met à 68 petits gâteaux. Ça vous semble trop ou pas assez ?

Mme O'Neill a haussé les épaules et s'est tournée vers son mari. Il lui a souri d'une manière qui m'a fait comprendre qu'il n'organisait la fête que parce qu'elle le voulait. Il se fichait du nombre de petits gâteaux ou de leurs parfums. Il voulait juste la rendre heureuse.

— Ça semble parfait. Est-ce que c'est plus simple pour vous si c'est un nombre pair ?

— Non, peu importe, ce qui vous arrange me va. Vous voulez les récupérer samedi matin quand vous viendrez, ou la fête a lieu vendredi ?

— Samedi sera parfait, Charlie. Merci beaucoup. Je ne sais pas ce que nous ferions sans vous.

Je lui ai fait un grand sourire. — Je ne serais pas là sans des clients comme vous. Et puis, vous savez que j'adore ça.

Mme O'Neill a hoché la tête. — Au fait, avez-vous eu des nouvelles de ce local que vous regardiez ? Vous aviez dit qu'il était de l'autre côté de la rue ? Allez-vous déménager là-bas ?

J'ai secoué la tête, toujours déçue de ne pas avoir eu l'emplacement que je voulais. — Non, quelqu'un d'autre a signé un bail avant que je ne fasse une offre.

— Oh, ma chérie, je suis désolée d'entendre ça. Qu'est-ce que vous allez faire ?

J'ai haussé les épaules. — J'aimerais bien le savoir, Mme O'Neill. Je cherche encore. J'ai un rendez-vous cet après-midi pour visiter quelques autres endroits. Ce local était vraiment idéal, mais je trouverai quelque chose de parfait. J'espère juste que mes clients seront prêts à me suivre où que je doive déménager.

— Vous savez que nous le ferons, ma chère. S'il y a quoi que ce soit que nous puissions faire, n'hésitez pas à nous le dire.

— Merci. Je n'y manquerai pas. Profitez bien.

— Nous en profitons toujours.

Quand les O'Neill se sont éloignés du comptoir, je suis retournée à la caisse où un autre client m'attendait. Je n'ai même pas levé les yeux avant de demander : — Qu'est-ce que je vous sers ?

— Bonjour, Charlotte. Je connaissais cette voix. J'avais rêvé de cette voix. Des choses salaces que cette voix me dirait alors que nos corps se rencontreraient dans une étreinte moite et langoureuse.

Ma tête s'est relevée d'un coup pour croiser son regard. J'ai été surprise de voir de la chaleur dans ses yeux, mais aussi du regret, ou peut-être de la culpabilité. Pour quelle raison, je n'en avais aucune idée. Ce n'est pas comme s'il me devait quoi que ce soit. Peut-être qu'il avait vu ma lumière allumée ce matin-là et avait pensé que je serais furieuse qu'il ne se soit pas arrêté.

Peu importait. Nous avions tous les deux des boulots qui exigeaient de se lever tôt et il ne me devait rien.

— Salut Max, ai-je dit d'un ton aussi neutre que possible. J'espérais qu'il n'entendrait pas la façon haletante dont j'avais prononcé son nom, ni le désir qui était si évident à mes propres oreilles.

— Je me suis dit que j'allais revenir quand la porte serait déverrouillée et que je n'aurais pas à forcer le passage.

— Le café était bon hier ? ai-je demandé, cherchant n'importe quelle excuse pour lui parler. Mon Dieu, j'étais pathétique.

— La meilleure tasse que j'aie jamais bue. Et ces muffins… Mon Dieu, ils étaient délicieux. J'ai failli frapper ce matin juste pour en avoir d'autres, mais je ne voulais pas te déranger. Encore.

Je n'ai pas pu empêcher un sourire de s'étirer sur mon visage. Max arborait le même, et me regardait d'une manière que je n'arrivais pas à interpréter. — J'imagine que tu veux la même chose aujourd'hui, alors ?

Étais-je en train de flirter avec lui ? Je n'en savais rien. J'avais l'impression que oui, mais comment prendre sa commande pouvait-il être du flirt ? D'un autre côté, le son rauque de ma voix me donnait l'impression de m'offrir moi-même plutôt que mes muffins. J'avais de la brioche, mais j'étais à peu près sûre que ce n'était pas ça qui l'intéressait.

Max a examiné attentivement la vitrine, considérant ses options. Pendant qu'il regardait les pâtisseries, je le regardais, lui. Ses cheveux courts et bruns bouclaient sur son col et semblaient un peu humides, comme s'il venait de se doucher. La veste beige qu'il portait bâillait au milieu, me laissant contempler son large torse. J'adorais quand les hommes portaient des chemises assez cintrées pour qu'on puisse deviner ce qu'ils cachaient en dessous.

Les manches de sa veste ont bougé quand il s'est penché, me donnant une idée alléchante de la carrure de ses bras. Des bras qui, dans mes fantasmes, pourraient vraiment me soulever.

Mais qu'est-ce que ce type me faisait ? Je le connaissais depuis un jour et je bavais sur lui et je rêvais de lui. Ce n'était pas moi, ça !

— Je vais certainement prendre une tasse de café et deux de ces muffins, mais je crois que je dois aussi ajouter un petit gâteaux au caramel beurre salé. Ça a l'air délicieux. Il m'a souri, faisant s'ourler mes propres lèvres en réponse.

J'ai rempli sa tasse pendant qu'il parlait et je la lui ai tendue avant de mettre ses muffins dans un sac et de prendre une boîte pour son petit gâteaux. — Ce sont aussi mes petits gâteaux préférés. Et mes muffins préférés.

Max a souri quand je lui ai tendu son petit gâteaux. — Si ton petit gâteaux préféré est à moitié aussi bon que ton muffin préféré, alors je sais que je vais l'apprécier. Ça te dérange si je m'assois ? Il a indiqué d'un signe de tête les tabourets de bar au bout du comptoir.

J'ai secoué la tête et j'ai regardé son cul pendant qu'il parcourait les quelques pas jusqu'aux tabourets. Quand il s'est assis, il s'est retourné vers moi et m'a surprise en train de le mater. Ses joues sont devenues roses, mais il avait l'air satisfait que je le reluque.

Je me suis affairée à nettoyer les comptoirs, à réapprovisionner les muffins et à faire un signe d'adieu aux O'Neill quand ils sont partis. Quand j'ai jeté un coup d'œil à Max, je l'ai vu m'observer. Il a souri et a dit : — Aussi bon qu'hier. Le café est un peu différent, par contre.

Saisissant l'ouverture qu'il m'offrait, je me suis dirigée vers l'endroit où il était assis. Sans personne d'autre, je pouvais lui parler. Je me suis dit que je ferais la même chose avec n'importe quel autre client et que ce n'était pas seulement parce qu'il avait dominé mes rêves.

— Ouais, je garde le bon à l'arrière. La plupart de mes clients n'aiment pas le café aussi fort que moi. Hier, tu as eu ma cafetière personnelle, qui est toujours super forte. En gros, je carbure au café.

Max a de nouveau souri. Je commençais à me demander s'il était la personne la plus heureuse de la planète ou s'il avait un problème. Il souriait constamment. C'était un magnifique sourire, cependant, un sourire qui illuminait ses yeux et mettait en valeur ses dents parfaites. Une fossette est apparue sur sa joue droite, le rendant encore plus mignon.

— J'imagine que c'est ce que je mérite pour être arrivé en même temps que tout le monde. Peut-être qu'un de ces jours, j'arriverai à te convaincre de me servir une autre tasse de ton café spécial.

Il me fixait droit dans les yeux, faisant s'emballer mon pouls. Je ne savais pas comment lui répondre. Une partie de moi voulait courir à l'arrière et lui en apporter une tasse sur-le-champ, mais j'avais déjà fini ma cafetière et n'avais pas encore eu le temps d'en préparer une nouvelle. — Peut-être que demain tu auras de la chance. Je n'ai pas de café prêt pour l'instant. D'habitude, j'en bois toute la journée.

— Ça ne me dérange pas d'attendre, a dit Max d'un air sérieux.

Il voulait vraiment mon café spécial. Dommage que je veuille autre chose de lui.

Dans la cuisine, j'ai préparé une nouvelle cafetière. Pendant que j'attendais qu'elle finisse, j'ai réfléchi à mon attirance pour Max. Oui, il était canon, facilement l'un des hommes les plus séduisants que j'aie jamais vus. Son sourire m'attirait, me faisant lui faire confiance alors que je n'avais aucune raison de le faire.

J'avais eu de nombreuses relations par le passé. Un psychiatre se régalerait avec mon besoin de trouver l'amour, mon désir d'une relation. Mais les hommes dans ma vie étaient toujours temporaires. Dès les premiers instants de ma vie, c'était la vérité. Mamie m'a dit que mon père avait dit à ma mère qu'il ne voulait rien avoir à faire avec moi quand elle a découvert qu'elle était enceinte. C'était un ivrogne, donc je sais que j'étais mieux sans lui, mais ça faisait quand même mal qu'il n'ait rien voulu savoir de moi.

Bien sûr, ma mère n'était pas beaucoup mieux. Elle est restée assez longtemps pour me refiler à Mamie, sa mère, et s'est volatilisée. De temps en temps, je recevais une carte d'anniversaire ou de Noël de sa part, ou un coup de téléphone, mais ce n'était jamais régulier et toujours en retard. Quand j'étais au collège, elle est morte d'une overdose.

Je n'ai jamais su ce qui était arrivé à mon père. Et je m'en fichais royalement.

Malgré cela, je cherchais constamment quelqu'un pour combler ce vide. Le vide que je voulais croire que mes petits gâteaux comblaient, mais je savais que ce n'était pas le cas. J'avais essayé de nombreuses fois avec de nombreux hommes.

Mais aucun d'eux n'avait jamais convenu.

Et aucun n'avait jamais ressemblé à Max.

C'était peut-être ça, l'attrait. Peut-être que c'était seulement parce qu'il était si magnifique que je le voulais. Peut-être que c'était parce que la dernière fois que quelqu'un avait réussi à capter mon intérêt remontait à bien trop longtemps.

Ou peut-être qu'il y avait quelque chose de différent chez Max.

5

Quand Kendall est arrivée cet après-midi-là, je me suis précipitée pour retrouver Elizabeth. J'avais bon espoir concernant les deux emplacements qu'elle avait à me montrer. Si l'un des deux me plaisait, je trouverais avec plaisir un appartement à louer à proximité. Je préférais vivre dans un appartement attenant comme c'était déjà le cas, mais avec le peu de temps que j'avais, je ne pouvais pas être aussi exigeante que je l'avais été en choisissant le premier local de Mords-moi !

Quand je me suis garée devant le premier site, j'ai été modérément intéressée. Il était situé dans un bon quartier de la ville, sur Icy Lane, un peu plus loin que Sweet & Sassy et Thai This. Il y avait pas mal de passage dans le coin et ça pouvait fonctionner. Si l'intérieur était aussi bien que l'extérieur, il pourrait être un très bon candidat.

Elizabeth s'est garée derrière moi et est sortie avec un grand sourire, ses cheveux blonds flottant derrière elle dans le vent. Elle s'habillait toujours avec style, me donnant l'impression d'être une souillon dans mon jean et mon t-shirt Mords-moi !. Ce jour-là, elle portait un trench-coat rouge avec un pantalon noir et une écharpe noire et rouge. — Qu'est-ce que tu penses de l'emplacement ?

J'ai balayé la rue du regard. — C'est un emplacement vraiment génial. Il y a pas mal de passage ici. Mon seul souci, c'est qu'il n'y a pas de parking. J'ai quelques clients qui ne pourront pas marcher beaucoup pour entrer dans la boutique.

Elizabeth a balayé la rue du regard. Elle a tapoté ses lèvres du bout du doigt. — D'accord, eh bien, c'est une chose à prendre en compte. Entrons voir ce que tu penses du local avant de l'éliminer pour le parking.

J'ai hoché la tête et j'ai suivi Elizabeth jusqu'à la porte. Elle a tapé un code, a ouvert la boîte à clés, puis a déverrouillé la porte de la boutique. Elle a poussé la porte et m'a laissé entrer la première.

Je n'étais pas sûre de vouloir m'aventurer plus loin.

Le sol était poussiéreux, un carrelage en damier enfoui sous la saleté. Un demi-comptoir se dressait au milieu de la petite pièce, ses bords effilochés me faisant me demander ce qui avait bien pu l'arracher en deux. Les murs étaient d'un vert vif qui me rappelait le wasabi. Et pas dans le bon sens du terme.

— Waouh.

Elizabeth a refermé la porte derrière nous, étouffant les bruits de la légère circulation et le sifflement du vent dans la rue. — Je sais. Mais tu peux repeindre. Tu peux remplacer le sol. Tu vas très certainement nettoyer. Essaie de voir au-delà de ce qui reste pour imaginer ce que cet endroit pourrait devenir.

J'ai pris une grande inspiration et l'ai immédiatement regretté en me mettant à tousser. Jamais je n'avais eu autant envie d'une bouteille d'eau qu'à ce moment-là. — D'accord, si j'arrive à respirer, je lui donnerai sa chance.

Elizabeth m'a fait visiter, vantant les mérites de l'espace.

La cuisine était d'une taille correcte, mais elle n'avait rien de spectaculaire. Je n'étais pas non plus certaine qu'elle serait assez grande pour mes fournitures. — Elle n'est pas aussi grande que je l'espérais.

Elizabeth a hoché la tête. — Je me doutais que ce serait le problème. Je sais que ce n'est pas un espace incroyable, mais je pensais que sa taille l'éliminerait, peu importe à quel point tu arriverais à voir au-delà du désordre.

J'ai ri. — Ouais, c'est mon souci. Je pense vraiment que c'est plus petit que mon local actuel. Je pourrais m'accommoder de la cuisine, mais l'espace de vente est exigu.

Nous sommes retournées dans la pièce de devant et je l'ai arpentée. — Il y a presque deux mètres de moins en largeur et un mètre de moins en profondeur. J'envisageais de m'agrandir, donc prendre plus petit, ça ne va juste pas le faire.

— D'accord, a dit Elizabeth avec un sourire. — Allons voir l'autre site.

J'ai hoché la tête et j'ai suivi Elizabeth dehors. Je lui ai dit que je la suivrais et je suis montée dans ma voiture. Elle a serpenté à travers les rues de Winterville, est passée devant le lycée de Winterville où Addi enseignait et s'est dirigée vers Snowflake Street, près de l'église St. John où Sam et Brady s'étaient mariés. C'était un quartier plus calme de la ville, mais toujours agréable. Quand Elizabeth s'est engagée dans une petite allée entre deux bâtiments, je l'ai suivie. À l'arrière se trouvait un minuscule parking qui pouvait contenir une vingtaine de voitures, tout au plus.

Je me suis garée à côté d'Elizabeth et je suis sortie. — Il y a un parking, a dit Elizabeth avec un grand sourire.

Je lui ai rendu son sourire. — Oui, il y a un parking. Mais qu'est-ce que tu m'as dit pour l'autre endroit... Ne prenons pas de décision en fonction du parking ?

Elizabeth a ri et a désigné la porte arrière d'un signe de tête. — Et si on commençait par la cuisine cette fois ?

— Ouvre la voie.

J'ai suivi Elizabeth jusqu'à la porte et j'ai attendu qu'elle la déverrouille pour nous faire entrer.

La cuisine était immense. Bien plus grande que la précédente et même plus grande que celle dans laquelle je travaillais chez Mords-moi ! Il y avait des branchements partout qui me permettraient d'avoir plus d'un poste de travail si jamais j'embauchais quelqu'un pour m'aider.

— Qu'est-ce que tu en penses ?

Je me suis retournée et je l'ai regardée. — Elle est assez grande. Et la boutique ?

Elizabeth a plissé le nez et j'ai su que la réponse n'allait pas me plaire. — Eh bien, allons voir. Je m'abstiendrai de tout commentaire tant que je ne saurai pas ce que tu en penses.

J'ai eu un sourire en coin, sachant qu'Elizabeth savait exactement ce que je cherchais, donc si elle ne disait rien, il était peu probable que je sois emballée, même si la cuisine était plutôt bien. J'ai poussé la porte menant à ce qui serait la boutique.

Et je me suis arrêtée net.

— C'est tout ?

Elizabeth a haussé les épaules. — Si tu étais prête à ne faire que de la vente à emporter, ça pourrait marcher. Je sais que tu as des places assises maintenant, mais je voulais te le montrer.

J'ai secoué la tête. Il y avait un comptoir qui pouvait contenir beaucoup de produits, mais il n'y avait nulle part où les clients pouvaient s'asseoir. Pas juste un petit coin, mais absolument nulle part. De la vitrine au comptoir, il y avait environ un mètre vingt, à peine assez d'espace pour que deux personnes puissent se tenir debout.

— Je ne peux pas. Tous les mardis, mes amis se réunissent

chez Mords-moi ! On est dix-sept quand leurs maris viennent tous. Je ne peux même pas faire rentrer quatre personnes ici, encore moins dix-sept.

— Je sais. Il n'y a juste pas grand-chose sur le marché en ce moment. C'est une période horrible pour l'immobilier, donc il n'y a pas grand-chose de disponible. Il y a six mois, j'aurais pu te montrer deux endroits par jour pendant une semaine ou deux.

J'ai soupiré. — Je ne peux pas attendre le printemps prochain. J'ai quatre semaines. Et aucune option.

Le reste de la semaine n'a révélé aucun autre local où je pourrais déménager. Je n'avais aucune idée de ce que j'allais faire, et le temps filait à toute vitesse.

Même si ma carrière et tout ce que j'avais construit étaient en train de disparaître, je ne pouvais nier le petit frisson que je ressentais quand Max revenait chaque jour de la semaine, même le samedi. Il commandait toujours la même chose, y compris une tasse de mon café de l'arrière-boutique, bien que j'aie réussi à lui faire goûter quelques petits gâteaux différents. Quand il est arrivé samedi matin, il a refusé d'essayer autre chose parce qu'il préférait celui au caramel au beurre salé.

Le fait qu'il vienne a rendu ma semaine légèrement meilleure, mais je continuais de me dire que je ne pouvais pas m'engager avec lui. J'avais trop de choses à gérer avec Mords-moi ! pour me soucier d'un homme, même s'il était un magnifique spécimen que j'avais envie de napper de glaçage et de dévorer comme le meilleur petit gâteaux de la ville.

Le dimanche, j'ai dû m'avouer qu'il me manquait, mais c'était seulement parce que la conversation venait naturellement avec lui. En tant que chef d'entreprise, il comprenait à quel point je m'étais investie dans ma boutique. Il m'enviait d'avoir mon dimanche de libre, car il n'avait pas de jour de congé s'il neigeait. Le samedi, il avait acheté deux muffins et un petit gâteaux supplémentaires pour pouvoir tenir le dimanche sans moi, selon ses propres termes, et j'ai failli me laisser croire qu'il parlait de moi, et non de mes pâtisseries.

Lundi matin, je me suis réveillée avec le sourire, prête à ce que Max passe à nouveau.

Quand je suis descendue ce matin-là, j'ai allumé les lumières à l'avant au cas où Mandy arriverait avant que j'ouvre, puis je me suis mise au travail, ou au cas où Max passerait. En un rien de temps, le soleil était levé et il était temps de déverrouiller la porte d'entrée.

Quelques minutes après avoir tourné la clé dans la serrure, Mandy et Xander sont entrés, emmitouflés dans des manteaux, des écharpes et des gants. — Merci de laisser Mandy squatter avec toi, Charlie. Ça compte beaucoup pour moi.

J'ai souri en voyant l'air anxieux sur le visage de Xander et j'ai su que ce que Carrie avait dit l'autre soir était vrai. Le bébé le mettait dans un état de nervosité pas possible. Xander était fou de Mandy et leur bébé allait être pourri gâté, et ça allait être magnifique.

— Ça va être sympa. Et tu sais que je t'appellerai au premier signe. En plus, je serai ravie de fermer boutique et de la conduire à l'hôpital si nécessaire.

Au lieu d'avoir l'air soulagé comme je l'avais espéré, Xander a pâli d'un ton et ses yeux se sont braqués sur Mandy. Elle a posé une main sur le bras de Xander dans un geste apaisant. — Chéri, tout ira bien. Je suis entre de bonnes mains avec Charlie et tu sais que je t'appellerai à la seconde où je penserai que quelque chose pourrait se passer. Je veux que tu sois là, alors s'il te plaît, ne t'inquiète pas.

Xander m'a jeté un coup d'œil puis a regardé à nouveau

Mandy. Il lui a pris le visage avec fougue et l'a embrassée passionnément sur la bouche, s'attardant sur ses lèvres tandis qu'il murmurait des mots que je n'ai pas pu entendre. C'était quelque chose de doux, à en juger par le sourire sur son visage et les larmes dans ses yeux alors qu'elle hochait la tête et l'embrassait à nouveau, tendrement, avec amour. Un pincement de jalousie m'a transpercé le cœur face à la complicité qu'ils partageaient, à l'amour qui les unissait.

Mandy était une femme chanceuse.

Xander m'a remerciée à nouveau, puis a laissé Mandy et moi seules à contrecœur. — Il t'adore, ai-je énoncé l'évidence.

— C'est réciproque. J'apprécie vraiment que tu me laisses traîner ici. Il serait devenu fou si j'avais été seule à la maison et que j'avais commencé le travail. Savoir que je serai avec toi ou avec lui l'a tellement rassuré. Même s'il n'en avait pas l'air, a-t-elle ajouté d'un air penaud.

J'ai balayé ses inquiétudes d'un revers de la main. — Il va bien. Il ne veut juste pas que tu accouches sans lui. C'est adorable de voir à quel point il t'aime.

— C'est vrai. J'ai de la chance.

— Très chanceuse. Vous l'êtes toutes.

— Toi aussi, tu le seras, Charlie. Tu trouveras quelqu'un qui te regardera de la même façon que nos maris nous regardent.

— Ouais, ouais. Je n'y compte pas trop. Vous avez de la chance les filles, mais j'ai trop de choses à gérer en ce moment pour me préoccuper des hommes. Je n'ai toujours pas trouvé de nouvel emplacement pour Mords-moi !

— Qu'est-ce que tu vas faire ?

J'ai haussé les épaules. — Je n'en ai aucune idée. Ça commence à me rendre nerveuse. Je ne veux pas fermer, mais plus ça prend de temps, plus j'ai l'impression que ça va durer.

Je commence à craindre que ce ne soit une fermeture définitive.

— Je suis sûre que tu trouveras quelque chose. Mais je n'imagine pas ne plus venir ici chaque semaine.

J'ai hoché la tête et j'ai regardé autour de moi cet endroit que je considérais comme ma maison. J'avais choisi méticuleusement chaque petit détail de Mords-moi ! : des couleurs rose pâle sur les murs à la vitrine à l'entrée, en passant par le comptoir et les tabourets. Les tables, les chaises et chaque mug que je possédais, c'est moi qui les avais choisis.

Les larmes me sont montées aux yeux en pensant à tout emballer ou à tout vendre. Je ne voulais pas voir Mords-moi ! mettre la clé sous la porte, mais je n'étais pas sûre de trouver un moyen de le sauver.

— J'espère juste que je pourrai le sauver.

Mandy m'a tapoté la main, mais avant que nous puissions approfondir notre discussion, des clients sont entrés. Mandy s'est installée sur l'un des tabourets de bar et je lui ai tendu un petit gâteaux red velvet avec un clin d'œil. Elle s'est attaquée à son gâteau pendant que je m'occupais de mes premiers clients.

J'ai tenu compagnie à Mandy entre deux clients. Les O'Neill sont arrivés à neuf heures trente et je me suis de nouveau excusée auprès de Mandy pour m'occuper d'eux.

— Oh, Charlie, merci beaucoup pour votre aide ce weekend. La fête était merveilleuse. Tout le monde a adoré vos petits gâteaux, comme d'habitude, s'est exclamée Mme O'Neill.

— Je suis si heureuse d'apprendre que tout s'est bien passé. Comment va Molly ?

— Elle va bien. Un peu de nausées matinales, mais rien de bien méchant. Malheureusement, elle a du mal à manger trop de sucreries en ce moment, mais à part ça, elle dit que ça va. Elle doit accoucher en juillet, donc c'est encore le début.

Mme O'Neill a jeté un coup d'œil vers Mandy au bout du comptoir et lui a souri. — Oh, ma chère, vous êtes ravissante.

J'ai souri devant le choc évident de Mandy et je les ai présentées. Mme O'Neill s'est assise à côté de Mandy et lui a posé une infinité de questions sur sa grossesse pendant que M. O'Neill payait leur petit-déjeuner.

Alors qu'ils finissaient, Riley et Connor sont entrés, main dans la main. Ils ont commandé leurs muffins et ont pris les chaises que M. et Mme O'Neill venaient de quitter. Riley m'a serrée dans ses bras par-dessus le comptoir quand je les ai rejoints pour discuter quelques minutes.

— Contente que vous ayez pu nous rejoindre, ai-je taquiné Riley, en me souvenant de la suggestion de Carrie de la semaine précédente. Riley a rougi et a jeté un coup d'œil à Connor, qui semblait n'y voir que du feu, mais ce regard m'a dit qu'ils avaient pris un peu de temps ce matin-là pour s'amuser avant de venir.

J'ai ri, et Mandy et Riley se sont jointes à moi, tandis que Connor avait l'air totalement perdu. — J'ai raté quelque chose ? a-t-il demandé.

— Rien du tout, chéri. Absolument rien. Contente-toi d'être assis là et d'être beau, l'a-t-elle taquiné. C'était devenu une blague entre eux, qu'il était trop beau pour elle, alors elle lui disait de se contenter d'être beau. Riley était magnifique avec ses yeux d'un brun intense, ses cheveux blond foncé et sa silhouette tout en courbes. Elle avait un look un peu edgy avec son piercing à la lèvre inférieure et un tatouage de papillon posé sur une ancre sur son avant-bras gauche.

J'avais toujours envié Riley pour son style individualiste. Elle portait des jeans la plupart du temps, mais elle les associait toujours à un haut qu'elle avait fabriqué elle-même. Je lui avais posé la question une fois et elle m'avait dit qu'elle avait du mal à trouver des vêtements qu'elle aimait dans son style, alors elle avait appris à coudre et avait commencé à faire ses propres vêtements. Et elle était sacrément douée.

Connor a bien pris sa taquinerie et a scellé leurs lèvres dans un baiser possessif qui a fait savoir à tout le monde dans la pièce qui lui avait mis la bague au doigt.

Un autre client est entré et je suis allée le servir. Après que j'ai encaissé son muffin bacon et œuf et son café, il s'est laissé tomber sur une chaise et a regardé autour de lui. Ses yeux se sont posés sur Mandy, Riley et Connor, et son regard s'est durci. J'ai immédiatement pensé le pire du type, croyant qu'il jugeait Connor d'être là avec nous. Avant que je puisse dire quoi que ce soit aux autres, la voix du type a retenti.

— Connor Lee ? Il me semblait bien que c'était toi.

Connor s'est retourné et a vu le type assis seul. Il a souri et a pressé l'épaule de Riley avant de se diriger vers la table. Connor a serré la main de l'autre homme et s'est assis sur la chaise vide pendant qu'ils discutaient. J'ai vu Connor faire un signe de tête vers Riley et le type l'a regardée avec une expression que je ne pouvais décrire que comme de l'approbation.

Le monde entier était-il devenu fou ?

Bien sûr, je savais que Riley était géniale, mais les mecs canons ne finissaient généralement pas avec des femmes qui nous ressemblaient. Ça me déconcertait toujours que mes amies aient trouvé des hommes magnifiques qui étaient aussi doux, aimants et intéressés par des femmes qui n'étaient pas des mannequins miniatures.

Je n'ai pas pu contempler longtemps mon univers bouleversé, car Max est entré. Sans un mot à mes amies, j'ai disparu dans l'arrière-boutique et je suis revenue avec une grande tasse de café pour Max, puis j'ai attrapé ses muffins et son petit gâteaux sans attendre qu'il les commande. Je lui ai tout tendu à la caisse.

— Tu as profité de ta journée de congé hier ? a-t-il demandé en me tendant son argent.

J'ai plissé le nez. — On peut dire ça. C'était assez calme, mais avec le boulot que j'ai pendant la semaine, le calme est agréable.

Max a souri. — Le calme est agréable. J'aimerais pouvoir en dire autant. J'ai dû travailler tôt, mais j'ai passé le reste de la journée à aider ma sœur.

— Que fait ta sœur ?

— Euh, elle ouvre sa propre boutique. Elle m'a fait peindre, accrocher des étagères et monter des bibliothèques. C'était une journée épuisante.

— C'est gentil de ta part de l'aider, en tout cas.

Max a hoché la tête. — Elle est plus jeune que moi, donc en gros, je me suis occupé d'elle toute ma vie. Je ferais n'importe quoi pour elle.

J'étais un peu jalouse de la sœur de Max. Je voulais quelqu'un dans ma vie que je pourrais appeler et qui accourrait pour m'aider. Bien sûr, je pouvais appeler n'importe lequel des mecs, mais je savais qu'ils aideraient leurs femmes bien avant de m'aider moi.

Max a jeté un coup d'œil au bout du comptoir et a vu Mandy et Riley qui discutaient toujours. — Ce sont mes amies, Mandy et Riley, et le mari de Riley est assis à cette table avec son ami. Tu es le bienvenu pour te joindre à nous si tu veux.

Max m'a souri, mais je pouvais voir qu'il était un peu mal à l'aise. — C'est bon. J'ai des trucs à faire aujourd'hui. On se voit demain, Charlotte. Merci.

Il a disparu par la porte d'entrée et je me suis demandé ce qui venait de se passer. Perdue dans ma confusion, je n'ai pas remarqué que Riley et Mandy me regardaient jusqu'à ce que Riley s'exclame : — Putain de merde, il est tellement à fond sur toi !

— Qui ? Max ? Non. C'est juste un mec sympa. Il a commencé à venir la semaine dernière.

Riley et Mandy ont échangé des regards, des regards qui me disaient qu'elles me trouvaient obtuse.

— S'il était encore plus chaud bouillant pour toi, il aurait laissé une traînée de feu, a ajouté Mandy.

— Vous racontez n'importe quoi. Les mecs ne me regardent pas comme ça. Il aime juste mes petits gâteaux.

— Ah ça oui, il les aime, a ri Riley. Mandy s'est jointe à elle, riant à mes dépens, et j'ai levé les yeux au ciel. J'ai essuyé le comptoir impeccable pour me donner une contenance. Oui, j'espérais qu'elles avaient raison, Max était canon avec un grand C, mais je n'avais pas le temps de me préoccuper de lui. Je voulais bien interpréter son appréciation continue de mes pâtisseries, mais je ne pouvais tout simplement pas.

J'ai repoussé l'insistance de mes amies et je me suis concentrée sur ce que je devais faire pour le reste de la journée. Ou du moins j'ai essayé. Mon esprit ne cessait de dériver vers des scènes avec Max. Me plaquant contre la vitrine. Se penchant vers moi pour m'embrasser. Sentant ses mains sur mon corps.

Non. Ça n'arriverait pas. Il ne s'approcherait jamais plus que les brefs contacts que nous échangions lorsque je lui tendais ses muffins aux pépites de chocolat, son petit gâteaux, son café et sa monnaie chaque matin.

Connor est revenu aux côtés de Riley alors que son ami sortait par la porte d'entrée. Il s'est penché et a déposé un baiser en plein sur ses lèvres. Il s'est attardé juste un peu plus longtemps que la plupart des hommes ne le feraient, s'assurant qu'elle savait qu'il n'avait d'yeux que pour elle. La déception et la jalousie m'ont traversée, des émotions que je détestais ressentir, surtout envers l'une de mes meilleures amies.

— Connor, tranche un pari pour nous. Riley et moi, on

pense que le mec qui vient de partir en pince pour Charlie, mais elle dit qu'on est folles. Qu'est-ce que tu en penses ? a demandé Mandy. Son ventre de femme enceinte s'étalait jusqu'au comptoir devant elle, aussi rebondi et parfait qu'un de mes petits gâteaux.

— Quel mec ? a demandé Connor, en regardant vers la porte d'entrée de ma boutique. Le triomphe et la déception m'ont envahie une seconde. Puis Connor a dit : — Oh, tu veux dire le type qui a laissé sa bite dans sa poche arrière ? Ouais, je suis à peu près sûr que le conducteur de chasse-neige en pince pour toi, Charlie.

Je lui ai tiré la langue. Je détestais avoir tort, mais plus encore, je détestais que mes amies viennent de changer ma relation avec Max. On avait un truc facile et amusant. Il n'y avait aucune pression, mais tout à coup, je ne pouvais plus respirer en pensant à ce que j'allais lui dire le lendemain matin. Merde, pourquoi m'avaient-elles fait ça ?

6

— LE CONDUCTEUR DE LA DÉNEIGEUSE ? a demandé Riley, d'une voix choquée. — C'était lui, le conducteur de la déneigeuse ?

— Ouais, a répondu Connor à ma place. — Il avait une photo d'une déneigeuse au dos de sa veste. Pourquoi ?

Riley m'a adressé un sourire malicieux. Mandy arborait le même. J'étais dans le pétrin.

— C'est le type que Lexi a mentionné la semaine dernière. Celui à qui tu as donné des muffins gratuits et qui t'a payé le déjeuner ?

— Celui qui t'a vue sans soutien-gorge ? a ajouté Mandy.

— Whoa, Charles. Il faut que tu me racontes ça. Tu lui as fait ton numéro ?

— NON ! ai-je crié. J'ai jeté un regard rapide autour de moi et j'ai été soulagée de voir que nous n'étions que nous. Aucun de mes autres clients n'avait besoin d'entendre tout ça. — Bon sang, vous en faites toute une histoire. Il est passé la semaine dernière avant que j'ouvre, ai-je expliqué à Connor, — et il a demandé un café parce qu'il n'en avait pas eu ce matin-là. Il déneigeait le parking et j'ai eu pitié de lui, et je m'inquiétais qu'il conduise un engin aussi gros sans être complètement réveillé. Je lui ai donné du café et des muffins et je ne l'ai pas fait payer parce que je n'avais pas envie de m'occuper de la caisse. Il m'a envoyé le déjeuner pour me remercier du petit-déjeuner. Il vient ici tous les jours depuis pour prendre son petit-déjeuner. Il n'y a rien d'autre à dire.

Tous les trois ont échangé un regard. Je connaissais ce regard. C'était celui que je lançais à Lexi quand elle faisait l'idiote. Celui qui lui disait qu'elle devait arrêter de faire l'autruche et voir ce qui était juste devant elle.

Je détestais voir ce regard dirigé vers moi.

— Charles, tu lui plais, a déclaré Connor. — Un homme ne regarde pas une femme comme il t'a regardée, à moins qu'il ne rêve de la mettre à nu.

— Connor, j'apprécie que tu essaies de m'aider, mais les hommes ne me regardent pas du tout comme ça. Il aime venir ici parce qu'il aime les muffins et les petits gâteaux, pas parce que je lui plais.

— Ma chérie, écoute. Il peut acheter des muffins et des petits gâteaux chez Wegman's. Des bons. Pas aussi bons que les tiens, mais bons quand même. S'il n'était là que pour les muffins et les petits gâteaux, il ne viendrait pas tous les jours. Les seules personnes qui viennent ici aussi souvent sont là pour toi, pas pour la nourriture.

Je détestais la façon dont mon cœur s'épanouissait à l'idée que Max venait chez Mords-moi ! pour moi. Je ne voulais pas qu'il me plaise. Pas à ce point. L'apprécier ne mènerait qu'à de la souffrance plus tard. Je n'avais pas le temps pour une relation alors que mon rêve ne tenait qu'à un fil. Si nous nous engagions, je finirais par me faire larguer quand je ne pourrais plus passer beaucoup de temps avec lui. La meilleure chose pour moi serait de le cantonner fermement à la catégorie client et de le maintenir hors des catégories « amis » ou « plus que des amis ».

— Je ne peux pas penser à lui. Peu importe qu'il m'apprécie ou non, je ne m'aventurerai pas sur ce terrain. J'ai bien trop de soucis avec le sauvetage de Mords-moi ! J'ai ramassé des tasses et des assiettes vides et je les ai jetées dans l'évier, puis j'ai essuyé le comptoir pour occuper mes mains.

— Tu as trouvé un nouvel endroit ? a demandé Riley, saisissant au vol mon changement de sujet sans hésiter une seconde. En tant que propriétaire d'entreprise elle aussi, je savais qu'elle comprenait à quel point la fermeture de mon commerce, même temporaire, pouvait être dévastatrice. La propre entreprise de Riley était toujours menacée par les plus grandes librairies, mais elle tenait bon.

J'ai secoué la tête. — J'ai visité quelques locaux la semaine dernière, mais l'un était trop petit et l'autre n'avait pas d'espace pour s'asseoir, mais avait une cuisine géniale. Je ne sais pas ce que je vais faire. Il me reste trois semaines.

— Tu veux qu'on lance quelques perches ? Voir si quelqu'un connaît un local commercial qui serait disponible maintenant ?

J'ai hoché la tête. Je détestais mettre mes amis au milieu de mon désordre, mais il était temps d'accepter que je ne pouvais pas le faire seule. Je regardais chaque jour mon rêve sombrer. Je devais colmater la brèche. — Si vous entendez parler de quelque chose, je regarderai. J'ai un agent immobilier qui m'aide, mais il n'y a tout simplement pas grand-chose sur le marché. Je commence à perdre espoir de trouver quelque chose. Il est pratiquement garanti que je ne trouverai rien d'ici la fin de l'année.

— On va s'en occuper, Charles. Connor a beaucoup de contacts et je vois des tonnes de gens tous les jours. À nous deux, nous parlerons à autant de personnes que possible. On ne va pas rester les bras croisés à te regarder couler.

— Merci, Riley. Apparemment, toute l'aide est la bienvenue.

∼

LE RESTE DE LA JOURNÉE, Mandy et moi avons discuté d'idées et parcouru les annonces immobilières. Le lendemain a été quasiment une répétition du premier, sauf que Max a réellement dit bonjour à Mandy. Elle l'a bien aimé et s'est assurée de dire à tout le monde lors de notre soirée entre filles à quel point il était mignon, et à quel point elle pensait qu'il était intéressé par moi.

Après leurs questions interminables, que j'ai évitées autant que possible, j'ai finalement réussi à changer de nouveau de sujet, mais je ne pouvais pas arrêter de penser à Max. Chaque jour où il venait, je l'appréciais un peu plus. Il était la vedette de mes rêves et avait également pris un rôle principal dans mes fantasmes privés. Ça devenait trop. Je devais trouver un moyen de me le sortir de la tête pour pouvoir me concentrer sur le sauvetage de ma maison et de mon entreprise.

Le troisième matin de Mandy, elle est arrivée avec une mine de déterrée. Je pouvais dire qu'elle avait à peine dormi. Elle avait les yeux cernés de rouge, la peau pâle, et ses cheveux n'étaient que partiellement attachés en une queue de cheval. Xander m'a lancé un regard qui disait qu'il était inquiet et je lui ai renvoyé le mien, le rassurant que j'appellerais si elle n'allait pas mieux. Il a eu l'air soulagé de savoir que je prendrais soin de sa femme, mais il était toujours réticent à la laisser. Elle a finalement réussi à le pousser dehors et a immédiatement posé sa tête sur le comptoir.

— Ça va ? ai-je demandé une fois Xander parti.

— Je me sens comme une merde, en fait. J'ai à peine dormi de la nuit. Ce bébé est finalement devenu assez grand pour que mon dos me fasse mal tout le temps. J'ai des brûlures d'estomac depuis hier, et c'est de ta faute, puisque j'ai mangé tellement de tes délicieux petits gâteaux, et j'ai l'impression d'avoir pris encore cinq kilos cette semaine. Encore une fois, c'est de ta faute.

— Tu donnes une image tellement merveilleuse de la grossesse. Je me demande bien pourquoi tout le monde ne se bouscule pas au portillon, l'ai-je taquinée.

Mandy a gémi. — Ça n'allait pas si mal jusqu'à hier. Je suppose que ce petit bout commence à se préparer pour son arrivée.

J'ai souri en pensant à Mandy tenant son petit bébé pour la première fois. Elle allait être une mère formidable, aimante et dévouée. Je pouvais visualiser l'image de leur petite famille, parfaite et heureuse dans leur foyer. C'était si radicalement différent de la façon dont j'avais grandi. Oui, Mémé m'aimait et je n'en ai jamais douté. Mais j'ai toujours souhaité avoir une mère et un père qui s'aimaient et qui m'aimaient plus que tout au monde.

Le bébé de Mandy et Xander aurait ce que j'avais toujours voulu. Mandy et Xander avaient aussi ces choses, même si l'enfance de Mandy n'était pas parfaite, loin de là. Son frère était cruel avec elle quand ils étaient petits et elle s'est toujours sentie comme une étrangère dans sa propre famille, même si elle savait que ses parents l'aimaient. Leur bébé avait de la chance, d'une manière que je n'avais jamais eue. Il avait un endroit où il était à sa place, un endroit où il serait aimé inconditionnellement.

Si jamais j'avais des enfants, je leur montrerais ce même amour.

Même si Mandy ne se sentait pas très bien, elle a accepté un muffin. Elle l'a mangé lentement pendant que j'aidais les clients qui arrivaient au compte-gouttes. Les O'Neill se sont assis à côté de Mandy et lui ont posé des questions sur sa grossesse et comment elle se sentait. Pendant qu'ils parlaient, Max est entré, et je me suis écartée pour le servir.

Quand j'ai ramené son café de l'arrière-boutique, j'ai jeté un coup d'œil à Mandy. Elle était devenue blême et s'agrippait au bord du comptoir. Mme O'Neill était penchée sur elle, lui parlant doucement. J'ai tendu son café à Max et j'ai pris ses muffins et son petit gâteaux tout en surveillant Mandy. — Elle va bien ? a-t-il demandé alors que je lui tendais le sac et la boîte.

— Je n'en suis pas sûre. Tu as une minute ?

Max a hoché la tête, et je suis allée à l'autre bout du comptoir.

— Oh, Charlie, Mandy doit aller à l'hôpital maintenant. Elle est en train d'accoucher et probablement sur le point de pousser. Je ne tarderais pas du tout, tu dois l'y conduire maintenant, ma chérie.

Mon cœur est tombé dans mes chaussettes et la panique m'a envahie. Je n'avais aucune idée de quoi faire. J'étais complètement paralysée, regardant mon amie alors qu'une autre contraction déchirait son corps. Elle s'est de nouveau agrippée au comptoir et s'est appuyée sur Mme O'Neill, qui a tenu bon malgré son âge avancé.

— Vous êtes sûre ? ai-je finalement réussi à dire. — Elle n'était pas en train d'accoucher il y a une minute, ai-je plaidé, espérant que Mme O'Neill se trompait, tout en sachant en prononçant ces mots qu'elle ne pouvait pas avoir tort. Mme O'Neill avait six enfants à elle et une ribambelle de petits-enfants et d'arrière-petits-enfants. Si quelqu'un s'y connaissait en accouchement, c'était bien Mme O'Neill.

— Elle est en travail depuis cette nuit, Charlie. Le mal de dos qu'elle ressentait, c'étaient les douleurs de l'accouchement et les brûlures d'estomac étaient un avertissement de son corps. Maintenant ses contractions sont plus fortes, et elle doit aller à l'hôpital. Elle va avoir ce bébé d'ici quelques heures, si ce n'est moins.

Max a semblé passer à l'action, remerciant les O'Neill et les raccompagnant à la porte avec la promesse que je les appellerais plus tard. Il m'a demandé où était ma voiture et si j'avais des serviettes sur place. — J'habite à l'étage, donc oui, il y a des serviettes. Par la cuisine et en haut de l'escalier de service.

— Reste avec Mandy. Tes clés sont à l'étage, aussi ?

— Hein ?

— Les clés, Charlotte. Où sont tes clés de voiture ?

Mon esprit s'est bloqué quand j'ai réalisé ce qu'il demandait. — Merde, ma voiture n'est pas assez grande. J'ai un coupé. Elle ne pourra même pas monter à l'arrière. Enfin, si elle y arrive, elle n'en sortira pas. On a besoin de Xander.

— Qui est Xander ?

Mandy m'a serré le poing et a gémi alors que la douleur la déchirait à nouveau. J'étais vaguement consciente que seulement quelques minutes s'étaient écoulées depuis sa dernière contraction. Elle allait avoir son bébé, bientôt. Il n'y avait pas le temps d'aller chercher Xander.

— Xander est le mari de Mandy.

— On ne peut pas attendre qu'il arrive. On doit y aller maintenant. Ferme la boutique.

Max nous a dirigées vers la porte d'entrée et je l'ai verrouillée derrière nous. Nous sommes montées dans l'Explorer de Max, moi à l'arrière avec Mandy et Max conduisant directement à l'hôpital. Il conduisait d'une main et composait un numéro sur le téléphone de Mandy de l'autre.

— Xander ? a dit Max dans le téléphone de Mandy, puis il a fait une pause. — Oui, je m'appelle Max. Je suis un ami de Charlotte, et je conduis votre femme à l'hôpital en ce moment. J'étais chez Mords-moi ! ce matin quand nous avons réalisé qu'elle était en train d'accoucher. Il a attendu, écoutant Xander. Je pouvais entendre sa voix forte depuis la banquette arrière, bien que je ne comprenne pas ce que Xander disait. — Apparemment, assez avancé. Il a de nouveau fait une pause. — Nous ne pouvions pas attendre que vous arriviez. Retrouvez-nous à l'hôpital.

Max a raccroché et a demandé le nom du médecin de Mandy. Au feu suivant, il a cherché le numéro sur son téléphone et a appelé le cabinet, leur disant que nous nous dirigions vers l'hôpital. — Y a-t-il quelqu'un d'autre que nous devons appeler ? Ses parents ? a demandé Max quand il a raccroché.

Mandy a secoué la tête. — Tu peux appeler Claire et tout le monde, mais ils n'ont pas besoin d'être là maintenant. Allons juste à l'... AHHH ! a hurlé Mandy en attrapant mon bras, le serrant fort.

Je me suis accrochée à elle et je l'ai laissée traverser cette épreuve. Elle avait l'air si malheureuse, mais je savais qu'elle avait besoin que quelqu'un soit là pour elle. Max m'a sauvé la vie en nous conduisant. Je n'y serais jamais arrivée en conduisant pendant que Mandy souffrait seule.

Il s'est garé devant l'entrée des urgences et a mis la voiture en stationnement. Il est venu de notre côté et a aidé Mandy à sortir de la voiture, la portant à moitié jusqu'aux urgences. Au comptoir, il a expliqué ce qui se passait et a aidé à l'installer dans un fauteuil roulant. Xander a fait irruption par les portes pendant que nous parlions à l'accueil. Il s'est précipité vers Mandy et lui a embrassé le front avant qu'ils ne disparaissent avec une infirmière.

— Appelle tes amis, je vais garer la voiture.

Max a disparu et je me suis retournée vers le bureau d'accueil. — Où va-t-elle aller ? ai-je demandé à la femme qui nous avait aidées à enregistrer Mandy.

— Quatrième étage. Il y a une salle d'attente là-haut. Voulez-vous que je dise à votre petit ami où vous allez ?

J'ai secoué la tête, sans corriger son erreur, et je me suis dirigée vers la porte pour commencer à passer des appels.

Quand Max est revenu, j'avais contacté presque tout le monde. Drew avait dit à Carrie ce qui se passait une fois Xander parti et elle était déjà en route avec lui qui suivait de peu. Carrie avait également appelé Riley et Sam au moment où je les ai eues. Addi ne pouvait pas quitter l'école, mais a promis de passer après le travail. Lexi a promis de venir après le travail aussi, mais Claire était en route.

— Tu sais où elle est ? a demandé Max quand j'ai raccroché avec Claire.

— Oui, elle est au quatrième étage. Je ne saurais jamais assez te remercier pour ton aide. Je ne crois pas que j'y serais arrivée si tu n'avais pas été là.

— Avec plaisir. Je peux faire quelque chose pour toi ?

J'ai secoué la tête, pas vraiment prête à ce qu'il parte, mais sachant qu'il n'y avait aucune raison pour qu'il reste. Quelqu'un me ramènerait à la maison plus tard, donc je n'avais même pas besoin de lui pour ça.

Mais je voulais qu'il reste. Je ne pouvais pas l'expliquer, mais je ne voulais pas être seule. Je savais qu'il ne faudrait pas longtemps avant que mes amies ne débarquent à l'hôpital, chacune avec son mari. Pour la première fois de ma vie, je ne voulais pas être la seule à ne pas avoir un homme sur qui m'appuyer.

— Est-ce que tu, euh… Est-ce que tu veux que je reste ? a demandé Max.

— Non, ai-je dit trop vite. — Je veux dire, je suis sûre que tu as d'autres choses à faire aujourd'hui que de poireauter à la maternité et d'attendre qu'une inconnue accouche de son bébé.

Max a souri et s'est approché un peu plus de moi. Il avait l'air de vouloir dire quelque chose, comme s'il y avait plus en suspens. — Est-ce que je peux faire quelque chose pour toi à ta boutique ? On est partis précipitamment. Une cafetière à débrancher ? Des lumières à éteindre ? N'importe quoi ?

— Merde, ai-je dit à voix haute. — Je n'y ai même pas pensé. J'ai tout laissé allumé. Mince, je n'ai même pas verrouillé la porte de derrière. Je dois y aller…

— Est-ce que tu me fais confiance ?

7

Lui faire confiance ? Est-ce que je lui faisais confiance ? Je me faisais à peine confiance à moi-même. Je l'avais rencontré une semaine plus tôt. Pourtant, pour une raison que j'ignorais, je me suis entendue murmurer :

— Oui.

Il a tendu la main.

— Donne-moi tes clés. Je vais tout vérifier et mettre un mot sur la porte pour que tes clients sachent que tu rouvriras demain.

— Kendall.

Il a haussé les sourcils d'un air interrogateur.

— Qui ?

— Kendall. C'est une lycéenne, en terminale, qui travaille pour moi l'après-midi. Mais elle n'a pas les clés, parce que je suis toujours là.

Max a marqué une pause et s'est frotté le menton. Le bruit de ses doigts frôlant sa barbe naissante a mis mon corps en alerte d'une manière étrange. Une vague de chaleur m'a envahie et mes tétons se sont dressés comme s'ils attendaient le même traitement, le même frôlement de ses doigts.

J'ai fermé les yeux et j'ai pris une profonde inspiration pour me concentrer sur n'importe quoi d'autre que cette agression des sens, et j'ai été heureuse de l'entendre s'arrêter. Jusqu'à ce que j'ouvre les yeux.

— Charlotte ? Tout va bien ? Sa main planait au-dessus de moi, à moins de trois centimètres de mon bras. Nous étions parties si vite que je n'avais même pas pris de veste et je pouvais sentir la chaleur qui émanait de sa paume. Comme je ne lui ai pas répondu tout de suite, sa main s'est posée sur mon bras. Une décharge électrique a parcouru mon bras et s'est propagée dans tout mon corps.

J'ai sursauté au contact et Max s'est reculé, une lueur blessée dans les yeux.

— Je suis désolée. Je… Tu m'as juste surprise. Je vais bien. J'essaie juste de savoir quoi faire pour Kendall.

— Pourquoi tu ne l'appelles pas pour lui dire ce qui s'est passé ? Laisse-lui un message. Je suis sûr qu'elle comprendra et qu'elle sera probablement contente d'avoir un après-midi à passer avec ses amis.

J'ai souri parce que je savais qu'il avait raison. Les amis de Kendall passaient généralement à la pâtisserie l'après-midi pour discuter avec elle, mais les parents de Kendall l'obligeaient à travailler. Elle économisait pour l'université, alors ça m'embêtait de lui annuler un service, mais je savais aussi qu'un après-midi de libre lui ferait du bien.

— Tu as raison. Je vais l'appeler. Mais je peux venir avec toi à Mords-moi ! pour m'occuper de tout et récupérer ma voiture. Ensuite, tu pourras finir ce que tu avais prévu de faire aujourd'hui.

Max a secoué la tête.

— Honnêtement, je n'ai rien à faire. Les routes sont dégagées, donc je suis libre pour la journée. Ça ne me dérange pas. En plus, tu peux rester ici et te coordonner avec tes amies.

— Tu es sûr ? Je n'avais pas vraiment envie qu'il parte. C'était agréable de pouvoir compter sur lui pendant quelques minutes. Mais je ne pouvais aller nulle part, et il était volontaire.

— Absolument. J'ai juste besoin de tes clés.

J'ai sorti les clés de ma poche et je les lui ai tendues. Je n'avais jamais donné les clés de chez moi à qui que ce soit, même pas à une amie proche. Personne n'était jamais entré dans ma maison sans que je sois là, et je venais de donner mes clés à Max sans grande hésitation.

Comment pouvais-je déjà lui faire confiance ?

Je n'ai pas eu le temps d'y penser. Après un rapide SMS à toutes nos amies, je suis montée au quatrième étage pour prendre des nouvelles auprès de Xander. Je lui ai envoyé un message pour lui dire que j'étais dans la salle d'attente et de me faire savoir s'ils avaient besoin de quoi que ce soit.

Xander a répondu immédiatement.

Mandy aurait bien besoin d'une amie en ce moment. Tu pourrais venir dans la chambre 437 ?

Surprise qu'elle veuille voir quelqu'un d'autre, je me suis levée et j'ai suivi les panneaux jusqu'à la chambre de Mandy. J'ai frappé et j'ai attendu que Xander réponde avant d'entrer. Un rideau était tiré entre la porte et la chambre, alors je les ai appelés avant de le contourner.

Mandy était allongée sur le dos dans un lit d'hôpital surélevé. Elle avait l'air épuisée, alors que je l'avais vue quelques minutes plus tôt. Elle portait une blouse d'hôpital et était entourée de machines qui bipaiaient. Xander lui tenait la main et lui parlait, et je pouvais dire, à l'expression crispée de son visage, qu'elle avait une autre contraction.

Quand la douleur s'est calmée, Mandy m'a offert un sourire niais.

— Merci de m'avoir amenée ici. Toi et Max. Le médecin a dit que ça prendrait un peu de temps, mais qu'ils sont contents que je sois là.

— Tu sais que je ferais n'importe quoi pour toi. J'ai déjà appelé tout le monde et la plupart sont en route. Tu as besoin de quelque chose d'autre ?

— Non, je… Mandy s'est interrompue avec un gémissement en agrippant la main de Xander de toutes ses forces. La douleur plissait son visage et me déchirait le cœur. Je voulais lui enlever sa douleur, mais je savais qu'il n'y avait rien que je puisse faire. Mandy était forte. Elle s'en sortirait.

— Désolée. Ils envoient l'anesthésiste pour me faire une péridurale. Je pensais que je pourrais m'en passer, mais je suis trop épuisée pour me concentrer sur autre chose que la douleur. Après ça, le médecin a dit que je devrai attendre quelques heures avant de pouvoir pousser, car je ne suis dilatée qu'à environ huit centimètres.

— J'imagine que Mme O'Neill s'est un peu trompée alors, hein ?

Mandy m'a souri faiblement.

— Elle avait raison, quand même. Je ne savais même pas que j'étais en plein travail avant qu'elle ne me le dise. Je serais restée assise là jusqu'à ce que je perde les eaux.

— Je suis juste contente qu'on soit là. On a frappé à la porte, nous faisant toutes regarder dans cette direction. Un homme en blouse blanche a contourné le rideau et s'est présenté comme étant le Dr Carter, l'anesthésiste. — Je vais vous laisser pour que tu puisses avoir ça et peut-être te reposer un peu. Je vais dire à tout le monde ce qui se passe. Xander, dis-moi si je peux faire quoi que ce soit pour toi.

Xander m'a serré la main avant que je ne sorte et ne retourne dans la salle d'attente. J'ai entendu une voix familière et affolée, et je me suis précipitée vers le bureau d'accueil.

— Claire ! Mandy va bien.

— Oh, Charlie, Dieu merci, a-t-elle dit en se détournant du poste des infirmières. Elle s'est effondrée contre Aidan qui l'a serrée fort dans ses bras. — Où est-elle ?

Claire et Mandy se connaissaient depuis toujours, alors je comprenais son inquiétude. Si l'une d'entre nous devait perdre la tête, ce serait sans aucun doute Claire.

— Je viens de sortir de sa chambre. Le médecin lui fait une péridurale en ce moment. J'ai dit à Xander de me faire savoir s'ils avaient besoin de quoi que ce soit, mais je suis sûre qu'elle voudrait te voir.

Claire a grimacé et a plissé le nez.

— Ça prend combien de temps, une péridurale ? Je ne veux pas voir ça.

J'ai souri, compréhensive, et j'ai haussé les épaules.

— Tu pourrais peut-être attendre devant la chambre jusqu'à ce que le médecin sorte ? Ou tu pourrais envoyer un SMS à Xander et lui demander de te dire quand ils auront fini.

Aidan lui a pris la main et l'a conduite vers la salle d'attente.

— Pourquoi ne pas leur laisser une chance de se reposer ? Xander nous fera savoir quand ils voudront nous voir.

Claire a docilement suivi Aidan jusqu'à un siège. Sam et Brady sont arrivés avant que j'aie pu m'asseoir et je les ai mis au courant. Carrie, Riley et Connor ont suivi, avec l'assurance que Drew arriverait bientôt, puis Lexi et Mike. Alors que tout le monde était assis et anxieux, j'ai regardé autour de moi. Addi serait là dès la fin des cours, et j'étais sûre que Joey serait avec elle. Toutes mes amies avaient leur homme sur qui s'appuyer, à qui parler de leurs inquiétudes. J'étais assise parmi eux, entourée mais toujours seule.

J'aurais aimé que Max soit resté.

Une heure après notre arrivée, je commençais à m'agiter.

J'avais mal aux fesses à force d'être assise et la faim commençait à se faire sentir. La cafétéria de l'hôpital ne me tentait pas vraiment, mais comme je n'avais pas d'autre choix, j'étais presque certaine que je devrais y aller.

Jusqu'à ce que je réalise que je n'avais ni mon sac ni d'argent.

Merde.

Entre eux, j'ai entendu les autres commencer à parler du déjeuner. Sam voulait de la pizza, Claire voulait un burger, et Lexi voulait de la soupe. Ils ont tous commencé à faire des plans sur où aller et à se coordonner pour que quelqu'un reste sur place afin de tenir tout le monde informé des progrès de Mandy.

— Je vais rester, leur ai-je dit. — Je n'ai ni voiture ni argent pour aller déjeuner. Allez-y, et j'enverrai un message à tout le monde s'il se passe quelque chose.

— Mandy est venue en ambulance ? a demandé Claire, le visage blêmissant à cette question.

— Non, Max nous a conduites. J'ai un peu paniqué, puis on a réalisé que ma voiture ne serait pas assez grande et on pensait ne pas avoir le temps d'appeler Xander d'abord, alors Max nous a emmenées. Une de mes clientes a dit que Mandy accoucherait dans l'heure, alors elle et moi avons un peu flippé, mais Max a tout géré.

— Max ? Le type du chasse-neige ? J'ai hoché la tête, détestant la lueur dans les yeux de Lexi. — Où est-il ?

— Il est retourné voir comment allait Mords-moi ! et a dit qu'il reviendrait. J'imagine qu'il sera de retour dans un moment, mais il a peut-être eu un empêchement.

Je pouvais lire les pensées qui fusaient dans leurs têtes, mais j'ai choisi d'ignorer les regards qu'elles me lançaient toutes. Je ne voulais pas de leur pitié, et ça y ressemblait dangereusement.

— Allez déjeuner. Je vous préviendrai si Xander sort ou si Mandy accouche.

Tout le monde a murmuré ses remerciements et s'est dirigé en ordre dispersé vers les ascenseurs. Lexi s'est approchée de moi.

— Tu es sortie sans prendre ton sac ? J'ai hoché la tête en levant les yeux au ciel devant ma stupidité. — Tu veux qu'on te prenne quelque chose ?

— Non, ça me ferait du bien de sauter un repas ou six. Ça ira.

Lexi m'a observée, me connaissant mieux que les autres, et je savais qu'elle pouvait voir la vérité derrière mes paroles.

— Charlie, tu me donnes des petits gâteaux gratuits tout le temps. Le moins que je puisse faire, c'est de t'offrir à déjeuner.

J'ai finalement acquiescé, même si c'était difficile. Je détestais laisser les gens faire des choses pour moi. J'étais seule depuis si longtemps que j'avais pris l'habitude de m'occuper de moi-même sans penser que quelqu'un d'autre puisse y participer. En quelques jours à peine, j'avais accepté que Riley et Connor m'aident à trouver un emplacement pour Mords-moi !, demandé à Max de s'occuper de ma pâtisserie, et voilà que Lexi m'achetait à déjeuner.

J'étais en train de craquer.

Mais j'étais un peu soulagée que d'autres soient là pour moi. D'avoir quelqu'un sur qui m'appuyer. Ou quelques quelqu'uns.

Seule dans le calme de la salle d'attente, j'ai regardé les autres personnes présentes. La plupart semblaient être les parents d'une future mère ou d'un futur père, attendant l'arrivée d'un petit-enfant. Quelques-uns étaient plus jeunes, peut-être des frères, des sœurs ou des amis, mais en ce jour de semaine, la salle était calme.

Heureusement, j'avais mon téléphone dans ma poche quand nous étions sorties en courant. Je l'ai sorti et j'ai commencé à parcourir Pinterest à la recherche de nouvelles recettes à essayer. J'ai épinglé quelques nouveautés à tester si jamais j'avais du temps libre, puis j'ai cherché des options de recettes saines.

Je perdais vraiment la tête.

Mamie m'aurait sermonné pour avoir ne serait-ce que considéré des recettes saines. Je pouvais presque entendre sa voix me dire : — Charlotte, un petit gâteaux ne vaut pas la peine d'être mangé si tu ne peux pas l'apprécier. Et tu ne peux pas l'apprécier s'il est plein de trucs qui ne sont pas de la vraie nourriture.

Avant de m'enfoncer davantage sur la voie de l'alimentation saine, j'ai fermé l'application et j'ai rangé mon téléphone dans ma poche. Je n'ai pu m'empêcher de me demander si Max avait vidé ma caisse et s'était enfui avec toutes mes affaires. Il était parti depuis assez longtemps pour être déjà de retour, s'il était seulement allé vérifier la pâtisserie et fermer à clé.

Non, j'ai secoué la tête. Max ne ferait pas ça. Je ne le comprenais pas, mais je lui faisais confiance. Il ne me ferait pas ça. Il avait emmené Mandy à l'hôpital et était resté calme alors que je paniquais. Max ne m'arnaquerait pas. Peut-être qu'il avait reçu un appel.

Oh, mon Dieu, j'espérais qu'il n'avait pas eu d'accident.

Pendant que je m'inquiétais de la disparition de Max, je n'ai pas reconnu la symphonie de voix qui approchait avant qu'elles ne soient presque sur moi. J'ai levé les yeux et j'ai vu Connor avec les bras chargés de boîtes à pizza, et une autre pile derrière lui.

Portée par Max.

8

L E SOULAGEMENT qui m'a envahie était immense. J'ai failli fondre en larmes en ayant la preuve que Max allait bien. Et que mes craintes qu'il soit un voleur étaient infondées. Il faisait peut-être vraiment partie des types bien. Comme Xander, Connor et les autres.

Je me suis demandé comment Connor avait pu faire livrer autant de pizzas si rapidement et je me suis levée d'un bond pour aider les garçons à poser les boîtes sur la table basse, là où nous étions assis.

Connor s'est tourné vers Max et lui a donné une tape dans le dos. — C'est génial. Merci, mec, sérieusement.

Je les ai regardés tour à tour, plus confuse que je n'aurais dû l'être, et j'ai essayé de comprendre ce qui se passait. — C'est toi qui les as achetées ? ai-je demandé à Max.

— Oui, a-t-il soufflé. — Je me suis dit que vous auriez tous faim. Du peu que j'ai entendu de tes appels, j'ai compris que tu contactais sept ou huit personnes et que tu en cherchais d'autres. Je ne pouvais pas deviner combien vous seriez, alors j'en ai juste commandé un tas en espérant que ça suffirait. J'ai, euh, aussi appelé le poste des infirmières pour m'assurer qu'on pouvait apporter de la nourriture ici et j'ai promis de leur amener quelques pizzas. Il y en a cinq pour les infirmières et quinze pour nous.

— Waouh, Max, c'est... Waouh. Merci, sincèrement. J'étais en admiration devant lui.

Max a rougi d'une manière tout à fait adorable et a essayé de le cacher en distribuant des pizzas à tout le monde. — Euh... j'en ai pris de toutes sortes, donc il devrait y en avoir pour tous les goûts. Il a marqué une pause et s'est approché de moi. — Charlotte, quel est le nom de famille de Mandy ?

— Carlson. Pourquoi ?

— Je voulais dire aux infirmières pour qui nous sommes tous là et que les pizzas viennent de la part de Mandy. Elles seront d'autant plus gentilles avec elle et elles seront probablement un peu plus souples sur le règlement pour elle.

J'ai souri à son mensonge attentionné. Quand il a apporté les boîtes aux infirmières, Lexi et Riley m'ont entourée, me surprenant et me rappelant que je n'étais pas seule.

— Il est mignon.

— Et adorable. Je n'arrive pas à croire qu'il ait fait ça pour nous, s'est extasiée Lexi.

— Ouais, ai-je dit, remarquant le ton rêveur dans ma propre voix. J'ai secoué la tête pour chasser les pensées que je ne devais pas avoir et me suis retournée vers mes amies, toujours aussi confuse. — Comment saviez-vous qui c'était ?

— On ne le savait pas, a dit Lexi. — Il a reconnu Connor et Riles alors qu'on sortait toutes. Il a dit que tu les lui avais montrés l'autre jour.

— Oui, c'est vrai. Je suis surprise qu'il vous ait reconnus, cela dit. Il n'a pas dit bonjour ni rien.

— Nous aussi, on était un peu surprises. Je ne savais pas

qui c'était, car je ne l'ai vu qu'une seconde, mais il a dit qu'il était ton ami. Il avait tes clés et il a dit qu'il venait juste de chez Mords-moi ! alors on l'a cru. En plus, il portait vingt pizzas et je suis presque sûre qu'on se fichait de savoir qui il était tant qu'il était prêt à nous nourrir.

J'ai ri avec Lexi et Riley, sachant à quel point nous étions toutes affamées et qu'elles disaient probablement la vérité. Max nous a rejointes et m'a guidée vers les pizzas, me tendant une assiette et s'assurant que je m'assoie avec une part.

Après avoir fini les pizzas, que nous avons partagées avec les autres familles dans la salle d'attente, nous nous sommes réinstallés sur nos sièges, Max garé juste à côté de moi. — Est-ce qu'il y a quoi que ce soit que je puisse faire pour toi ? a-t-il demandé en me rendant mes clés.

— Non, ça va parfaitement. Merci encore d'être retourné chez Mords-moi ! Tout allait bien ?

Il a hoché la tête. — Oui, la cafetière était allumée, tes fours aussi, mais ils étaient vides. J'ai tout éteint et j'ai fait ta vaisselle. J'espère que ça ne te dérange pas, mais je suis monté.

Je me suis crispée à l'idée que Max ait été dans mon appartement.

— Il fait froid dehors, alors je voulais te prendre une veste et j'ai vu ton sac à main là-haut, donc je l'ai pris aussi.

Mes épaules se sont détendues et je lui ai souri. Il s'inquiétait pour moi. Et pour mes amis. Il me connaissait à peine et pourtant il s'en souciait, agissant comme si je comptais pour lui. Ça m'a déstabilisée, et touchée, plus que je ne voulais l'admettre.

Max s'est levé d'un bond. — Je vais chercher tes affaires dans le camion. Je ne veux pas les laisser dedans, juste au cas où.

Il était parti et revenu avant que j'aie eu le temps d'y penser. Claire a reçu un texto de Xander disant que Mandy allait commencer à pousser, alors il appelait leurs parents. Claire a envoyé un texto à Addi pour la tenir au courant. Max s'est rassis à côté de moi, mon sac à main et nos vestes emmêlées sur le siège de l'autre côté de lui.

L'épuisement s'est abattu sur moi une fois que tout a été réglé. Mandy avait encore beaucoup de travail à faire, mais le stress de la matinée et l'anxiété de savoir que Max avait mes clés m'avaient soudainement épuisée. J'ai penché la tête en arrière pour m'appuyer contre le mur et j'ai fermé les yeux, heureuse que quelqu'un soit là pour moi et que nous soyons tous ensemble. Mes amis parlaient autour de moi, mais je me suis simplement reposée, laissant leurs voix s'estomper jusqu'à ce que je m'endorme.

Les bruits sont revenus en quelques secondes, ou du moins c'est l'impression que ça m'a donné. J'étais confortablement installée, la tête reposant doucement sur quelque chose, et je me suis demandé si Max avait mis ma veste derrière moi. J'ai entendu Lexi parler près de moi et la voix de Max a semblé gronder à travers moi quand il lui a répondu. J'ai souri et me suis agitée sur mon siège, me blottissant dans mon confort.

— Ooh, elle va peut-être se réveiller, a dit Lexi à voix basse.

— Mm hm, a grondé Max. — Elle en avait bien besoin. Sa cafetière était pleine, donc je sais qu'elle n'a pas eu sa dose ce matin.

— Charlie carbure au café. Elle s'est mis beaucoup de pression ces derniers temps aussi. J'espérais que la présence de Mandy l'aiderait à se détendre, mais on dirait qu'aujourd'-hui, ça a plutôt empiré les choses. Merci de ton aide ce matin.

Ma tête a légèrement dodeliné avant que Max ne dise :
— Je suis content d'avoir pu aider. Je l'aime bien.

Le silence de Lexi était plus révélateur que n'importe quoi d'autre. — On t'aime bien aussi. Charlie aussi. Mais sois gentil avec elle, sinon tu auras affaire à nous toutes.

Max a gloussé et je l'ai autant senti que je l'ai entendu hocher la tête. — J'ai compris.

Me sentant coupable d'avoir surpris leur conversation, j'ai roulé mon cou et me suis étirée. Ma tête a glissé vers l'avant et je me suis rattrapée avant de tomber. Une main a enveloppé mon épaule alors que mes yeux s'ouvraient en grand et que je voyais Max.

Proche.

Trop proche.

Oh, merde. Je m'étais endormie sur son épaule.

— Je suis vraiment désolée, Max. Je ne voulais pas m'endormir… euh, sur toi.

Il a souri alors que Lexi s'éloignait de nous. — Ne t'en fais pas. J'espère que j'ai fait un oreiller convenable.

La chaleur est montée à mes joues quand il m'a fait un clin d'œil. J'ai hoché la tête timidement et j'ai décidé que j'avais besoin de m'éloigner une minute. — Comment va Mandy ?

— Pas encore de nouvelles. Elle pousse encore, j'imagine. Claire ? a-t-il demandé en hochant la tête dans sa direction. J'ai acquiescé pour confirmer qu'il avait raison et il a continué : — Elle a dit que ça pourrait prendre un moment ou que ça ne pourrait durer que quelques minutes. Comme on n'a pas de nouvelles, on suppose que ce sera un peu plus long.

J'ai frotté mes mains sur mes jambes et je me suis levée. — Je crois que je vais aller faire un tour, essayer de me réveiller un peu.

Max s'est levé à côté de moi. — Je crois que je vais t'accompagner.

Comment pouvais-je lui dire que je voulais faire un tour pour m'éloigner de lui ? Que je commençais à le considérer comme l'un des nôtres, et que ça me déstabilisait. Et que ça affectait ma résistance.

Nous avons commencé à marcher en silence dans le long couloir. Mes pensées s'entrechoquaient. Pourquoi était-il encore là ? Qu'est-ce qu'il y gagnait ? Était-il vraiment un type aussi gentil ? Pourquoi n'avait-il rien d'autre à faire ? Allait-il s'attendre à de la nourriture gratuite de ma part ? Faisait-il ça uniquement pour la nourriture gratuite ?

— Oh, je te dois combien pour les pizzas ?

Max a secoué la tête. — Rien.

J'ai plissé les yeux en le regardant. — Tu as acheté vingt pizzas. Je ne peux pas te laisser payer pour ça. Tu nous as sauvé la vie aujourd'hui.

Max a tendu la main et a attrapé la mienne, la serrant doucement. — Je voulais aider. Tu as été si géniale avec moi, et c'est le moins que je puisse faire.

Son sourire était contagieux et je me suis surprise à lui sourire en retour. Ses yeux marron foncé pétillaient et la fossette sur sa joue me faisait un clin d'œil. De toute ma vie, je ne m'étais jamais pâmée devant un homme magnifique, mais à cet instant, j'ai compris. Mes genoux ont fléchi et mon cœur battait à tout rompre dans ma poitrine. La façon dont il me regardait m'a fait penser qu'il allait m'embrasser. Ses yeux se sont assombris lorsqu'il a baissé le regard vers mes lèvres.

Nerveuse, j'ai mordu ma lèvre inférieure et Max a aspiré une bouffée d'air. Il s'est penché vers moi et a doucement glissé une mèche de mes cheveux bruns et ondulés derrière mon oreille, m'envoyant des frissons le long de la colonne vertébrale. Sa langue rose est sortie pour humecter ses lèvres et je ne pouvais nier à quel point j'étais attirée par lui. Je voulais l'embrasser, de tout mon être.

Une lente chaleur a commencé à monter dans mon ventre, une anticipation. À chaque courte respiration, nous

nous rapprochions de plus en plus, jusqu'à ce que je puisse sentir le souffle de son haleine sur mon visage comme une douce caresse. Mes yeux se sont fermés et mon visage s'est levé vers le sien.

Puis j'ai été bousculée, Max a été projeté contre moi et nous avons tous les deux basculé, tombant jusqu'à ce que ma tête heurte le mur derrière moi.

Max a été bousculé contre moi, son corps pressé contre le mien, me provoquant une secousse de plaisir. Son souffle s'est répandu dans mes cheveux, soufflant les mèches alors que j'essayais de comprendre ce qui venait de se passer.

Des voix m'ont rattrapée alors que trois personnes poussaient un brancard dans le couloir. Mon estomac s'est noué à l'idée qu'une femme en travail puisse avoir besoin d'être transportée aussi vite dans un couloir, et j'ai dit une brève prière pour cette femme et son enfant.

Mon cerveau a finalement repris ses esprits et je me suis souvenue où nous étions et pourquoi.

— Ça va ? a demandé Max en berçant ma tête.

— Oui, je vais bien. Je suis désolée. J'avais en quelque sorte oublié où j'étais.

— Moi aussi, a murmuré Max. — Euh, on devrait peut-être marcher ?

J'ai hoché la tête, soulagée qu'il soit prêt à laisser passer ce moment, même si j'étais déçue. Je n'avais pas vécu un moment pareil, un moment où j'avais si envie d'embrasser quelqu'un, depuis longtemps. Peut-être même jamais. Je pouvais presque sentir ses lèvres sur les miennes, et j'ai ressenti la perte de son baiser comme une douleur physique. Comme un poids que j'allais porter avec moi.

Max a de nouveau pris ma main et m'a entraînée dans le couloir, plus loin de la salle d'attente. — Pourquoi as-tu ouvert une pâtisserie ?

La question a fait naître un sourire sur mon visage, comme toujours. La joie que je tirais de la pâtisserie ne pouvait pas s'expliquer, mais elle pouvait se sentir. — Mamie. Elle m'a élevée et m'a appris à faire des gâteaux. Elle me disait toujours : — Tout dans la vie peut se résoudre avec un petit gâteaux. Je lui dois tout.

— Je parie qu'elle est vraiment fière de toi. Vous êtes toujours proches toutes les deux ?

Le chagrin m'a envahie, comme toujours quand je pensais à Mamie. — Elle est partie il y a onze ans.

Max a de nouveau serré ma main. — Je suis désolé, Charlotte. Je ne voulais pas…

— Ce n'est rien. Je sais que ce n'était pas ton intention. Je ne pense pas que ça devienne plus facile avec le temps.

Nous avons marché côte à côte pendant quelques minutes, sans rien dire. Le silence était confortable avec Max, facile. Je ne me suis pas sentie obligée de le combler avec des bavardages inutiles, j'ai simplement apprécié d'être ensemble.

— Quel est ton plus heureux souvenir d'elle ?

J'étais surprise qu'il le demande. La plupart des gens évitaient le sujet une fois que j'avais mentionné son décès, mais Max était différent. Et il me le rappelait fréquemment.

— Je suppose que ce serait notre dernier Noël ensemble. Elle était tombée malade, juste une grippe, mais comme elle avait plus de 70 ans, la grippe l'a durement touchée. Elle a fini à l'hôpital pendant quelques jours et était si faible à sa sortie qu'elle n'a pas pu nous préparer le dîner. Elle m'avait appris à faire de la pâtisserie, mais je n'ai jamais beaucoup aimé cuisiner. Mamie, toujours au lit, m'a dit de ne pas m'inquiéter pour le dîner de Noël et de simplement faire des petits gâteaux.

Max a ri et j'ai souri à cette pensée. — Mamie ne faisait jamais rien de manière normale, elle y mettait toujours sa touche personnelle. Elle est venue dans la cuisine avec moi et nous avons inventé notre propre recette de petit gâteaux de Noël. Mamie m'a guidée pour faire une version red velvet d'un petit gâteaux et une fournée de glaçage à la menthe poivrée. Avec le gâteau rouge, le glaçage blanc et les morceaux de sucre d'orge écrasés dessus, c'était comme Noël dans notre bouche.

Nous avons marché encore un peu, moi perdue dans mes souvenirs, et Max me laissant me remémorer sans me presser. — On a mangé beaucoup trop de petits gâteaux et on s'est endormies ensemble dans son lit. Quand je me suis réveillée le lendemain matin, Mamie, qui faisait toujours ses achats à la dernière minute, n'avait aucun cadeau pour moi. Elle se sentait si mal, mais je lui ai dit que ça ne me dérangeait pas. C'était un cadeau suffisant pour moi qu'elle soit là et pas à l'hôpital. J'avais quelques cadeaux pour elle, mais elle a refusé de les ouvrir avant d'avoir fait ses achats aussi. On a eu notre deuxième Noël le soir du Nouvel An. C'était notre propre célébration spéciale.

— Ça a l'air d'être un super Noël. Je ne peux pas imaginer ne pas avoir ma grand-mère, ma mère et ma sœur près de moi. Noël n'est pas aussi amusant si tu n'as personne avec qui le partager.

J'ai hoché la tête, ressentant le pincement familier de la solitude. Depuis la mort de Mamie, je n'avais jamais eu personne avec qui partager les fêtes. Lexi avait sa famille, donc même quand nous sommes devenues amies, je passais les vacances seule. Toutes nos autres amies aussi. Ma pâtisserie était fermée pendant les fêtes, donc je n'avais pas non plus mes clients pour me tenir compagnie, pour m'aider à oublier à quel point j'étais seule.

Repoussant ma tristesse, j'ai dit : — Parle-moi de ta famille.

Un sourire a traversé le visage de Max avant qu'il ne

commence à parler. L'amour qu'il éprouvait pour les femmes de sa vie se lisait dans ses yeux. — Mon père est mort quand j'étais petit, et on s'est retrouvés seuls. Ma mère a emménagé avec ma grand-mère pour économiser de l'argent. Maman a dû retourner travailler, mais elle a eu du mal à trouver quelque chose qui payait bien avec des horaires décents. Abby et moi avons passé beaucoup de temps avec notre grand-mère en grandissant. Elle ressemble beaucoup à ta Mamie, elle nous a appris à cuisiner et à faire de la pâtisserie, mais on a tous les deux un peu plus accroché à la cuisine. Abby adore faire des gâteaux, mais elle est aussi une excellente cuisinière. Maman et grand-mère vivent toujours ensemble, mais Abby a emménagé avec moi il y a quelques mois. Elle vient de sortir d'un divorce compliqué et ne voulait pas retourner à la maison, alors j'ai accepté de l'héberger.

— Oh, c'est gentil de ta part.

Il a haussé les épaules comme si de rien n'était. — Je ferais n'importe quoi pour elle. En plus, elle voulait lancer une nouvelle entreprise et avait besoin d'économiser son argent. Vous vous entendriez bien toutes les deux.

— Elle a l'air super. Quelle entreprise essaie-t-elle de lancer ?

Max a hésité assez longtemps pour que je lève les yeux vers lui. Il avait l'air mal à l'aise et je ne savais pas s'il ne savait pas comment l'expliquer ou s'il ne voulait pas me le dire.

— C'est une boulangerie-pâtisserie, mais pas vraiment comme la tienne, a-t-il ajouté rapidement. — Elle fait plus de pains et différentes pâtisseries comme des gâteaux, des tartes et des biscuits. Elle ne propose même pas de petits gâteaux.

— Max, ce n'est rien. Il y a beaucoup de pâtisseries dans le coin. Je sais que j'ai de la concurrence. J'espère juste qu'il y en aura assez pour nous tous.

J'ai entendu mes amies parler avant que Max ait eu la

chance de répondre. Elles applaudissaient et parlaient toutes en même temps. Je me suis précipitée dans la salle d'attente et j'ai attrapé le bras de Lexi. — Mandy a eu une fille. On les transfère dans une chambre de repos et ensuite on pourra toutes aller les voir. Xander a dit que tout s'est bien passé. Et ils vont l'appeler comme toi, Charlie.

9

— Quoi ? ai-je haleté. Je n'aurais pas pu être plus choquée si quelqu'un m'avait annoncé que Grams était entrée et m'avait demandée. J'adorais Mandy et Xander, mais je n'aurais jamais cru qu'ils donneraient mon nom à leur enfant. Je n'avais jamais pensé que quiconque le ferait.

— Quel est son nom ? a demandé Max, le visage rayonnant en me regardant.

— Elise Marie. Elise, c'est le deuxième prénom de Charlie, a expliqué Lexi à Max, et Marie, c'est celui de la mère de Xander. Claire a dit qu'ils n'auraient jamais pu surmonter la grossesse de Mandy sans toi, Charles, alors ils ont voulu t'honorer avec le nom d'Elise.

Les larmes me sont montées aux yeux en entendant les mots de Lexi. C'était comme si j'avais une famille pour la première fois depuis la mort de Grams. Ces amies, les sept femmes que j'en étais venue à considérer comme mes plus proches amies, n'étaient pas vraiment des amies. Elles étaient mes sœurs. Des femmes en qui je pouvais avoir confiance et qui seraient là pour moi, quoi qu'il arrive.

Mandy avait eu des envies de sucre folles pendant sa grossesse. Au début, elle avait souvent envoyé Xander chez Mords-moi ! pour un petit gâteaux ou deux avant de céder et de commencer à les prendre par douzaines. J'ai bien vu que Xander l'aidait à les manger quand il a commencé à prendre quelques kilos, lui aussi.

Vers le quatrième mois de sa grossesse, j'ai décidé d'épargner le déplacement à Xander et j'ai commencé à leur livrer des petits gâteaux. Kendall déposait une boîte pour Mandy au travail et une autre pour Xander afin qu'ils en aient en rentrant à la maison. Certains soirs, Mandy disait que les petits gâteaux étaient la seule chose qu'elle mangeait pour dîner. Je connaissais ce sentiment !

Max a passé son bras autour de mes épaules et a souri à Lexi. — C'est vraiment gentil de leur part. Est-ce que tout s'est bien passé ?

Lexi a hoché la tête et a jeté un œil au bras de Max autour de moi. À cet instant, je me fichais de ce qu'elle pouvait penser. J'étais sur un petit nuage et rien ne pouvait gâcher mon humeur.

— Mandy est fatiguée, mais Xander a dit que tout s'était bien passé, même si ça a pris plus de temps que prévu. Oh, et Addi et Joey seront bientôt là.

J'ai acquiescé, encore un peu dans le coton, et j'ai laissé Max me guider vers nos sièges. Je me suis laissée tomber sur ma chaise, sentant immédiatement la perte de sa chaleur autour de moi. Comment était-il possible que je sois devenue si à l'aise avec lui, et si habituée à lui, en si peu de temps ? Ce n'était pas le fait qu'il soit un client, ni même la façon dont nous nous étions rencontrés, c'était autre chose. Quelque chose sur lequel je n'arrivais pas à mettre le doigt. Comme si je le connaissais depuis toujours, même si cela ne faisait qu'une semaine.

— C'est un sacré honneur. On dirait que tes amies sont aussi admiratives que moi. Tu es une femme vraiment incroyable, Charlotte.

J'ai rougi à son compliment et j'ai essayé de l'ignorer. Je n'avais jamais été douée pour accepter les éloges, sauf pour ma pâtisserie. Étant une extension de Grams, je savais qu'elle était bonne. Je copiais son travail avec le mien et personne ne pouvait nier son talent. Mais pour tout le reste… j'avais du mal à accepter que les gens soient sincères. C'était difficile de se dire que ce qu'on me disait était vrai.

Mais personne ne m'avait jamais dit que j'étais incroyable.

Quand Mandy a finalement été installée, nous nous sommes tous entassés dans sa chambre trop petite pour voir le bébé. Tout le monde m'a laissé la prendre en premier et c'était la petite personne la plus parfaite que j'aie jamais vue. Elle m'a regardée avec un sourire endormi. J'étais vaguement consciente que Max prenait des photos de nous, mais je m'en fichais. J'étais amoureuse, complètement folle amoureuse d'Elise.

— Si jamais vous avez besoin d'une baby-sitter, s'il vous plaît, appelez-moi, ai-je dit à Mandy en passant Elise à Claire.

Mandy m'a souri et Xander s'est penché pour l'embrasser sur le front. — On n'y manquera pas.

Alors qu'Elise passait de bras en bras, j'ai surpris plus d'un regard de convoitise de la part de mes amies et tout autant de regards de désir de la part des hommes dans leur vie. Quelque chose me disait qu'il y aurait bientôt un autre bébé parmi nous. Peut-être même plusieurs.

Mandy a commencé à bâiller alors que le ciel s'assombrissait dehors. Elise était blottie contre la poitrine de Xander, profondément endormie. Les regards qu'ils s'échangeaient disaient qu'ils étaient plus qu'heureux, et qu'ils auraient du mal à garder leurs mains pour eux jusqu'à ce que les six semaines de Mandy soient écoulées.

La plupart d'entre nous sommes sortis ensemble, nous entassant dans un ascenseur pour descendre au garage. La main de Max reposait au creux de mes reins, la chaleur de son corps pénétrant ma veste pour me réchauffer. Quand nous sommes sortis dans le froid, Lexi a demandé : — Charles, on peut te ramener à la maison ?

— Je m'en occupe, a dit Max avant que j'aie eu le temps de répondre. Je veux dire, euh, ça ne me dérange pas. Si Charlotte est d'accord.

— Merci, lui ai-je dit doucement, souriant pour moi-même, et j'ai serré Lexi dans mes bras.

Elle a murmuré : — Appelle-moi plus tard, puis elle m'a relâchée et est partie avec Mike.

Max m'a conduite à son Expedition, m'a tenu la portière pendant que je montais dans le véhicule, puis l'a refermée derrière moi. Je l'ai regardé contourner l'avant de la voiture et je me suis demandé pourquoi il ressentait le besoin de prendre soin de moi. Toute la journée, il avait tout fait, de conduire mon amie à l'hôpital à fermer ma boutique, en passant par acheter de la nourriture pour tout le monde. Il avait été à mes côtés, me soutenant comme j'avais toujours voulu que quelqu'un le fasse.

Et ça me déstabilisait complètement.

Le trajet jusqu'à chez moi a été silencieux. Soudain, je ne savais plus quoi dire à Max. Nous avions passé tellement de temps ensemble, mais la plupart du temps avec le reste de mes amis. Le seul moment où nous étions seuls, c'était quand nous étions allés nous promener et que nous avions failli nous embrasser.

Tout ce à quoi je pouvais penser, c'était la façon dont il m'avait regardée avant que je me fasse plaquer contre le mur.

Mon corps s'est de nouveau réchauffé à cette pensée. J'avais eu envie de l'embrasser. Bon sang, j'en avais toujours envie. Mais pas question que je prenne l'initiative. Max était probablement juste pris dans l'instant ou quelque chose comme ça. Il n'y avait aucune chance qu'un homme comme lui veuille de moi.

Max s'est garé sur une place de parking devant Mords-moi ! et a coupé le moteur. J'avais l'impression de lui devoir quelque chose pour son aide et je me suis entendue lui demander : — Tu veux entrer ? Je peux faire couler un café frais et je suis sûre qu'il reste des muffins et des petits gâteaux, vu que j'ai fermé si tôt.

— J'adorerais, a souri Max, dévoilant cette adorable fossette.

Max m'a suivie à travers la boutique sombre jusqu'à la cuisine après que j'ai verrouillé la porte d'entrée. J'ai allumé les lumières et j'ai laissé la porte ouverte pour pouvoir prendre quelques muffins et petits gâteaux dans la vitrine. — Qu'est-ce qui te ferait plaisir ?

Max a grogné et mon estomac s'est noué en réalisant comment ma question avait sonné. Je me suis retournée pour le regarder et j'ai été presque renversée par le regard sauvage et affamé dans ses yeux. Il me voulait. Je pouvais le voir, presque le sentir dans l'air lourd et sucré qui nous entourait.

Ses yeux se sont ancrés dans les miens et il a su que je l'avais vu. Il s'est avancé vers moi, lentement, comme s'il approchait de sa proie. D'une certaine manière, je suppose que c'était le cas, mais ça m'a foutrement choquée. Je ne pouvais plus penser, pas avec ce regard dans ses yeux, avec cette exigence… ce besoin.

Sans s'arrêter, sans faire de pause, sans me donner une chance de le questionner, Max a marché vers moi jusqu'à ce que nos corps se touchent, jusqu'à ce que nous soyons alignés de la manière la plus intime possible, jusqu'à ce que ses lèvres s'écrasent sur les miennes.

Son baiser était plus doux que ce à quoi je m'attendais, vu son approche. Il m'avait regardée comme s'il allait me dévorer, mais son baiser était léger et délicat, un doigt trempé dans le bol de glaçage plutôt qu'une cuillerée. Juste assez pour que je sache que j'en voulais plus.

Max a incliné la tête et a pris ma joue en coupe. Sa langue a effleuré mes lèvres closes et elles se sont entrouvertes comme si elles attendaient une bonne raison, lui permettant d'entrer et de prendre tout ce qu'il voulait. Quand sa langue a touché la mienne, mes fourneaux internes sont passés de préchauffage à gril en une seconde. Je ne pouvais pas en avoir assez de lui et il semblait ressentir la même chose.

Les mains de Max étaient partout sur moi en même temps, comme s'il ne pouvait pas me toucher assez. Il a fait glisser ma veste de mes épaules, emprisonnant mes mains dans les manches. J'ai lutté pour me libérer, réussissant enfin à dégager mes mains alors que ses baisers assaillaient mes sens. Sa bouche est passée de la mienne à mon cou et à ma clavicule, des baisers à bouche ouverte laissant une traînée de désir brûlante sur ma peau.

Quand ses mains se sont jointes à la fête et ont enveloppé mes seins lourds, j'ai failli perdre la tête. J'ai gémi bruyamment, mon corps vibrant pour son contact, et je me suis cambrée dans ses mains. Il a souri contre ma peau alors que ses pouces taquinaient mes tétons jusqu'à ce qu'ils deviennent des pointes dures et tendues. — On peut monter ? Mettre à profit ce grand lit rose qui est le tien ?

J'ai hoché la tête, incapable de former des mots tant j'étais partie loin. Max aurait pu me demander à peu près n'importe quoi et j'aurais accepté. Six mois, c'était bien trop long à passer sans sexe, surtout quand un simple contact d'un quasi inconnu me transformait en une flaque informe sur le sol.

Même s'il était l'homme le plus sexy que j'aie jamais vu. Peut-être le plus adorable aussi.

Dans mon appartement, Max n'a pas perdu de temps pour se reconnecter à moi. Il a allumé la lumière de la cuisine, ce qui a laissé le reste de l'appartement dans une faible lueur. J'aurais préféré pas de lumière, n'importe quoi pour cacher mon corps plein de rondeurs, mais je voulais le voir. S'il était aussi beau habillé, je savais qu'il serait un dieu sans vêtements.

Max m'a guidée au-delà du salon jusqu'à la partie chambre de mon studio et s'est tenu devant mon lit, frottant ses mains le long de mes bras. Je me suis préparée pour le discours, vous savez, le discours du genre « je ne devrais pas faire ça et je dois y aller ». Celui où il essaierait de me ménager. Celui qui allait à la fois m'énerver et me faire un mal de chien.

— Tu es si belle, a-t-il murmuré à la place. Sidérée, je lui ai lancé un drôle de regard. Ça allait être une histoire d'un soir, je le savais. Un type comme Max ne serait pas avec quelqu'un comme moi, et ce n'était pas grave. Mais les compliments ne faisaient généralement pas partie du contrat pour une histoire d'un soir. Il changeait les règles. Et je n'aimais pas ça.

Sans accuser réception de ses mots, je me suis penchée pour presser à nouveau mes lèvres contre les siennes. Il m'a laissé mener le baiser pendant quelques secondes avant de reprendre le contrôle. Sa langue s'est enfoncée dans ma bouche et a caressé la mienne de mouvements longs et fermes. Ses hanches se sont pressées contre les miennes au même rythme et ses mains ont enveloppé mes fesses, me maintenant contre lui.

À chaque mouvement, j'étais de plus en plus sur le point d'exploser. On était encore tout habillés et j'allais perdre le contrôle avant même qu'on passe aux choses sérieuses.

Il fallait que je le voie, que je le sente, avant de perdre complètement les pédales. Mes mains se sont glissées sous son T-shirt et mes doigts ont caressé les muscles dessinés de ses abdominaux. Ses baisers se sont faits plus lents et ses hanches se sont immobilisées tandis que je le touchais, détournant son attention de tout le reste. Quand j'ai tiré sur son T-shirt, il s'est détaché de moi pour l'enlever par-dessus sa tête.

Il était tout aussi magnifique que je l'avais imaginé. Ses abdos remontaient vers des pectoraux parfaits en forme de lune, avec des tétons plats cachés au milieu d'un torse assez poilu pour lui donner un air de baroudeur. Ses épaules s'arrondissaient au-dessus de son torse et redescendaient vers des biceps, des triceps, et tous les autres -ceps qui pouvaient exister, tous tendus alors que je le dévorais des yeux.

J'avais envie de promener ma langue sur tout son corps. J'en avais la bouche bée, mais je n'y pouvais rien. Il était incroyable et, pour une nuit, il était à moi.

Lentement, mes doigts ont parcouru tous ses muscles, mes yeux dévorant la vue de sa peau mate contre mes mains pâles. Alors que je dessinais le contour de chaque muscle, il tressaillait, comme s'il exécutait une petite danse de la joie juste sous sa peau. Dieu seul savait que mon corps exécutait sa propre danse de la joie, et la fête semblait avoir commencé entre mes jambes.

Quand mes mains sont revenues sur ses abdos, je n'aurais pas pu m'arrêter, même si j'avais essayé, ce que je n'ai pas fait. Je devais continuer, découvrir ce que le reste de lui pouvait procurer, à quoi il ressemblait. J'ai levé les yeux vers son regard rempli de désir et je l'ai observé tout en déboutonnant son jean, puis en descendant la fermeture éclair. Il a aspiré une bouffée d'air et ses yeux se sont révulsés lorsque mes doigts l'ont frôlé à travers son caleçon, me faisant frissonner de plaisir.

Son jean a glissé le long de ses jambes sans la moindre aide, et il s'en est débarrassé d'un coup de pied, le laissant en caleçon et en chaussettes. Et avec une érection qui luttait pour se libérer. Plantant à nouveau mon regard dans le sien, j'ai glissé mes doigts sous l'élastique de son caleçon, je l'ai descendu juste un peu, puis j'ai passé la main à l'intérieur et je l'ai enroulée autour de lui.

Mon Dieu, cet homme était énorme. Ma culotte s'est humidifiée, l'impatience montant en moi en une spirale alors que je l'imaginais me remplir. Je l'ai caressé doucement, le serrant juste assez pour faire glisser la peau douce contre ma paume, et j'ai gémi en le sentant trembler dans ma main.

Max a encore gémi et a écrasé sa bouche sur la mienne. Sa langue a plongé dans ma bouche, exigeante et pleine de désir. Ses dents ont claqué contre les miennes alors qu'il essayait de rapprocher nos bouches, d'enfoncer sa langue plus profondément en moi. Mes joues me faisaient mal à force d'écarter si grand les lèvres, mais je m'en fichais.

J'ai caressé Max pendant que nous nous embrassions et ses hanches se sont jointes à la danse, bougeant contre moi et m'aidant à trouver un rythme qu'il appréciait. Il a pulsé dans ma main et j'ai attendu, sachant que ça ne serait pas long.

Puis, il a disparu.

Max s'est détourné brusquement de moi et a pris sa tête entre ses mains. — Putain de merde, je ne peux pas faire ça. Je suis désolé, Charlotte.

La déception et la colère sont montées en moi. Il se tenait dans ma chambre, presque nu, et a décidé d'avoir des putains de scrupules ? C'était quoi ce bordel ?

— Je crois que tu devrais partir, ai-je dit doucement, bouillonnant d'une telle colère que je ne faisais pas confiance à ma voix pour ne pas la trahir.

Max a pivoté sur ses talons et m'a fait face, le visage obscurci par la confusion. — Quoi ?

— Si tu ne peux pas le faire, alors tu devrais partir.

Il a tendu la main vers moi, mais je l'ai esquivé et j'ai reculé de quelques pas. — Charlotte, ce n'est pas ce que je voulais dire. Je ne voulais pas jouir comme ça. Je voulais te faire du bien, à toi aussi. D'abord. Tu devrais toujours passer en premier.

Comme je ne disais rien, il s'est de nouveau avancé vers moi, mais cette fois, je suis restée immobile, attendant anxieusement son contact. Je pouvais voir dans ses yeux qu'il était sincère et qu'il voulait que je prenne du plaisir, moi aussi. Il m'a attirée contre lui et m'a embrassée à nouveau et, telle une droguée, une seule dose et j'étais accro.

Avant que je me rende compte de ce qu'il faisait, Max m'avait déshabillée. Il nous a fait pivoter vers le lit et m'a embrassée jusqu'à ce que je sois à plat sur le dos. Il s'est penché au-dessus de moi, les poils de ses jambes frôlant le haut de mes cuisses. Il a déposé des baisers sur mon corps, sur mon cou, au-delà de ma clavicule, jusqu'aux courbes de mes seins. Il en a pris un dans sa main et l'a porté à ses lèvres, léchant ma peau avec sa langue avant de prendre mon téton durci dans sa bouche.

Mon dos s'est cambré et un gémissement s'est échappé de mes lèvres. Max m'a arraché gémissement après gémissement avant de porter son attention sur mon autre sein, où il a répété la délicieuse torture. Une fois qu'il en a eu assez, il a poursuivi sa descente, embrassant le dessous de mes seins, les rondeurs de mon ventre et mes cuisses qui se touchaient.

Quand il a essayé d'écarter mes cuisses, j'ai serré les genoux plus fort que Fort Knox. Max a gloussé doucement et a dit : — S'il te plaît, Charlotte. J'ai goûté tes petits gâteaux, mais je meurs d'envie de goûter ta douceur.

— Max, je n'ai jamais… je ne sais pas.

Son regard a croisé le mien par-dessus mon corps potelé et tout ce que j'ai vu dans ses yeux, c'était un besoin brut. Il me voulait. Et il me voulait comme ça. Aucun mec avec qui j'avais été n'avait songé à y aller avec autre chose que sa bite. Avoir le visage de Max là-bas, c'était… putain, à qui est-ce que j'essayais de mentir ? C'était plus chaud que l'enfer.

Un lent sourire s'est étalé sur ses lèvres alors que mes jambes s'écartaient doucement et que son regard a quitté le mien pour me regarder. Je ne m'étais jamais vraiment demandé à quoi je ressemblais là-dessous. Je me rasais régulièrement parce que je n'aimais pas la sensation contraire, mais est-ce que Max aimerait ?

Est-ce que je m'en souciais ?

Un seul coup de sa langue chaude contre moi et toutes mes inquiétudes se sont évanouies. Mon corps a pris vie sous son contact. Ma tête nageait dans l'extase qu'il me procurait, le monde tournait de plus en plus vite jusqu'à ce que je sente cette crispation indéniable au fond de mon ventre qui me disait que j'étais sur le point de m'effondrer de la plus glorieuse des manières.

Max a tenu mes jambes et a placé ses mains sous mes fesses, m'attirant plus près de lui. Les contours de ma conscience se sont assombris jusqu'à ce que Max glisse un doigt ou deux en moi. Tout a explosé en un kaléidoscope de couleurs si vives que je me suis demandé d'où elles venaient. Mon corps vibrait tandis que les couleurs dansaient devant mes yeux, le kaléidoscope tournant et changeant encore et encore jusqu'à ce que je m'effondre sur le lit.

Max a retiré son caleçon et nous a protégés tous les deux avant même que je puisse y voir clair à nouveau. J'étais vaguement consciente que le lit bougeait au gré de ses mouvements et que sa bouche remontait le long de mon corps. Quand il m'a embrassée de nouveau, c'était un baiser lent et doux qui correspondait à mon état. Épuisée, mais avide de plus.

Notre baiser s'est intensifié tandis que Max alignait son

corps sur le mien. Je l'ai senti, dur contre l'intérieur de ma cuisse, et j'étais plus que prête pour lui. Quand sa langue a dansé dans ma bouche, j'ai enroulé une jambe autour de la sienne et j'ai encouragé son mouvement.

Il a gloussé contre mes lèvres. — Un peu impatiente, on dirait ?

Je n'ai pas pu m'empêcher de rire avec lui. — Plus qu'un peu.

Max s'est aligné avec moi et a poussé à l'intérieur d'un seul mouvement rapide. Mon corps s'est étiré autour de lui et a accueilli cette sensation d'être extra-pleine de l'avoir là. Je n'avais pas bien vu sa taille, mais à en juger par ce que j'avais saisi dans la main et la sensation qu'il me procurait, il était de la variété extra-large. Mon Dieu, c'était si bon.

Jusqu'à ce qu'il commence à bouger.

Oh, bonté divine, « bon » n'était même pas proche de la réalité. Délicieux, spectaculaire, sensationnel, incroyable, bouleversant. Ça s'en rapprochait beaucoup plus.

— Tout ça ? a murmuré Max près de mon oreille. — Délicieux, spectaculaire, sensationnel, incroyable et bouleversant ? C'est le meilleur compliment que j'aie jamais reçu. Et on n'a même pas encore fini.

Oh, merde. — J'ai dit ça à voix haute ?

— Ouais, a dit Max, son souffle chaud me chatouillant l'oreille. Ses dents se sont plantées dans mon lobe et ont envoyé une décharge de plaisir à travers mon corps. — Et tu as raison. C'est tout ça et plus encore.

Max a sucé mon cou pendant que ses hanches bougeaient contre les miennes. J'ai serré fermement mes jambes autour de lui, souhaitant pouvoir crocheter mes chevilles. Alors que ses lèvres se déplaçaient vers mes seins, mon cœur a battu plus vite et mon corps s'est tendu. Il a maintenu mes seins ensemble d'une main et a mordillé les deux en même temps, m'envoyant une nouvelle fois au septième ciel.

Alors que je criais son nom, Max a pilonné en moi, profondément et durement. Mon lit a tremblé, le monde a chancelé, et alors que je jouissais à nouveau, il était là avec moi, grognant mon nom avant de prendre mes lèvres dans un baiser puissant qui les laisserait meurtries et en redemandant encore.

Max s'est effondré sur moi, son poids m'enfonçant profondément dans mon matelas usé. Son souffle était chaud contre mon cou et son cœur battait contre mon propre rythme accéléré.

J'aurais voulu rester comme ça pour toujours, entourée par son odeur virile et enivrante, la sensation de son corps sur le mien.

Après quelques minutes, il est sorti du lit et s'est dirigé vers la salle de bain. J'ai tiré un drap sur moi, ne sachant pas comment il allait réagir à son retour et ne voulant pas rester là, exposée et vulnérable, s'il allait enfiler ses vêtements et disparaître.

Quand il est revenu près de mon lit, il a commencé à ramasser ses vêtements. Son T-shirt, son pantalon, son caleçon, même ses bottes, tout a disparu de mon plancher pour former une pile dans ses mains. Si je ne m'étais pas sentie un peu blessée, j'aurais ri de le voir si ridicule dans ses chaussettes noires, l'une remontée jusqu'au mollet et l'autre affaissée autour de sa cheville, tenant une pile de vêtements.

Puis il a commencé à ramasser mes vêtements. Les miens sont allés dans la pile avec les siens. Il a posé le tout sur le bord de mon canapé, puis s'est dirigé vers le lit, toujours vêtu uniquement de ses chaussettes.

Sans attendre d'invitation, Max a tiré le drap de l'autre côté du lit et s'est glissé à côté de moi. Il s'est blotti contre moi, a enroulé son grand bras musclé autour de ma taille et m'a tirée au centre du lit avec lui. — Je dois aller chercher ma déneigeuse avant que la neige ne soit trop mauvaise, mais je ne suis pas encore prêt à partir, a-t-il murmuré contre mon épaule.

J'ai hoché la tête et j'ai senti mon corps se détendre contre le sien, le sommeil m'attirant jusqu'à ce que je m'endorme, au chaud et satisfaite. Et plus heureuse que je ne l'avais été depuis longtemps.

10

JE ME SUIS RÉVEILLÉE le lendemain matin, seule et frigorifiée. L'oreiller sur lequel Max avait dormi était froid, ce qui m'a indiqué qu'il était parti depuis un moment. Même s'il avait dit qu'il devrait s'en aller, je n'ai pas pu réprimer un sentiment d'accablement.

Secouant ma mélancolie, je me suis douchée, habillée, et je suis descendue pour commencer ma journée. Je m'étais permis de faire un peu la grasse matinée, vu qu'il me restait beaucoup de pâtisseries de la veille, lorsque nous étions à l'hôpital. Pourtant, je ne pouvais pas passer une journée entière sans cuisiner. Je serais devenue agitée et anxieuse.

En bas, j'ai mis en marche la cafetière et j'ai écouté le vrombissement des batteurs pendant que je préparais ma première fournée de muffins. Quand le chasse-neige est passé devant ma fenêtre, je me suis forcée à ne pas allumer les lumières, ni à attendre qu'il frappe à la porte. Max avait eu ce qu'il voulait. Il y avait de fortes chances que je ne le revoie jamais.

Au moment d'ouvrir, je m'étais mise dans un état d'esprit exécrable. J'étais surtout furieuse contre moi-même d'avoir couché avec lui. Ajoutez à cela les émotions de la journée, entre Mandy qui avait perdu les eaux chez Mords-moi ! et qui avait ensuite donné mon nom au bébé, le tout mélangé au fait que Max avait été si incroyable toute la journée, et j'étais complètement chamboulée quand nous sommes rentrés à mon appartement. Je crois que j'aurais couché avec n'importe qui à ce moment-là.

Non, je savais que ce n'était pas vrai. C'était plus que mes simples émotions. C'était Max. Chaque jour où il était venu chez Mords-moi !, il avait pris le temps de me parler. C'était un type bien. Un type avec qui j'aimais m'asseoir. Un type que je n'aurais jamais cru capable de filer au milieu de la nuit sans même me le dire.

Oui, il avait dit qu'il devrait partir. Mais devait-il le faire au milieu de la nuit sans même me réveiller pour me dire qu'il s'en allait ? La seule chose qu'il n'avait pas faite, ç'avait été de laisser quelques billets sur la table de chevet.

J'ai claqué ma tasse — Je peux tout accomplir grâce au sarcasme et aux grossièretés, sur le comptoir, et le café a giclé par-dessus bord. Le liquide brun foncé s'est étalé sur mes plans de travail blancs, m'agaçant alors même que je regardais la scène se produire.

Je ne pouvais pas supporter ça. Je n'étais pas le genre de femme à péter un câble pour un type. Max n'était qu'un type. Nous avions couché ensemble. Un sexe incroyable, époustouflant, qui changeait une vie, mais ça restait juste du sexe. Je pourrais revivre ça, avec quelqu'un d'autre. Il n'était pas le seul homme qui pourrait me faire sentir aussi bien.

Ce n'est pas parce que ça ne m'était jamais arrivé auparavant que c'était spécial. Que lui l'était.

Non, Max n'était qu'un type.

Mes premiers clients étaient pressés comme d'habitude, attrapant leurs muffins et leur café à emporter avant de partir au travail. Il était neuf heures et demie sans que je m'en rende compte, et M. et Mme O'Neill poussaient la porte pour se mettre à l'abri du froid.

— Charlie, je suis si contente que vous soyez de retour. Comment va votre amie ?

J'ai sorti mon téléphone et j'ai cherché les photos que j'avais prises de Mandy et d'Elise. Je l'ai tendu à Mme O'Neill, qui s'est extasiée devant le bébé et m'a posé une douzaine de questions. Quand je lui ai dit qu'ils avaient donné mon nom au bébé, des larmes ont piqué le coin de ses yeux et les miens se sont aussi embués à nouveau.

— Quel cadeau précieux, Charlie. C'est une magnifique petite fille. Le mari de votre amie est arrivé à temps ?

— Oui, Xander est arrivé juste après nous. Mandy a mis un peu plus de temps que prévu, mais tout s'est bien passé. Nous attendions tous quand Elise est enfin arrivée. C'était… incroyable.

Mme O'Neill m'a rendu le téléphone et m'a regardée avec une lueur de connivence dans les yeux. Je redoutais ce qui allait sortir de sa bouche. — Et le jeune homme qui était là hier ? A-t-il été d'une bonne aide ?

Je n'ai pas pu retenir mon sourire devant son expression pleine d'espoir. Mme O'Neill essayait de me caser avec ses petits-fils célibataires depuis des années. Bien sûr, depuis que je la connaissais, ils s'étaient tous mariés, mais elle s'intéressait plus à ma vie amoureuse que moi la plupart du temps.

Non pas que je pouvais lui dire que Max avait passé la nuit avec moi. Ni admettre à quel point j'étais blessée qu'il soit parti. Le pire était de devoir faire comme si de rien n'était, comme si Max n'avait été que notre chauffeur pour l'hôpital et non l'homme qui m'avait fait croire, pendant quelques heures, que je pouvais être celle que quelqu'un cherche du regard en premier en entrant dans une pièce. Comme si je pouvais passer en premier dans la vie de quelqu'un.

— Max a été très gentil.

— A-t-il pris soin de vous, ma chérie ?

— Oui, Mme O'Neill, ai-je répondu honnêtement, un sourire en coin à la pensée de la façon dont Max avait si bien pris soin de moi la nuit dernière.

— J'espère vraiment qu'il va vous appeler, Charlie. Il était mignon. Elle m'a fait un clin d'œil et a froncé les sourcils, ce qui m'a fait rire et m'a un peu effrayée.

J'ai encaissé leurs muffins et petits gâteaux et j'ai secoué la tête en les regardant prendre place près de la fenêtre. Je les ai observés assis dans le coin, se tenant la main et se parlant doucement. Un sentiment de désir m'a envahie, un sentiment que je combattais depuis des années.

Vouloir des choses que je ne pouvais pas avoir quand je le voulais était difficile pour moi. D'aussi loin que je me souvienne, la seule chose que j'avais toujours voulue était d'ouvrir ma propre pâtisserie. Quand j'avais abandonné ce rêve après la mort de Grams, je savais que je renonçais à une partie de moi-même. Après avoir rencontré Lexi et retrouvé ce rêve, c'était tout ce à quoi je pensais.

Avec le succès de Mords-moi !, mon esprit avait commencé à divaguer.

Il ne pouvait pas divaguer. Je ne pouvais pas me le permettre. Si mon esprit se mettait à inclure d'autres choses dans mes rêves, je finirais seulement par être déçue. Je n'avais pas de temps pour un homme. J'avais trop de choses à faire. Même une fois que j'aurais trouvé un nouvel endroit pour Mords-moi !, j'allais devoir reconstruire l'entreprise. Il était probable que je ne reviendrais pas à la normale et que je ne gagnerais pas assez pour me sentir à l'aise avant un an ou plus.

Avant de m'énerver encore plus, je suis allée à l'arrière pour commencer une nouvelle fournée de petits gâteaux pour l'après-midi. Mme O'Neill m'a dit au revoir en partant et je leur ai fait un signe de la main depuis la porte de la cuisine, puis je suis retournée finir la pâte. Juste au moment où j'enfournais les petits gâteaux, j'ai entendu la cloche au-dessus de la porte d'entrée tinter, m'indiquant que quelqu'un était là.

Je me suis essuyé les mains sur mon tablier et j'ai repoussé mes cheveux de mon visage avant de passer la porte.

Et je me suis figée.

Max était adossé au comptoir, l'air à la fois à sa place et de n'avoir aucun souci au monde. Sa veste était de nouveau ouverte, révélant un t-shirt noir qui me donnait envie de le traîner à l'étage pour un deuxième round. Ses yeux ont rencontré les miens et il m'a souri comme si je détenais tous les secrets du monde et qu'il était prêt à tout pour me les arracher. Je savais cependant que son sourire n'était pas vide. Je pouvais voir la lueur dans ses yeux, l'étincelle qui me disait que son sourire était réel, honnête, et juste pour moi.

Et que je ne m'étais pas trompée sur ce que nous avions partagé quelques heures plus tôt.

Quand son regard a quitté le mien pour parcourir mon corps, j'ai presque cessé de respirer. En quelques secondes, ses yeux ont capturé les miens et j'y ai vu le désir, faisant grimper la température de mon corps dans la stratosphère tandis que je perdais tout contrôle.

— Salut, ai-je soufflé en me forçant à quitter l'embrasure de la porte pour me tenir de l'autre côté du comptoir. J'ai essayé d'adopter sa pose décontractée, mais rien dans ce que je ressentais n'était décontracté.

— Re-bonjour. Max a souri, sa fossette apparaissant. — Même si tu ne te souviens probablement pas de la première fois que je t'ai dit bonjour, puisque tu ronflais.

— Je ne ronfle pas, ai-je protesté.

Max s'est penché en avant comme s'il avait un secret à partager. Il m'a embrassée doucement derrière l'oreille, envoyant des frissons dans tout mon corps, puis il a murmuré : —Si, tu ronfles. Et tu tires aussi toute la couverture. Je me suis réveillé le cul à l'air et gelé, et quand j'ai essayé de récupérer un peu de couverture, tu as tiré si fort que j'ai failli finir sur toi. Non pas qu'une rediffusion m'aurait dérangé.

Mes joues ont instantanément rougi et j'ai baissé la tête pour le lui cacher, mais il l'a vu quand même. Un doigt s'est glissé sous ma mâchoire et a relevé mon visage vers le sien. —Te quitter ce matin a été douloureux.

— Eh bien, tu es de retour maintenant. Tu veux ce que tu prends d'habitude ? Je me suis écartée du comptoir, prête à lui préparer son petit-déjeuner. Je ne savais absolument pas comment le gérer. Nous. Y avait-il un « nous » ? Pourquoi était-il revenu ?

— Tu manges avec moi ? a-t-il demandé, les yeux pleins d'espoir et de supplication. J'ai pensé à mes petits gâteaux dans le four, j'ai replongé mon regard dans ses yeux chocolat et j'ai su que je ferais tout ce qu'il demanderait.

— Bien sûr, ai-je dit, provoquant un autre sourire de ses lèvres et un clin d'œil de sa fossette. Une fois ses petits gâteaux et muffins emballés, je les lui ai tendus puis je suis allée à l'arrière chercher son café. Il était devant la caisse enregistreuse quand je suis revenue.

J'ai poussé un rapide soupir de soulagement. Je ne savais jamais si je devais faire payer quelqu'un quand nous étions impliqués. D'un autre côté, je ne savais pas si Max et moi étions impliqués. Alors, son intention de payer signifiait-elle qu'il me voyait toujours seulement comme quelqu'un qui lui donnait des petits gâteaux, ou était-il simplement respectueux de mon entreprise ?

Merde. C'était déroutant.

J'ai enregistré sa commande, j'ai passé sa carte, puis je l'ai suivi de mon côté du comptoir jusqu'au bout où il s'est assis sur l'un des tabourets. Je suis restée appuyée contre le comptoir, sentant le coin me mordre la hanche. Je me suis déplacée jusqu'à ce que ce soit à peu près confortable, puis j'ai regardé Max.

Juste au moment où il fermait les yeux et la bouche autour d'un muffin. J'en ai eu l'eau à la bouche et j'ai réalisé que je n'avais encore rien mangé. J'ai pris un muffin dans la vitrine et je l'ai rejoint pour le petit-déjeuner.

— Ça fait longtemps que je n'ai pas partagé un petit-déjeuner avec une femme, a marmonné Max. Ses yeux se sont perdus dans le vague et je me suis demandé à qui il pensait, un peu jalouse de quiconque avait mis cette expression mélancolique sur son visage. —Ça m'a manqué d'avoir quelqu'un avec qui manger.

— Je pensais que tu avais dit que ta sœur vivait avec toi. J'ai évité la discussion sur Max et une petite amie. Je n'avais pas vraiment envie d'entendre parler de ses ex. Je savais que c'était fou parce que Max et moi ne serions rien de plus qu'un bon souvenir, mais je ne voulais toujours pas l'imaginer avec une autre femme.

— Oui, c'est le cas, mais avec nos emplois du temps, on se voit rarement. En plus, ses muffins ne sont pas aussi bons que les tiens, mais ne lui dis pas.

J'ai souri à son compliment et j'ai été reconnaissante qu'il n'ait pas ramené notre conversation à la femme avec qui il pensait partager son petit-déjeuner. J'avais appris à connaître un peu Max au cours de la dernière semaine, mais il n'avait jamais rien dit sur une petite amie. Je suppose qu'avant de nous retrouver au lit ensemble, j'aurais dû demander.

— Ce sera notre secret, ai-je murmuré d'un air de conspiratrice.

Il m'a souri et s'est penché. —Je veux t'embrasser à nouveau. Terriblement.

Mon souffle s'est échappé d'un seul coup. Le muffin à mi-chemin de mes lèvres s'est figé en l'air. Mon corps, que j'avais finalement réussi à maîtriser, est redevenu une fournaise. Mes lèvres picotaient d'anticipation, espérant le baiser qu'il était désespéré de prendre.

Max a fait un signe de l'index et je me suis approchée, la distance entre nous disparaissant lentement. Quand nous étions à moins de deux centimètres l'un de l'autre, Max a souri et a murmuré : —Si douce.

Ses lèvres se sont posées sur les miennes en un éclair, douces malgré le choc de nos bouches. Il m'a taquinée avec de petits baisers sur la surface de mes lèvres avant de tracer la jointure avec sa langue. Mon corps s'est enflammé, prêt et disposé à répéter la performance de la nuit précédente.

Le comptoir me rentrait dans le ventre alors que j'essayais de me rapprocher de Max, mais je m'en fichais. Sa main s'est emmêlée dans mes cheveux et m'a tirée vers lui. Je maudissais le comptoir qui nous séparait jusqu'à ce que Max grogne, rompant notre baiser. Il s'est assis sur le bord et a passé ses pieds de mon côté, puis m'a ramenée à lui. Une main a empoigné ma fesse et m'a guidée entre ses jambes où son érection frottait contre mon ventre.

Un gémissement s'est échappé de sa gorge, m'a traversée de part en part et s'est installé entre mes jambes. La chaleur et le besoin se sont accumulés pendant que nous nous embrassions. Les mains se baladaient, les langues dansaient, et mon cerveau s'est égaré quelque part au loin. Je me fichais de l'endroit où nous étions ou de l'heure qu'il était. J'avais désespérément besoin de Max.

Le tintement de la cloche au-dessus de la porte d'entrée a résonné au fond de mon esprit mais je ne l'ai pas enregistré. Ce n'est que lorsque j'ai entendu quelqu'un se racler la gorge que j'ai commencé à m'extraire du brouillard induit par Max dans lequel j'étais heureusement plongée.

Max semblait aussi réticent que moi à revenir à la réalité, mais quand j'ai finalement levé les yeux et vu Sam de l'autre côté du comptoir, un grand sourire aux lèvres, j'ai sauté loin de Max comme si j'avais été prise la main dans le sac.

Quelques minutes de plus et je suis presque sûre que mes mains se seraient dirigées vers son bocal à bonbons.

— Sam ! ai-je pratiquement hurlé. —Qu'est-ce que tu fais là ?

Max lui a gardé le dos tourné et un coup d'œil vers le bas a confirmé l'érection qu'il arborait. J'ai fait un signe de tête vers l'arrière et j'ai dit : —Max, pourquoi n'irais-tu pas te chercher une nouvelle tasse de café ?

Max a compris l'allusion et a disparu sans un mot pour Sam.

— Eh bien, je vois que les choses se passent bien. Il était temps que tu t'amuses un peu.

— Ce n'est pas ça. C'est juste… Je me suis interrompue. Merde, je ne savais pas ce que c'était. Tout ce que je savais, c'est que je m'amusais beaucoup avec Max et que j'aurais probablement hurlé son nom si Sam n'était pas arrivée. Je devrais la remercier de nous avoir interrompus. Si quelqu'un d'autre était entré, cela aurait pu être désastreux pour mon commerce. En tant que professionnelle, je ne pouvais pas me comporter de cette façon pendant les heures d'ouverture, au milieu de ma boutique.

Après la fermeture, par contre, c'était une autre histoire.

— Je sais exactement ce que c'est. Brady et moi étions comme ça, aussi. Bien sûr, nous allions généralement dans son bureau pour une « réunion » avant de commencer à nous amuser, mais bon, c'est cool si tu es exhibitionniste.

— Je ne le suis pas ! ai-je protesté avec véhémence.

— Vraiment ? a demandé Sam, les sourcils haussés. —Alors pourquoi ton tablier est-il de travers et ta chemise tombe-t-elle ?

Mon visage est devenu rouge vif et j'ai arrangé mes vêtements, ignorant complètement que Max avait tant malmené ma tenue. Une fois mon tablier droit et ma chemise boutonnée et rentrée, j'ai fait face à Sam alors que Max émergeait de l'arrière avec une tasse de café. Sans érection.

— Que puis-je faire pour toi, Sam ? ai-je demandé gentiment, me demandant pourquoi elle passait pendant la journée. Sam venait toujours pour la soirée entre filles, mais s'arrêtait rarement, sauf s'il se passait quelque chose.

— Je voulais juste te parler de Mandy et Xander. Je, euh, pensais faire quelque chose pour eux et je voulais avoir ton avis, a dit Sam, en jetant un coup d'œil vers Max.

Max a perçu l'hésitation de Sam et s'est excusé. Il s'est penché pour m'embrasser sur la joue avant de sortir, et je n'ai pas pu m'empêcher de me sentir frustrée. Sa séance d'embrassades contre le comptoir m'avait laissée sur ma faim, mais Max n'avait pas dit qu'il me verrait bientôt ou qu'il m'appellerait, ou quoi que ce soit d'autre.

Voilà, c'est pour ça que je détestais les rencards.

Chassant Max de mon esprit, j'ai fait un signe de tête vers le bout du comptoir et j'ai pris un petit gâteaux framboise-limonade pour Sam. Le petit gâteaux et le muffin non mangés de Max étaient toujours au bout, alors je les ai jetés à la poubelle et j'ai vidé son café avant de mettre la tasse de chat « Se sentir fringant ? » dans l'évier pour la laver plus tard.

— Qu'est-ce qui se passe avec Max ? a demandé Sam.

— Euh, euh, tu ne vas pas éviter la raison de ta visite en me mettant sur le gril. Qu'est-ce qui se passe avec toi ?

Sam a pris une profonde inspiration et j'ai vu de la peur dans ses yeux. Des larmes ont monté, et je me suis demandé ce qui avait bien pu arriver pour faire pleurer la forte, la dure, l'indépendante Sam.

— J'ai vraiment merdé et j'ai juste besoin de parler à quelqu'un, a-t-elle gémi.

11

— Voyons, Sam, ça ne peut pas être si terrible. Qu'est-ce qui s'est passé ? ai-je demandé alors qu'elle laissait tomber sa tête dans ses mains.

— C'est terrible, et même pire. Oh, Charlie, je crois que mon mariage est fini. Brady ne me pardonnera jamais.

La panique m'a saisie tandis que mon esprit passait en revue tout ce qui aurait pu se produire. Brady adorait Sam et je savais qu'elle l'aimait tout autant. Je n'arrivais pas à imaginer qu'elle ait pu faire quelque chose d'aussi grave, mais de toute évidence, elle pensait que si.

Ma première pensée a été qu'elle l'avait trompé. J'ai eu envie de la gifler. Si j'avais un homme comme Brady, je ne regarderais même pas un autre homme, et encore moins coucher avec un. Comment avait-elle pu ?

J'ai refoulé ma colère envers elle, en m'enfonçant les ongles dans les paumes pour me rappeler de la fermer, et je me suis forcée à me calmer. — Dis-moi simplement ce qui s'est passé, l'ai-je encouragée.

— Je suis enceinte, a chuchoté Sam, n'osant même pas le dire à voix haute.

Oh, merde. Pourquoi les gens pensaient-ils qu'une pâtisserie était comme un bar ? Je ne voulais pas connaître ce genre de secrets. Non seulement Sam avait trompé Brady, mais en plus elle était tombée enceinte d'un autre type ? J'en avais la vue qui se brouillait rien qu'en pensant à quel point Brady serait blessé.

— Oh, Sam. Pourquoi tu as fait ça ?

— Je ne l'ai pas fait exprès ! s'est-elle exclamée. — Ce n'était pas intentionnel. C'est arrivé, c'est tout.

— C'est qui, le père ? ai-je demandé, me demandant si c'était quelqu'un que nous connaissions et redoutant ce qu'elle allait dire.

Sam a relevé la tête brusquement et ses yeux d'un brun profond m'ont fusillée du regard. — Tu es sérieusement en train de me demander ça, putain ? C'est celui de Brady !

J'ai secoué la tête, confuse et complètement décontenancée. — Attends, tu ne l'as pas trompé ?

— Putain, mais pourquoi je l'aurais trompé ? J'aime Brady. Pourquoi tu as pensé que je l'avais trompé ?

— D'accord, attends une minute… Pourquoi tu paniques si tu ne l'as pas trompé ? Pourquoi tu penses qu'il serait contrarié d'être père ?

Sam a de nouveau laissé tomber sa tête dans ses mains et m'a regardé de sous ses cils. — Brady a eu une enfance vraiment difficile, tu le sais. Il a toujours eu peur d'être comme son père et il a dit qu'il n'était pas prêt à avoir des enfants et qu'il ne le serait peut-être jamais.

— Mais toi, tu as toujours voulu des enfants.

Sam a hoché la tête. — Je sais. C'est la seule chose sur laquelle on se dispute. J'ai essayé de le convaincre qu'il sera un bon père parce qu'il n'est en rien comme le sien, mais il ne veut tout simplement pas m'écouter.

Mon cœur s'est serré pour Sam et Brady. Je n'avais jamais vu, ni entendu dire que Brady ait été autre chose que gentil et compatissant avec tout le monde. Le fait d'être propriétaire d'une salle de sport lui donnait de nombreuses occasions d'être un connard, mais il ne l'était pas. Il n'hésitait pas à virer les clients qui ne se respectaient pas les uns les autres, et il encourageait toujours chaque personne qu'il rencontrait.

Comment un homme aussi merveilleux pouvait penser qu'il ne serait pas un bon père me sidérait. Mais encore une fois, les démons dans nos têtes étaient généralement plus puissants que les anges face à nous.

— Tu penses qu'il va supposer que tu l'as fait exprès ?

Sam a acquiescé. — Je sais qu'il le pensera.

— Tu as une idée de comment tu es tombée enceinte ? J'imagine que s'il est si obsédé par le fait de ne pas avoir d'enfants, vous utilisez un moyen de contraception.

— Bien sûr. Je prends la pilule, et parfois on utilise aussi des préservatifs. Il déteste les utiliser, alors je lui ai assuré que je prenais ma pilule et qu'il n'était pas obligé de le faire s'il ne le voulait pas. Maintenant, je suppose que j'aurais dû lui dire de continuer à les utiliser.

Sam a fondu en larmes. Elle a jeté ses lunettes aux montures rouges sur le comptoir et a pleuré, la tête sur ses bras croisés. J'ai contourné le comptoir et lui ai caressé ses longs cheveux châtains, en essayant de l'apaiser. Je savais qu'elle ne serait pas tranquille tant qu'elle n'aurait pas parlé à Brady, mais je savais aussi que ce ne serait pas aussi grave qu'elle le craignait. Brady saurait qu'elle ne l'avait pas fait exprès et il aimerait leur enfant autant qu'il aimait Sam.

La clochette au-dessus de la porte a tinté et un couple plus âgé qui venait de temps en temps est entré. La femme a adressé un regard de sympathie à Sam avant que je ne m'approche pour prendre leur commande.

Sam s'est ressaisie devant des inconnus et a réussi à leur adresser un sourire mouillé lorsqu'ils sont passés devant elle pour s'asseoir. Leur conversation à voix basse nous a servi de bruit de fond, mais Sam était toujours réticente à parler.

— Je peux te poser une question, Sam ? Elle a acquiescé. — Pourquoi tu es ici à me parler à moi et pas à Addi ?

Addi et Sam étaient meilleures amies depuis plus de dix ans. J'adorais Sam, mais depuis que je la connaissais, il était évident qu'Addi était toujours la personne vers qui elle se tournait en premier pour quoi que ce soit. Je ne pouvais m'empêcher de me demander pourquoi elle était venue me voir avec une nouvelle aussi énorme.

La tristesse a envahi le visage de Sam et elle a légèrement grincé des dents. — Tu sais qu'Addi et Joey essayent d'avoir un bébé. Ils essayent depuis quelques mois sans succès. Je ne crois pas que je pourrais lui annoncer ça et lui faire savoir à quel point c'est difficile pour moi d'être enceinte alors qu'elle a un mari qui la soutient et aucune chance pour le moment.

Mon cœur s'est serré. La nouvelle de Sam avait le potentiel de foutre en l'air les deux relations les plus importantes de sa vie. Non seulement Brady se demanderait comment elle était tombée enceinte, mais Addi serait jalouse d'elle. Je n'enviais pas du tout la position de Sam.

— Qu'est-ce que je devrais faire, à ton avis ? a pleurniché Sam.

— Parle-lui. Assieds-toi avec lui et dis-lui que tu es tombée enceinte et que tu ne sais pas comment. Il est tout aussi responsable de ce bébé que toi. S'il te fait te sentir mal d'être enceinte, alors dis-lui exactement ce que tu en penses. Je ne t'ai jamais connue pour mâcher tes mots.

L'échine de Sam s'est redressée et elle m'a presque souri. Sous mes yeux, elle est passée d'une flaque larmoyante à la femme forte et fière que je connaissais et que j'aimais. — Tu as raison. Les gens tombent enceintes par accident tout le temps. Je n'ai pas fait ça toute seule et il ne peut pas me faire culpabiliser pour ça. Je vais y aller tout de suite et lui dire exactement ça. Et si ça ne lui plaît pas… eh bien, il peut aller se faire voir.

J'ai souri à mon amie. Sam était de retour. Je l'ai serrée dans mes bras par-dessus le comptoir et lui ai souhaité bonne chance avant qu'elle ne sorte d'un pas décidé, ressemblant à la femme que je connaissais et que j'aimais.

Ce bébé était un sacré veinard.

Une fois Sam partie, j'ai reporté mon attention sur le reste de ma journée. Je me demandais quand je reverrais Max et j'espérais ne pas avoir à attendre trop longtemps. Le simple fait de penser à lui me faisait sourire, même si je me disais de ne pas trop m'attacher.

LE LENDEMAIN, Elizabeth m'a appelée au sujet d'un nouveau bien qu'elle voulait me montrer tout de suite. Il était dans la fourchette haute de mon budget, mais les photos qu'elle m'avait envoyées étaient magnifiques. Je pouvais m'en sortir, mais seulement si je pouvais transférer ma cuisine et commencer à travailler rapidement. Plus je restais sans activité, moins je pouvais me le permettre, même avec mes économies.

Quand Kendall est arrivée, je lui ai dit que je partais en vitesse et je me suis éclipsée par l'arrière avant de me faire entraîner dans une conversation avec quelqu'un d'autre. Une des amies de Kendall est entrée au moment où je partais et je savais que tout irait bien. Jessica nous avait aidées quelques fois quand nous étions débordées. Si je parvenais à trouver un bon emplacement, j'envisageais d'embaucher Jessica aussi. Mais d'abord, il fallait que je trouve un endroit.

Je me suis garée devant la boutique et j'ai senti mon cœur se gonfler d'espoir. L'emplacement était parfait. À droite, il y avait une agence immobilière et un restaurant populaire pour le déjeuner. À gauche, un bon restaurant pour le dîner, une boutique Verizon, un salon de coiffure et un magasin d'articles de sport local au bout. Ce serait un excellent emplacement pour Mords-moi ! avec beaucoup de passage et une grande visibilité.

Je suis sortie de ma voiture quand j'ai vu Elizabeth arriver, enlevant une trace de glaçage de mon jean et lissant mes cheveux avec mes mains pour les dompter dans le vent. J'ai serré la main gantée d'Elizabeth, me demandant comment elle pouvait porter des talons et un pantalon bleu à fines rayures par un temps aussi froid, et j'ai souri quand elle nous a fait entrer. Le magasin était grand, ouvert et absolument parfait.

J'ai écouté d'une oreille distraite Elizabeth me décrire tout l'espace. Elle a énuméré des détails sur la superficie, la taille des pièces, les commodités de la propriété et un potentiel appartement à l'étage. Pendant qu'Elizabeth parlait, j'imaginais la façon dont j'agencerais le magasin. Ma vitrine longerait le côté droit de l'espace avec la caisse enregistreuse dans le coin arrière. Un autre comptoir longerait l'arrière presque jusqu'au mur opposé, avec des places assises.

Des tables rempliraient la zone centrale, de quelques tailles et formes différentes, rien d'assorti, mais le tout cohérent. Je garderais les mêmes couleurs rose, blanc et marron et le design général que j'avais déjà, mais je m'amuserais à choisir plus de tables et de chaises. Peut-être que je pourrais convaincre Lexi de m'aider à nouveau.

— Qu'en pensez-vous ? a demandé Elizabeth, brisant mon rêve de travailler là.

— J'adore. Honnêtement, c'est parfait. On peut voir l'appartement ?

— Bien sûr, a dit Elizabeth avec un sourire entendu. Tout agent immobilier digne de ce nom comprendrait que j'étais déjà conquise, et que visiter l'appartement n'était qu'une étape de plus vers la signature au bas de la page.

— L'appartement est un trois-pièces et peut être inclus dans le loyer de l'espace. Il y a une entrée extérieure séparée, donc il peut être loué à une autre personne si vous n'êtes pas intéressée, mais vous obtenez une énorme réduction si vous louez les deux espaces ensemble.

— Oui, j'aurais besoin d'un appartement. Il est vacant maintenant, je suppose ?

Elizabeth a hoché la tête en déverrouillant la porte de l'appartement. — Le locataire précédent a déménagé le week-end dernier. Il louait également l'espace du bas, mais son entreprise n'a pas aussi bien marché qu'il l'espérait et il déménage dans un local plus petit. Pour un appartement au-dessus du commerce, c'est en fait une bonne taille.

Je suis entrée dans l'appartement et j'ai été stupéfaite. Si Elizabeth pouvait voir où je vivais, elle me dirait que cet endroit était un palace, car en comparaison, c'en était pratiquement un. La cuisine était presque deux fois plus grande que la mienne et le salon était d'une taille similaire, mais la chambre ridiculisait mon petit coin. Et il y avait une deuxième chambre ! La salle de bain était agréable avec un combiné douche/baignoire et un vrai meuble-vasque au lieu du lavabo sur colonne que j'avais.

C'était incroyable.

— Je suis vraiment intéressée, mais je dois vérifier quelques points avant de prendre une décision finale. Quand sera-t-il disponible ?

— Je dois vérifier, a dit Elizabeth. — Il vient juste d'arriver sur le marché et je savais que ce serait quelque chose que vous voudriez voir. Redescendons et nous pourrons discuter de tous les détails et fixer un autre rendez-vous. Une fois que j'aurai parlé au propriétaire.

J'ai suivi Elizabeth en bas, en traversant l'immense cuisine (assez grande pour deux ou peut-être trois postes de travail) et en revenant à l'avant. — C'était quoi cet endroit avant ?

— C'était un café. Ils proposaient quelques desserts pour accompagner, d'après ce que j'ai compris, mais ils étaient spécialisés dans les cafés de spécialité.

J'ai eu envie d'en savoir plus sur l'entreprise précédente et les raisons de son échec, mais je savais que c'était ma peur du succès, ou était-ce de l'échec, qui me poussait à vouloir analyser l'autre commerce et me convaincre que ça ne marcherait pas.

Elizabeth et moi avons discuté encore quelques minutes et je suis repartie avec des documents sur le bail et plus de détails sur le site. Je suis rentrée chez moi avec un immense sourire aux lèvres et beaucoup d'espoir. Je voulais cet espace. Vraiment. Il m'était facile de me voir vivre dans l'appartement à l'étage et travailler dans la cuisine en bas. L'endroit avait plus qu'assez de place pour que je puisse m'agrandir. C'était un peu plus près du centre-ville et avec les restaurants du complexe, je pouvais facilement compter sur une augmentation de mes ventes.

Peut-être que je pourrais conclure un arrangement avec un, ou les deux, restaurants pour leur fournir des petits gâteaux.

Des idées ont commencé à germer dans ma tête et à danser pendant que je rentrais. À chaque kilomètre, j'étais de plus en plus excitée. Je savais que je devais appeler mon comptable et examiner mon budget avant de faire quoi que ce soit, mais il était possible que je puisse emménager dans le nouveau magasin d'ici quelques semaines.

Si je pouvais y arriver.

Oh, mon Dieu, j'espérais vraiment que ça marcherait.

Mon téléphone a sonné, signalant un message de Sam alors que je sortais de ma voiture. Je m'étais inquiétée pour elle depuis notre conversation de la veille, mais je ne voulais pas l'appeler et la rendre folle. Je savais qu'elle m'appellerait ou passerait si elle avait besoin de moi.

Dans la cuisine, je suis montée directement à mon appartement pour déposer mes affaires. Je me suis appuyée contre le comptoir pour lire le texto de Sam. J'ai souri en le lisant.

> Brady est ravi. Il est anxieux mais tellement excité d'avoir un bébé. Merci pour le discours d'encouragement hier. Maintenant, il faut que je trouve comment le dire à Addi.

J'étais triste pour Sam qu'elle s'inquiète de partager sa bonne nouvelle avec sa meilleure amie, mais je comprenais que ce serait difficile. Mon cœur était aussi avec Addi, m'inquiétant pour elle et la façon dont elle le prendrait.

Et si ça allait perturber notre groupe.

C'était égoïste de ma part de m'inquiéter de la façon dont leur relation m'affecterait, mais je ne pouvais pas m'en empêcher. Je n'avais jamais été aussi proche de quelqu'un de ma vie, à l'exception de Mamie, qu'avec mes sept amies. Même leurs hommes étaient devenus mes amis, des gens sur qui je pouvais compter. Mandy avait une petite fille, Sam suivait de près, et j'espérais qu'Addi et Carrie seraient bientôt dans le même cas. Je savais que ce n'était qu'une question de temps avant que le reste de mes amies ne deviennent mères.

Et puis il y avait moi.

Ce n'était pas la première fois que je me demandais si mon intérêt pour Max était en partie dû au fait que toutes mes amies semblaient avancer sans moi. Lexi et moi nous parlions presque tous les jours avant, et maintenant c'était environ une fois par semaine. Faire entrer les autres dans mon monde m'avait occupée, mais je n'avais pas cette personne unique. Celle que je pouvais appeler pour n'importe quoi, qui m'aiderait et me conseillerait sur tout. Lexi avait Mike, Sam avait Brady, Mandy avait Xander, Carrie avait Drew, Riley avait Connor, Addi avait Joey et Claire avait Aidan. Elles m'avaient toutes et, jusqu'à un certain point, je les avais, mais je passais toujours après quelqu'un d'autre.

Avant de me laisser sombrer dans mon apitoiement personnel, j'ai envoyé une réponse à Sam et j'ai fourré mon téléphone dans ma poche avant de redescendre à Mords-moi ! pour aider Kendall et fermer pour la soirée.

12

LE LENDEMAIN, j'ai eu des nouvelles d'Elizabeth. Le local était toujours disponible et ils étaient d'accord pour signer un bail avec moi, mettant la propriété en attente, car ils savaient que j'étais intéressée à la fois par la boutique et l'appartement.

Mais ils ne pouvaient pas le libérer avant un mois après la date à laquelle je devais emménager.

J'ai passé la semaine à essayer de trouver une solution, mais j'ai signé le bail parce que je savais que c'était l'endroit parfait pour moi.

Même si je devais fermer pendant un mois.

Quand j'en ai parlé à Lexi, elle m'a suggéré de demander une prolongation de mon bail actuel pour que je puisse passer directement de l'un à l'autre. J'ai appelé le bureau du nouveau propriétaire et j'ai eu de la chance qu'ils ne m'aient pas ri au nez.

Retour à la case départ.

La semaine suivante, Mandy a amené Elise à notre soirée entre filles. Dès qu'elle est entrée avec l'écharpe de portage que Riley lui avait confectionnée, nichée sous sa veste, nous avons toutes poussé des exclamations attendries et nous nous sommes précipitées.

— Oh, elle est si adorable, a soupiré Sam.

— Je n'arrive pas à croire que tu l'aies amenée, s'est écriée Carrie.

— Est-ce que je peux la prendre ? a demandé Addi.

— Bien sûr, a dit Mandy en s'asseyant prudemment. Claire l'a aidée à enlever son manteau, puis Mandy a sorti le petit paquet qu'était Elise. Xander est arrivé au moment où Addi serrait le bébé contre sa poitrine.

Les larmes sont montées aux yeux d'Addi quand elle a baissé le regard sur Elise. Je suis restée prudemment derrière le comptoir, souhaitant pouvoir réconforter Addi. Sa douleur était palpable, mais elle la dissimulait bien derrière ses sourires pour le bébé.

Xander a fait le tour de la table, embrassant les joues et enlaçant tout le monde avant de me rejoindre au comptoir.

— Je suis surprise que tu les aies laissées sortir ce soir, ai-je taquiné Xander, le papa poule.

Il a levé les yeux au ciel mais m'a souri. — Tu connais ma femme. Dieu la bénisse, mais elle est têtue comme une mule. Elle ne voulait pas manquer la première soirée entre filles d'Elise.

J'ai ri en imaginant la dispute que Xander avait perdue avant qu'ils ne viennent chez Mords-moi ! Il aimait sa femme plus que tout, mais je savais que cet amour signifiait qu'elle gagnait la plupart de leurs disputes. Il se considérait chanceux de l'avoir, et il l'était. Mandy était l'une des personnes les plus gentilles et les plus aimantes que j'aie jamais rencontrées.

Xander a commandé leurs petits gâteaux, une tasse de déca pour lui, et un chocolat chaud pour Mandy. Avant que je puisse rejoindre tout le monde, j'ai aidé Kendall avec les commandes suivantes, puis j'ai pris ma place à la table bondée où se trouvaient mes amis.

— Charlie, je dois une fière chandelle à Max pour m'avoir amenée là-bas. Tu as son numéro ou son adresse pour qu'on puisse lui envoyer quelque chose ?

Xander a hoché la tête en accord avec Mandy avant que ses yeux ne dérivent vers Elise, blottie dans les bras de Riley. Connor la regardait avec tant d'amour que ça m'a presque fendu le cœur. Je voulais que quelqu'un me voie comme il voyait Riley, de la façon dont toutes mes amies étaient vues par leurs maris.

J'ai inspiré profondément et chassé la douleur de ma poitrine. Je n'aurais pas ce qu'elles avaient toutes. Ça ne pouvait tout simplement pas arriver. Je le savais et le souhaiter ne ferait qu'aggraver la douleur. Aimer quelqu'un, et le laisser m'aimer, signifiait le laisser entrer.

Mais Max… Peut-être que je pourrais… Non ! Je ne pouvais pas m'aventurer sur ce terrain. Peu importe à quel point il semblait génial, je ne me permettrais pas de le mettre dans une catégorie différente. Pas maintenant. Peut-être une fois que Mords-moi ! serait de nouveau en sécurité. Peut-être.

— En fait, non, je n'ai pas son numéro, Mandy. Mais s'il revient, je peux le lui demander pour toi, ai-je offert. Max n'était pas revenu depuis le matin où Sam nous avait surpris en train de nous bécoter sur le comptoir. Dire que ça me dérangeait n'était même pas proche de décrire ce que je ressentais.

Raison de plus pour le garder fermement dans la catégorie « ça n'arrivera pas ».

— Tu couches avec lui, mais tu n'as pas son numéro de téléphone ? a demandé Sam de l'autre côté de la table.

— Comment tu sais que j'ai couché avec lui ? ai-je lâché.

Elle m'a fait un sourire en coin, les yeux brillants. — Tu

viens de me le dire. Je n'arrive pas à croire que tu nous aies caché ça. Je savais qu'il se passait quelque chose à la façon dont vous vous dévoriez l'un l'autre. Il est bon ?

Connor, Xander et Joey ont levé les yeux au ciel et se sont bouché les oreilles, protestant contre toute réponse que j'aurais pu donner. J'ai ri en les voyant, mais je savais que Sam n'abandonnerait pas. Ni les autres qui étaient assises, captivées. — C'était juste une fois et je ne l'ai pas revu depuis le matin où tu étais là.

Sam a plissé les yeux, essayant probablement de lire dans mes pensées. Sam avait une capacité déconcertante à savoir ce que les gens pensaient. Je ne savais pas comment elle faisait, mais chaque fois que l'une de nous essayait de garder quelque chose pour elle, Sam parvenait à deviner ce que c'était et à le mettre sur le tapis.

Je n'avais jamais été la cible de ce regard perspicace. Et ça ne me plaisait pas du tout.

— Tu es contrariée, n'est-ce pas ? Tu commençais à t'ouvrir à lui, et puis il a disparu. Merde, et c'est entièrement de ma faute.

J'ai secoué la tête. — Tu n'as rien fait. N'importe qui aurait pu entrer et nous interrompre. Honnêtement, je suis contente que ce soit toi et pas une de mes clientes de quatre-vingts ans.

— Ouais, mais il est parti et n'est jamais revenu. Ça doit être de ma faute, a insisté Sam, la voix pleine de regret.

J'ai soupiré lourdement, sachant que Sam avait tort. La disparition de Max n'avait rien à voir avec elle, mais tout à voir avec moi. Je me sentais comme une magicienne avec les hommes, les faisant toujours disparaître sans jamais savoir comment je m'y prenais.

— J'ai un talent, Sam. Ça n'a rien à voir avec toi. Les hommes ne restent tout simplement pas dans mon entourage. Ils ne l'ont jamais fait, et ne le feront jamais. Sans vouloir faire de cliché, mais ce n'est pas toi, c'est moi.

Les autres ont ri, mais j'ai vu l'expression de Lexi du coin de l'œil. Elle en savait plus que les autres sur mon passé, donc je savais qu'elle verrait au-delà de ma blague. J'ai cependant évité de la regarder directement, car elle pouvait lire en moi. Elle verrait la douleur dans mes yeux et la peine dans mon cœur. Lexi voudrait faire ce qu'elle faisait de mieux. Réparer les choses.

— Je me sens quand même mal, Charlie. Tu as vu son chasse-neige ?

J'ai hoché la tête, voulant soudain que la conversation sur moi et Max soit bien loin derrière nous. Je ne voulais pas parler de lui, penser à lui ou rêver de lui. Je voulais passer à autre chose comme je le faisais avec tous les autres, mais en pire. Parce que quoi que j'en dise, j'avais commencé à imaginer que Max était différent. Pour la première fois depuis de nombreuses années, je m'étais permis de croire qu'un homme pourrait me voir comme quelqu'un dont il fallait prendre soin.

Et j'étais en train de réapprendre qu'aucun d'eux n'était différent. Pas avec moi.

— Max est venu déneiger quand il y avait de la neige, mais il n'est pas entré et je ne lui ai pas parlé. Et si on parlait d'autre chose ?

— Tu as déjà trouvé un nouvel emplacement ? a demandé Claire.

— Oui. J'ai signé un bail, mais je ne peux pas y entrer avant fin janvier.

— Qu'est-ce que tu vas faire d'ici là ?

J'ai haussé les épaules. — Je ne sais pas. C'est un super emplacement, mais je n'arrête pas de me demander si je ne fais pas le mauvais choix. Fermer pendant un mois, ça va être dur.

— Tu n'as pas un gros événement en janvier ? Comment vas-tu l'honorer ?

J'ai secoué la tête. — Je ne sais pas. J'ai essayé de trouver des idées. Sans une cuisine professionnelle, je doute de pouvoir tout faire, mais je ne connais personne qui en ait une.

— Et si tu utilisais nos cuisines ? a suggéré Carrie. — Je peux t'aider. On peut faire une fournée chez chacune de nous.

J'ai secoué la tête. — Je ne pense pas que ça suffira. Je dois faire 200 petits gâteaux. Dans le meilleur des cas, dans une cuisine domestique, je peux en faire 24 à la fois. Ça représenterait environ six heures de cuisson.

— Ou trois heures chez moi et trois heures chez toi, a proposé Carrie.

J'ai ri. — Je ne sais même pas où je vais vivre ce mois-là. L'endroit a un appartement que je vais prendre, mais je ne peux pas y emménager. Je serai sans-abri pendant un mois.

— Viens vivre avec nous, a offert Lexi. — Et utilise notre cuisine. Tu sais que tu es toujours la bienvenue.

— Chez nous aussi, a acquiescé Claire.

— Ou chez nous, a proposé Mandy.

— Charlotte, tu sais bien qu'on ne va pas te laisser vivre dans ta voiture, a protesté Lexi. — Tu peux rester quelques jours chez chacune de nous si tu as l'impression de déranger. Je sais que tu as peur de perturber nos vies, mais tu ferais la même chose pour nous. Laisse-nous t'aider.

— D'accord, je vais y réfléchir, leur ai-je promis à toutes avant d'arborer un sourire forcé et de me concentrer sur Mandy. — Mandy, comment s'est passée ta première semaine en tant que maman ?

Après avoir échangé des regards entendus, tout le monde a accepté mon changement de sujet. Mandy s'est lancée dans des histoires sur Elise et sur la vie avec un nouveau-né.

J'écoutais d'une oreille distraite, souriant avec tout le monde et m'extasiant quand Elise s'est réveillée et a offert un sourire édenté à Riley.

J'ai surpris Sam qui regardait Addi à plusieurs reprises et Addi qui essuyait des larmes invisibles quand Mandy nous a dit à quel point elle aimait Elise. Je voulais désespérément les aider toutes les deux, mais je ne savais pas comment. Le fossé entre Addi et Sam était pénible à voir, mais j'étais soulagée que personne d'autre ne le remarque. Je ne pensais pas qu'Addi connaissait déjà le secret de Sam, mais quelque chose les poussait à s'éloigner l'une de l'autre au lieu de se rapprocher. Je me suis demandé quels autres secrets notre groupe pouvait bien cacher.

Le téléphone a sonné pendant que Kendall parlait à un garçon que j'avais déjà vu plusieurs fois. Je voyais bien qu'il lui plaisait et ça ne me dérangeait pas de les laisser discuter, alors je me suis éclipsée dans la cuisine et j'ai décroché le téléphone.

— Bonsoir, Mords-moi ! En quoi puis-je vous aider ?

— Charlotte ? Sa voix douce a chatouillé mon oreille et m'a traversée de part en part pour venir se loger au creux de mon ventre. Je détestais réagir si vite à lui, et de manière si totale.

— Oui, c'est Charlotte, ai-je répondu, peu disposée à céder.

— C'est Max, a-t-il dit, puis il a marqué une pause, comme s'il m'attendait.

— Comment puis-je t'aider ? ai-je demandé, feignant l'indifférence.

Il a laissé échapper un long soupir. — Je suppose que je le mérite, hein ? Je t'ai appelée pour te dire que j'étais désolé de ne pas être passé ces derniers temps. J'ai juste été…

— Max, tu ne me dois aucune excuse. Tu es un client. J'espère que tu es satisfait du service ici, mais tu n'es en aucun cas obligé de venir tous les jours. J'ai très peu de clients aussi dévoués.

Je pouvais presque sentir la tension à travers le téléphone. Je savais que ça l'énerverait que je le traite comme si je m'en fichais, mais il était hors de question que je le laisse débarquer pour un plan cul quand ça lui chantait. Je n'avais pas besoin d'être la grosse de service qu'il avait sous la main. J'avais plus de respect pour moi-même que ça.

— S'il te plaît, Charlotte, ne dis pas que je suis juste un client. J'avais espéré être plus que ça, maintenant.

— Que veux-tu que je te dise, Max ? ai-je presque gémi, perdant ma façade d'apathie.

— Je veux que tu dises que ce n'était pas grave que j'aide ma sœur avec son magasin et que je ne sois pas venu te voir. Je veux que tu dises qu'il n'y a pas d'autres hommes assez dévoués pour venir tous les jours. Je veux que tu dises que je t'ai manqué autant que tu m'as manqué. Je voulais que tu dises que je suis plus qu'un client pour toi. Je veux que tu dises que je peux venir ce soir parce que si je reste un jour de plus loin de toi, je crois que je vais devenir fou.

Mes genoux se sont dérobés et je me suis laissée glisser au sol, le dos contre le mur de la cuisine. Mon Dieu, il savait exactement quoi dire pour me faire céder. Il aidait sa sœur ? Comment pouvais-je lui en vouloir pour ça ? Comme je l'avais dit à Mandy, je n'avais pas son numéro, et il n'avait pas le mien, donc il n'aurait pas pu me tenir au courant.

Sauf que…

— Pourquoi tu ne m'as pas appelée avant ? ai-je demandé, sentant ma colère remonter. Il savait où je travaillais, où je passais la plupart de mon temps. Et de toute évidence, il avait le numéro du magasin. Pourquoi n'avait-il pas appelé ?

— Je voulais le faire, honnêtement. C'est le genre de situation où je restais le doigt sur ton nom encore et encore, et je finissais toujours par me dissuader. Chaque jour, je me promettais de te voir le lendemain, mais ensuite Abby avait besoin de quelque chose et je me retrouvais aspiré à l'aider.

— Pourquoi maintenant ?

Max a expiré bruyamment. — Elle a fini pour l'instant. Elle attend la livraison de matériel et on ne peut rien faire tant qu'il n'est pas là. J'espère que les livreurs l'installeront pour que je puisse souffler de temps en temps. Elle m'a tellement épuisé que j'ai à peine eu la force de me traîner au lit le soir pour m'endormir. Un soir, je me suis écroulé à table pendant le dîner.

Je n'ai pas pu retenir le petit rire qui a franchi mes lèvres. J'aimais le fait qu'il puisse me faire rire même quand j'avais envie d'être en colère contre lui. Mais je ne pouvais pas nier que c'était adorable de sa part d'aider sa sœur. Lexi m'avait aidée quand j'avais lancé Mords-moi ! et j'aurais accepté toute l'aide qu'on m'aurait proposée. Abby avait de la chance d'avoir Max.

— D'accord, je suppose que je peux te pardonner ça. Tout se passe bien pour elle ?

Max a hésité et je me suis demandé pourquoi il ne voulait pas me parler de son magasin. Mon cœur s'est serré et je lui ai souhaité silencieusement le meilleur, supposant que Max n'avait pas beaucoup confiance dans les capacités de sa sœur. — Oui, je suppose que ça va. Alors, tu penses que je peux venir te voir ce soir ?

J'ai souri et j'ai su que j'allais céder. Max devenait ma kryptonite. Il suffisait qu'il sourie, ou rie, ou dise mon nom de cette voix sexy, et j'étais fichue.

— À quelle heure tu comptais passer ?

Je l'ai entendu bouger avant qu'il ne dise : — Eh bien, je peux être là dans cinq minutes si ça te va. Mais je ne veux pas te déranger si tu travailles encore.

— Ça va, je m'entends plutôt bien avec la patronne. En plus, le mardi, mes amis se réunissent tous ici pour passer du temps ensemble. Kendall travaille encore, donc je peux passer du temps avec eux. Oh, à ce propos, Mandy et Xander demandaient ton numéro. Ils veulent te remercier pour ton aide de la semaine dernière. Ils sont là ce soir avec Elise si tu veux les voir.

La pause de Max a été à peine perceptible, mais elle était bien là. Quand il a repris la parole, sa voix n'était pas aussi enjouée qu'auparavant. — Ça a l'air super. Je, euh, j'arrive bientôt.

J'ai raccroché avec Max en me demandant pourquoi il était si anxieux alors qu'il avait été si impatient de me voir. Peut-être qu'il n'aimait pas mes amis. Ou qu'il n'aimait pas les bébés. Quoi qu'il en soit, quelque chose rendait Max méfiant, et je ne pouvais m'empêcher de penser que c'était quelque chose d'important.

— Est-ce que tout va bien ? a demandé Lexi quand je suis revenue à la table.

— Oui, euh, c'était Max, en fait. Il est en route.

— Oh, super, s'est exclamée Mandy. — On va pouvoir le voir et le remercier.

J'ai souri à l'enthousiasme de Mandy et j'ai de nouveau évité le regard entendu de Lexi. Bien sûr, Sam était toujours là, elle aussi. Elles étaient toutes les deux bien trop perspicaces, mais j'espérais que Max arriverait avant qu'elles ne s'emparent de ce qui me tracassait.

Que pouvais-je leur dire ? Que je pensais que Max détestait soit mes amis, soit les enfants. Les deux options mettraient tout le monde sur la défensive. Et je ne savais même pas si c'était vrai. Les mettre tous mal à l'aise en présence de Max ne ferait que le rendre encore plus gauche.

Je ne comprenais tout simplement pas. Il s'entendait bien avec tout le monde à l'hôpital. Il avait évité Riley, Connor et Mandy ce jour-là, mais il nous avait acheté des pizzas à tous après avoir conduit Mandy à l'hôpital. Ça n'avait aucun sens.

Avant que je puisse m'inquiéter davantage, Max a franchi la porte. Il a souri en croisant mon regard, sa fossette me faisant un clin d'œil. Il a commandé quelque chose à Kendall et nous a rejoints après qu'elle lui a tendu un petit gâteaux et une bouteille d'eau.

— Max, s'est exclamée Mandy alors qu'il se tenait à côté de la table. Elle a bondi de sa chaise et a jeté ses bras autour de son cou, le serrant fort. — Je ne te remercierai jamais assez pour ton aide pour la naissance d'Elise.

— Oh, je n'ai pas vraiment fait grand-chose, a balbutié Max en rendant maladroitement son étreinte à Mandy. — Je t'ai juste conduite à l'hôpital.

— Oui, mais tu as aussi nourri ce groupe d'affamés et tu t'es mis les infirmières dans la poche. Pendant tout mon séjour, elles m'ont remerciée pour le dîner de pizzas et pour avoir été si gentille avec elles. Je n'ai pas eu le cœur de leur dire que nous n'y étions pour rien !

Xander a attiré Mandy sur ses genoux quand elle a voulu se rasseoir et a désigné sa chaise vide pour que Max s'y installe. Entre nous se trouvaient Lexi, Sam, Riley et Connor. Il m'a jeté un regard en s'asseyant et j'ai pu voir de la peur dans ses yeux, même si je ne savais pas pourquoi.

— J'étais content de pouvoir faire quelque chose pour aider. Charlotte est si merveilleuse et m'a aidé quand j'étais dans une situation difficile, alors la moindre des choses était d'aider ses amis.

Il m'a souri en parlant, et je pouvais sentir la chaleur de son regard dans tout mon corps, comme une couverture qui m'enveloppait. Le reste de mes amis s'est estompé alors que je regardais Max et que je savais, sans l'ombre d'un doute, qu'il passerait la nuit avec moi.

Encore.

13

ELISE A BÂILLÉ LARGEMENT, puis s'est étirée dans mes bras et mon cœur a débordé de tendresse. J'en voulais un. Plus que tout ce que j'avais jamais désiré. L'idée d'avoir un enfant n'était pas quelque chose à laquelle j'avais déjà pensé. Avec les parents horribles que j'avais eus, je n'y avais pas beaucoup réfléchi, mais en tenant cette adorable petite fille dans mes bras, je ne pouvais nier l'envie irrépressible d'en avoir un à moi.

— Je pense qu'il serait temps de vous ramener à la maison, a dit doucement Xander à Mandy. J'ai levé les yeux vers elle et j'ai vu ses paupières se fermer alors qu'elle hochait la tête en signe d'accord, avant de bâiller exactement comme sa parfaite petite fille.

J'étais réticente à rendre Elise, ne désirant rien de plus que de la monter à l'étage et de la tenir dans mes bras pour toujours, mais je savais que Mandy ressentait la même chose.

— Si jamais tu as besoin d'une baby-sitter, fais-le-moi savoir, ai-je offert, sachant que ma vie était la plus ennuyeuse de toutes et que j'étais la plus susceptible d'avoir du temps libre. Du moins, jusqu'à ce que les choses avancent avec mon déménagement.

— On y pensera, a dit Mandy en se levant. Elle a attaché son écharpe de portage pour Elise, puis s'est penchée pour prendre le bébé. J'ai embrassé la tête d'Elise et l'ai soulevée doucement dans les bras de Mandy pour qu'elle puisse l'installer dans l'écharpe. Elise avait l'air si bien blottie contre sa maman que je savais que je serais aussi une maman adepte du portage.

Si jamais j'étais une maman.

Les autres se sont levées pour dire au revoir à Mandy, Xander et Elise, puis ont commencé à nettoyer les tables. Elles devaient toutes travailler le lendemain matin et je savais qu'elles avaient hâte de rentrer chez elles retrouver leurs hommes.

Lexi semblait traîner, nettoyant un peu plus lentement que les autres. Je savais qu'elle voulait me parler, probablement de Max. Il se tenait un peu à l'écart, laissant mes amies se dire au revoir sans être au milieu d'elles, mais sans non plus donner l'impression de les éviter. Il fallait que je découvre quel était le problème de Max avec elles. Et que je découvre ce qui se passait avec Lexi.

Quand les autres ont été distraites, je me suis approchée d'elle. —Tout va bien ? ai-je dit à voix basse en essayant de donner l'impression que je l'aidais à nettoyer.

Son regard a glissé vers Max, puis vers moi, et j'y ai lu de l'inquiétude. Je savais ce qui allait suivre, mais j'étais impuissante à l'arrêter. —Je m'inquiète pour toi. Tu es sûre pour lui ?

Mon regard a dérivé vers Max et je l'ai trouvé en train de nous observer. Il m'avait observée la majeure partie de la soirée. Je n'arrivais pas à décider si c'était un de ces trucs du genre « je ne peux pas détacher mes yeux de toi » ou si c'était plutôt du genre « tu es une telle catastrophe ambulante que je ne peux pas m'empêcher de regarder ».

J'espérais vraiment que ce soit la première option.

— Pourquoi tu t'inquiètes ? ai-je demandé à Lexi, me demandant où elle voulait en venir avec ses questions.

— Tu plaisantes, mais je sais que tu es une romantique. Si Max a l'intention de jouer avec toi, alors il n'est pas fait pour toi. Tu mérites mieux.

J'ai soupiré, pas prête à parler de Max à Lexi. Je n'avais aucune idée de la situation ni de la direction que prenaient les choses. Expliquer cela à Lexi n'allait pas bien se terminer, car je n'avais aucune réponse aux questions qu'elle posait.

À vrai dire, je me posais la même question qu'elle. Je ne savais pas s'il allait faire des allers-retours dans ma vie et s'attendre à ce que je sois heureuse d'avoir un mec aussi canon dès que je le pouvais. Une relation comme ça ne me dérangerait normalement pas, mais l'idée que ce soit avec Max me faisait mal.

— Je ne veux juste pas que tu sois blessée, a poursuivi Lexi, interprétant mon silence pour ce qu'il était. Mon incapacité à nous rassurer l'une comme l'autre. —Tu n'as jamais regardé quelqu'un comme tu regardes Max et ça me rend nerveuse. Il peut te briser d'une manière que je n'ai jamais vue, mais que je peux imaginer.

Lexi avait raison et nous le savions toutes les deux. Mes sentiments pour Max entraient dans le territoire où la confiance peut mener à la dévastation. Si je me permettais de lui faire entièrement confiance, il aurait le pouvoir de me dévaster. Irréparablement.

— Tu ne penses pas que je suis assez bien pour lui, n'est-ce pas ? ai-je demandé doucement, exprimant ma peur la plus profonde. J'ai passé mes vingt premières années à essayer d'être assez bien pour des gens qui, dans ma tête, je le savais, n'étaient pas assez bien pour moi, mais que je voulais de tout mon cœur. J'ai perdu ces vingt années à désirer des gens qui ne se soucieraient jamais de moi. Des gens qui se fichaient que j'aie toujours eu de bonnes notes et que je me sois bien comportée en grandissant. Je pensais que peut-être, juste peut-être, si j'étais assez bien, ma mère et mon père reviendraient.

Peut-être qu'ils me rendraient visite s'ils voyaient que j'étais sage.

Peut-être qu'ils voudraient de moi s'ils voyaient que j'étais sage.

Peut-être qu'ils m'aimeraient s'ils voyaient que j'étais sage.

Ça n'a jamais marché.

Au lieu de ça, j'aurais dû aimer Mamie davantage. Je ne lui ai pas assez dit à quel point je l'aimais. Ce qu'elle représentait pour moi. À quel point j'étais reconnaissante qu'elle m'ait recueillie. Le bonheur qu'elle m'apportait.

Je ne lui ai rien dit de tout ça. Et puis un jour, elle est partie et je n'ai plus pu le lui dire. Après avoir essayé d'être assez bien pour mes parents et avoir échoué chaque jour, la seule personne qui m'avait aimée est morte sans jamais savoir que je n'avais jamais ressenti le besoin d'être assez bien pour elle, parce que je l'étais déjà. Elle m'a aimée à travers tout, sans question, sans l'ombre d'un doute.

Max était trop bien pour moi. Je le savais au plus profond de mes tripes. Je ne voulais pas l'admettre ni y penser. Je voulais m'accrocher à n'importe quelle partie de lui que je pouvais avoir, aussi longtemps qu'il me le permettrait. C'est pour ça qu'il ne voulait pas être avec mes amies. C'est pour ça qu'il venait me voir au travail. C'est pour ça qu'il ne m'invitait pas à un rendez-vous. Ce que Max et moi avions, à ses yeux, c'était du sexe. Rien de plus. Rien de moins.

J'aurais aimé que ce soit aussi simple pour moi.

Lexi m'a attrapé le bras, me sortant de ma torpeur, et j'ai plongé mon regard dans ses yeux tristes. —Je n'ai jamais dit ça, Charlie, et je ne le crois pas non plus. Il aurait de la chance de t'avoir. Je m'inquiète que tu sois blessée parce qu'il te plaît beaucoup, pas parce que je pense que c'est un connard. Pour info, je n'ai pas encore décidé. À l'hôpital, il avait l'air super, mais ce soir, il était silencieux et n'avait pas l'air de vouloir être ici. J'essaie de comprendre.

Entendre Lexi exprimer mes propres inquiétudes m'a fait tout remettre en question. Max était génial quand nous n'étions que tous les deux, mais dès que mes amies entraient en scène, je n'étais plus sûre de rien.

— Fais juste attention, a murmuré Lexi en me prenant dans ses bras. J'ai hoché la tête contre sa joue et j'ai cligné des yeux pour chasser les larmes qui commençaient à perler. Merde, je ne pouvais pas pleurer. Je ne le ferais pas. J'allais profiter d'une dernière nuit avec Max, puis m'assurer qu'il sache que c'était d'accord pour lui de passer à celle qui le méritait.

Parce que ce n'était définitivement pas moi.

Tout le monde a disparu après ma discussion avec Lexi. Kendall est partie juste après elles, et puis Max et moi nous sommes retrouvés seuls.

— Avant toute autre chose, j'ai quelque chose pour toi. Je me suis retournée et je l'ai vu tenir un bout de papier. Il l'a posé sur le comptoir et j'ai penché la tête d'un air interrogateur. —Mon numéro de téléphone. Je ne veux pas que tu penses que je ne veux plus avoir de contact avec toi, alors je le laisse ici. J'espère que tu l'utiliseras.

— D'accord, ai-je dit doucement, me détournant de son regard intense. Ça m'a décontenancée. S'il n'était là que pour le sexe, pourquoi me donnerait-il son numéro ? Et surtout, pourquoi me donner le sien sans prendre le mien ? S'il ne voulait que du sexe, il aurait besoin d'un moyen de m'appeler quand il serait prêt, pas l'inverse.

Peut-être que je me trompais.

— Tu es magnifique, m'a-t-il dit de l'autre bout de la pièce, me sortant de mes pensées. Je lui tournais le dos et je me suis mordu la lèvre pour retenir la réplique sarcastique qui était sur le bout de ma langue.

Au lieu de ça, j'ai protesté : —Je ne ressemble à rien.

Ses bras ont entouré ma taille et m'ont fait pivoter pour lui faire face. —Si tu ne ressembles à rien, alors tu es un magnifique désastre. Il s'est penché et a pressé son nez dans mon cou, inhalant profondément. —Mon Dieu, ton odeur m'a manqué. Ton goût, sa langue a jailli et a léché ma gorge. Ma tête est partie en arrière toute seule et un gémissement s'est échappé de mes lèvres. —Le son de ta voix. Tu as hanté mes rêves. Je n'en ai jamais assez de toi.

— Alors je suppose que c'est une bonne chose qu'il y ait beaucoup de moi.

Il s'est reculé et m'a foudroyée du regard, ses yeux flamboyants de colère. —J'espère sincèrement que tu n'es pas en train d'insinuer que tu es en surpoids.

J'ai reniflé. —Je n'insinue pas, je l'admets carrément. J'ai haussé les épaules. —Ma grand-mère disait toujours que j'étais « duveteuse » comme un petit gâteaux parfait, pas grosse. De toute façon, ça veut dire la même chose.

Max a encadré mon visage avec une telle tendresse que j'ai failli ne pas pouvoir soutenir son regard. —S'il te plaît, ne dis pas ça de toi. Tu es fabuleuse et ne laisse personne te convaincre du contraire. Le poids est un chiffre, mais pas un qui détermine qui tu es. D'ailleurs, tout ce que ça signifie, c'est que je vais pouvoir passer un peu plus de temps à embrasser chaque centimètre de ta peau.

Sa bouche était de retour sur moi, des baisers à bouche ouverte sur ma mâchoire, mon cou, le dessous de mes avant-bras... C'était le paradis, simplement sensuel et ça m'excitait plus que je ne l'avais jamais été par un simple baiser.

Les mots de Lexi menaçaient de refaire surface, mais je

les ai repoussés, voulant une nuit de plus avec Max et sa douceur avant de me concentrer sur le déménagement de Mords-moi ! et d'oublier les hommes.

Encore une fois.

Les bras de Max ont de nouveau encerclé mon dos et il m'a fait basculer sur le comptoir. J'étais étendue pour son plaisir. Bien que, alors que sa bouche se déplaçait sur moi, je commençai à me demander de quel plaisir il se souciait le plus. Ses hanches ont cherché les miennes et ont bougé contre moi, me faisant sentir exactement à quel point il me désirait.

Avant qu'on ne se fasse surprendre à nouveau dans la boutique, je l'ai repoussé. Il a plissé les yeux, confus, mais j'ai juste levé un doigt pour lui dire d'attendre. J'ai verrouillé la porte d'entrée, puis j'ai attrapé le revers de sa veste et l'ai traîné derrière moi jusqu'à mon appartement.

Dès que nous avons été dans mon appartement, Max a commencé à se déshabiller. Ses bottes sont parties dans des directions opposées vers la cuisine. Sa veste est tombée sur le dossier de mon canapé. Sa chemise a atterri sur la table basse. Puis ses mains ont été sur moi, arrachant mon t-shirt par-dessus ma tête avant de le jeter par-dessus son épaule.

Ses mains étaient chaudes sur ma peau nue, me réchauffant d'un seul contact. Sa bouche a continué le chemin tracé par ses mains, cette fois en partant de ma clavicule et en descendant vers le haut de mes seins. Une main s'est affairée sur les agrafes de mon soutien-gorge extra-large tandis que l'autre taquinait mon téton à travers le coton.

Merde, pourquoi n'ai-je pas mis quelque chose de plus sexy ?

Ah, c'est vrai. Parce qu'il y avait eu un silence radio de sa part pendant une semaine et que j'avais épuisé toute ma jolie lingerie en attendant qu'il se pointe. S'il avait un problème avec du simple coton, il pouvait toujours courir.

Ooh, en parlant de courir, je me suis retournée et j'ai empoigné ses fesses. Chaque centimètre de cet homme était délectable. Mes centimètres préférés tentaient de me percer un trou dans le nombril. Je me suis frottée contre lui, essayant de le faire accélérer. S'il était sérieux à propos d'embrasser chaque centimètre de ma peau, ça lui prendrait un mois pour faire le tour, surtout avec la lenteur à laquelle il y allait. Mais ce serait le meilleur mois de ma vie.

L'agrafe de mon soutien-gorge a finalement cédé et sa bouche a couvert mon téton avant qu'il n'ait eu la chance de sentir l'air frais. Max a soulevé mon sein, en prenant plus dans sa bouche et en suçant fort. Sa langue a tourbillonné autour de la pointe et j'ai crié, désespérée d'atteindre l'orgasme. Max a calé sa jambe entre les miennes et a frotté sa cuisse contre moi, m'arrachant un autre gémissement.

Je n'ai pas pu empêcher mon corps de bouger sur sa jambe, le chevauchant comme un cheval sauvage. Alors que sa bouche s'affairait sur mes tétons, les maintenant ensemble et les taquinant en même temps, je me suis cambrée en arrière et je me suis laissée aller, sentant la friction de sa jambe sur mon corps me donner exactement ce dont j'avais le plus besoin. Mon corps s'est tendu et Max a attrapé mes cuisses, me tirant entièrement sur lui, supportant mon poids avec le sien, et me faisant bouger sur lui. Mes seins se sont échappés de sa bouche avec un petit bruit sec et ses lèvres étaient sur les miennes juste au moment où je hurlais mon orgasme.

— Putain, Charlotte. C'était la chose la plus sexy que j'aie jamais vue. S'il te plaît, bébé, ne me dis pas que tu as fini. J'ai besoin de sentir ça.

Ma respiration était haletante et je ne pouvais pas lui répondre. Max n'a pas attendu de réponse. Il nous a mis tous les deux nus avant que ma tête ne cesse de tourner. Il a déroulé un préservatif sur sa longueur tout en nous guidant vers le lit, m'embrassant tout le temps.

Max s'est glissé sur moi, se positionnant entre mes jambes. J'étais prête pour lui, brûlant de le sentir glisser en moi et de nous unir à nouveau. Il m'a regardée, tenant mon regard alors qu'il pénétrait dans mon corps. Mes hanches se sont soulevées vers les siennes, le rencontrant à mi-chemin et tout mon corps a eu l'impression de sourire quand ses yeux se sont révulsés et qu'il a juré à voix basse.

— Donne-moi une minute, Charlotte. Je vais jouir avant d'être prêt.

Je suis restée immobile pendant environ quinze secondes avant de rouler des hanches, l'incitant silencieusement à se mettre en mouvement. Ses yeux se sont ouverts en un éclair pour voir mon sourire narquois. Il a laissé échapper un rire avant que je ne recommence, cette fois-ci faisant se fermer ses yeux quelques secondes avant qu'il ne prenne le contrôle.

Sa bouche a pillé la mienne tandis que son corps bougeait. La poussée de lui en moi, sa langue et son érection se mouvant en synchronisation, me rendait folle. Je lui ai répondu avec tout ce que j'avais, mes hanches se levant pour rencontrer les siennes et ma langue luttant avec la sienne.

Max a rompu notre baiser et s'est appuyé sur sa paume, me regardant. Les yeux de Max étaient attirés par mes seins qui rebondissaient au rythme de nos corps. Son regard s'est encore assombri avant qu'il ne se penche et ne capture un téton entre ses dents.

Alors que nous nous balancions ensemble, il a gardé mon téton dans sa bouche, la douleur mêlée au plaisir faisant monter mon corps de plus en plus haut. Mon corps s'est arqué vers lui, poussant mon sein plus profondément dans sa bouche, cherchant la chaleur qu'il offrait. Une main a dérivé entre nous et Max a trouvé l'amas de nerfs tendus qui me faisaient mal, palpitant pour lui.

— Oh, Jésus, Charlotte. Je ne peux... tenir... beaucoup... plus longtemps, a-t-il dit d'une voix rauque.

Max est devenu frénétique, nos corps s'entrechoquant plus fort et ses doigts bougeant de plus en plus vite contre moi. Je me suis resserrée autour de lui, tout mon corps se sentant comme un élastique qui se tendait de plus en plus. Puis, soudain, j'ai craqué.

J'ai hurlé son nom à pleins poumons. Mes jambes se sont serrées autour de lui et mes doigts se sont enfoncés dans les muscles de son dos, l'attirant près, plus près, jusqu'à ce que nos corps soient collés l'un à l'autre. Mes dents se sont refermées sur son épaule alors que les dernières couleurs explosaient derrière mes yeux. Mon nom a jailli de sa bouche alors qu'il donnait une dernière poussée profonde en moi, puis il s'est immobilisé, son corps tremblant, avant de s'effondrer sur moi.

Je suis restée allongée là, les bras et les jambes enroulés autour de Max, mon visage enfoui dans son cou et le sien dans mes cheveux, et j'ai su que je ne pouvais pas le faire. Je ne pouvais pas partir. Je ne pouvais pas lui dire que c'était fini. Je ne pouvais pas arrêter ce qui se passait entre nous. Parce que peu importe ce qui se passait, ou ce qui ne se passait pas, j'en voulais plus.

Max me faisait ressentir des choses qu'aucun homme n'avait jamais fait auparavant. Ce n'était pas juste du sexe pour moi, même si je croyais que c'en était pour lui. C'était une connexion, un sentiment d'appartenance, savoir que pendant quelques minutes, j'étais la personne la plus importante dans son monde. Je ne pouvais pas renoncer à ça. Je n'étais pas prête à le faire.

Après un temps trop court, Max s'est roulé sur le côté et est allé dans la salle de bain. Comme la première fois où nous étions ensemble, il est revenu et s'est glissé dans le lit à côté de moi, me tirant près de lui et enroulant son bras autour de ma taille. Il a embrassé mon cou et a pincé mon téton avant de murmurer : —Bonne nuit.

J'ai serré sa main, incapable de formuler le moindre mot. Tout ce que je ressentais débordait et je voulais lui poser un million de questions. Je voulais le connaître, pas seulement au sens charnel, mais en tant qu'homme. Je voulais connaître ses parents et sa sœur et comment avait été son enfance. Je voulais savoir s'il était déjà allé à l'université. Je voulais savoir comment nous avions pu vivre dans la même ville pendant si longtemps sans jamais nous croiser.

Je voulais aussi savoir pourquoi il n'aimait pas mes amies et pourquoi je ne pouvais le voir que pour le sexe. Je voulais savoir s'il allait revenir à Mords-moi ! pour le petit-déjeuner. Je voulais savoir s'il allait m'inviter à un rendez-vous.

Je voulais savoir si j'étais assez bien pour lui.

Mais je ne lui ai posé aucune de ces questions. Au lieu de cela, je suis restée allongée à côté de lui dans mon lit et j'ai écouté sa respiration. Alors que ses respirations devenaient régulières et que son bras se desserrait contre moi, je me suis blottie plus près de lui, ayant besoin de ressentir la connexion que nous partagions pendant l'amour. Mes peurs se sont transformées en larmes et elles ont glissé silencieusement dans la nuit pendant que Max dormait à côté de moi, bienheureux ignorant de la douleur que j'éprouvais.

14

Pendant la nuit, Max a de nouveau disparu, me laissant seule à mon réveil. J'ai essayé de me convaincre que c'était simplement parce qu'il devait travailler, mais cette petite voix insistante dans ma tête m'a rappelé qu'il n'était pas mon petit ami. C'était juste un homme avec qui je couchais.

Quand il en avait envie.

J'ai passé ma journée à essayer de ne pas m'inquiéter pour Max. Quand son chasse-neige est passé devant ma fenêtre, je suis restée dans la cuisine, les lumières de la boutique éteintes pour qu'il ne s'arrête pas. Du moins, c'est ce que je me suis dit. Il ne se serait pas arrêté de toute façon, et je le savais. Mais il passerait plus tard.

Le samedi, Max était redevenu un habitué. Il n'avait plus passé la nuit à la maison, mais je savais qu'il aidait sa sœur et je ne pouvais pas me plaindre. Je savais à quel point il était difficile de lancer une pâtisserie, et ça devait être agréable pour elle d'avoir quelqu'un pour l'aider.

Entre deux fournées, j'ai décoré pour Noël en essayant de me mettre dans l'ambiance, ne serait-ce que pour mes clients. Les O'Neill sont arrivés à neuf heures et demie, comme toujours, main dans la main. — Bonjour, ai-je dit, avec, je l'espérais, assez d'entrain pour qu'ils ne remarquent pas à quel point j'étais déçue que Max ne soit pas venu avant eux.

— Bonjour, ma chère. Comment allez-vous ?

— Je vais très bien, merci. Et vous, comment allez-vous ce matin ?

Mme O'Neill a secoué la tête et je me suis inquiétée que quelque chose n'aille pas, pour elle ou pour quelqu'un de sa famille. J'ai jeté un coup d'œil à M. O'Neill, mais son expression ne m'a pas éclairée. — Je voulais dire, comment vous prenez la nouvelle de la pâtisserie à petits gâteaux qui ouvre de l'autre côté de la rue. Dans le local que vous aviez repéré, je crois. Vous imaginez ? Des petits gâteaux allégés ? À quoi bon en manger s'ils sont diététiques ?

Des picotements de terreur m'ont parcouru la nuque, et j'ai à peine réprimé un frisson. Je n'avais jamais fait de petits gâteaux diététiques parce que j'étais du même avis que Mme O'Neill, mais des clients étaient déjà venus me demander des versions plus saines de ce que je proposais. Si un endroit faisait exactement ça, j'allais peut-être avoir des ennuis.

Et moi qui pensais que mes clients me resteraient fidèles même pendant mon absence d'un mois.

— De quelle autre boutique de petits gâteaux parlez-vous, Mme O'Neill ?

— De l'autre côté de la rue. Ce nouveau centre commercial qui va bientôt ouvrir. Il y a enfin des enseignes sur certaines devantures. L'une d'elles indique Gâteaux maigres. J'ai cherché sur mon ordinateur et il est dit qu'ils font des pâtisseries avec des ingrédients sains, comme ces trucs sans gluten, de la compote de pommes et des édulcorants. Je n'arrive pas à imaginer que tout ça puisse être bon, mais les gens semblent en vouloir. Ça n'a aucun sens pour moi.

Une angoisse terrible m'a envahi l'estomac pendant qu'elle parlait. Le sang a grondé à mes oreilles, noyant les autres bruits de la pâtisserie, y compris la cloche au-dessus de la porte qui signalait l'entrée d'un autre client. Mme O'Neill ne s'est pas rendu compte de mon malaise croissant. Tout ce pour quoi j'avais travaillé si dur allait s'envoler parce que les gens voulaient être minces. Gâteaux maigres. Quel fichu nom pour une pâtisserie ? J'étais sûre qu'elle appartenait à une sorte de mannequin anorexique qui ne saurait pas reconnaître de la bonne nourriture même si on la lui fourrait sous le nez.

— Je ne l'avais pas vue. Mais ce n'est pas grave. J'ai trouvé un nouveau local.

— Oh, c'est super, Charlie. Quand est-ce que vous vous y installerez ?

J'ai soupiré. — C'est le seul problème. Je serai fermée pendant un mois. J'ai essayé de convaincre le propriétaire ici de me laisser rester, mais il a refusé. Et mon nouveau local n'est pas disponible avant fin janvier. Le locataire précédent déménage, mais son bail court jusqu'à fin janvier et il va lui falloir un certain temps pour s'installer dans son nouvel emplacement.

— Eh bien, ça va être un mois long et froid sans votre café et vos douceurs pour nous réchauffer. Est-ce que vous ferez traiteur pendant ce mois ?

J'ai pris une profonde inspiration. Je n'avais toujours pas de bonne réponse à cette question. Je devais trouver une cuisine à louer pour préparer les gâteaux de la fête d'anniversaire qui approchait, et je n'avais aucune idée de l'endroit où trouver une cuisine industrielle avec des batteurs et des fours assez grands pour cuire 200 petits gâteaux. — J'essaie encore de régler ça. Je le ferai si je peux.

— Eh bien, nous devrons peut-être vous engager pour nous préparer des gâteaux chaque semaine afin de ne pas être en manque en attendant. Je ne suis pas sûr que nous puissions survivre sans votre petit-déjeuner, a taquiné M. O'Neill.

— Merci, M. O'Neill.

Mme O'Neill m'a tapoté la main et s'est dirigée vers leur table dans le coin. Mon regard les a suivis et j'ai réalisé que Lexi était appuyée contre le comptoir tout au bout.

— Comment vas-tu ? a demandé Lexi en s'installant sur un tabouret au comptoir et en regardant autour d'elle. Elle a hoché la tête, l'air satisfaite de mes décorations.

Je lui ai versé une tasse de café dans un mug noir sur lequel on pouvait lire 'I don'm'en fiche' et j'ai posé une assiette devant elle avec deux petits gâteaux à la mousse au chocolat.

— Je vais bien, ai-je dit d'un ton enjoué, en m'éloignant pour faire quelque chose, n'importe quoi pour éviter son regard.

— Vraiment ?

— Oui, je vais super bien. Les choses avancent. Tu as vu la nouvelle pâtisserie, toi aussi ? C'est pour ça que tu es là ?

Lexi a mis fin à mon agitation constante en me saisissant le poignet. — Non, mais ce n'est pas de ça que je parle et tu le sais très bien. Max.

Son seul nom m'a fait marquer une pause et mon cœur a raté un battement. Je ne voulais pas parler de Max. Oui, il me plaisait, mais je craignais de commencer à l'apprécier un peu trop.

— Il t'a fait du mal, n'est-ce pas ? a demandé Lexi avec compassion.

J'ai levé les yeux vers elle et j'ai su qu'elle le voyait dans mon regard. Je ne pouvais pas cacher la vérité à Lexi. Nous étions amies depuis bien trop longtemps et il n'y avait rien qu'elle ne puisse voir.

— Il n'a rien fait.

— C'est bien ça le problème, n'est-ce pas ? Il a passé la nuit de mardi ici. Tu as eu de ses nouvelles ?

— Il vient tous les jours, Lex. Il n'a plus passé la nuit ici, mais il est là.

— Vraiment ?

J'ai hoché la tête et haussé les sourcils comme pour lui dire de lâcher l'affaire.

— Alors pourquoi cette tête ?

J'ai pris une profonde inspiration, regrettant qu'elle soit entrée au moment où les O'Neill étaient là. J'avais besoin d'un moment pour digérer ce qu'ils m'avaient annoncé. — Il y a une nouvelle pâtisserie qui ouvre de l'autre côté de la rue. Dans le local que j'ai visité il y a quelques semaines. Mme O'Neill a dit qu'on dirait qu'ils sont presque prêts à ouvrir.

— Il y a d'autres pâtisseries en ville. Pourquoi celle-ci t'embête ?

J'ai pincé les lèvres et jeté un coup d'œil autour de moi comme si j'allais révéler un grand secret. — Ça s'appelle Gâteaux maigres. Ils font des versions diététiques de pâtisseries.

— Et alors ?

— Sais-tu combien de clients me demandent si j'ai quelque chose sans gluten, sans sucre ou sans produits laitiers ? Sais-tu combien de personnes n'achètent rien quand je leur dis que non ?

— Ce n'est pas pour ça que tu as ouvert cette boutique. N'est-ce pas la raison de son nom ?

J'ai souri. — Je sais.

— Tu en es sûre ? Parce qu'on dirait que tu as oublié ce qu'on a dit à tous ceux qui doutaient de toi. Tous ceux qui pensaient qu'une pâtisserie était trop risquée. Qui pensaient que tu devrais offrir plus de choses que des petits gâteaux sur ton menu. Qu'est-ce qu'on a dit qu'on leur dirait ?

J'ai souri, repensant à la nuit où Lexi et moi nous étions

saoulées en planifiant ma future entreprise. Pas d'extras. Pas de variété. Pas de chichis. Juste des petits gâteaux. — Mords-moi !

— Exactement, a approuvé Lexi. — Mords-moi ! Et ça ne va pas changer juste parce que quelqu'un essaie de faire des petits gâteaux diététiques. Maintenant, oublie cette boutique et dis-m'en plus sur l'endroit où tu vas déménager et comment on peut aider.

Lexi savait que j'avais besoin de changer de sujet et j'étais plus qu'heureuse de suivre cette voie. Je me suis sentie de nouveau excitée en lui parlant du grand espace ouvert et du nombre de tables que je pourrais avoir. J'ai partagé mes idées pour la cuisine et me suis extasiée sur l'appartement à l'étage.

Juste au moment où je lui parlais des autres boutiques dans le lotissement, la porte s'est ouverte et Max est entré. Son regard a croisé le mien et j'ai vu le désir luire dans ses yeux avant qu'ils ne se posent sur Lexi.

Il a eu la décence de paraître penaud, mais il n'est pas parti. Il a fait un autre pas à l'intérieur, laissant la porte se refermer derrière lui. Sans me quitter des yeux, il s'est avancé jusqu'à la caisse, attendant de commander.

Lexi m'a serré la main, me tirant de ma torpeur. Je lui ai adressé un faible sourire, puis je me suis approchée de Max qui attendait. — Je peux t'aider ?

— Je crois que je vais prendre la même chose que d'habitude, a dit Max avec un sourire. Vu qu'il y a d'autres gens ici.

Une vague de chaleur m'a envahie à cette simple flirtation. Je pouvais encore le sentir, dur entre mes jambes, comme la dernière fois qu'on nous avait surpris en train de nous embrasser sur le comptoir. — Ouais, eh bien, peut-être qu'on pourrait se retrouver quand il n'y aura pas autant de monde.

— Laisse-moi t'inviter à sortir. Ce soir. Demain. N'im-porte quand.

— Pourquoi ne pas faire connaissance avec ma copine, Lexi, et j'y réfléchirai ?

Max a souri et m'a fait un clin d'œil. Il a payé son café et ses petits gâteaux puis s'est assis à côté de Lexi pendant que j'allais préparer son café en cuisine. J'ai pris mon temps, sachant que Lexi allait lui passer un savon pendant mon absence. Je n'aurais pas pu être plus surprise lorsque je suis revenue dans la boutique et que j'ai vu Lexi rire à gorge déployée à quelque chose que Max venait de dire.

— Qu'est-ce que j'ai manqué ? ai-je demandé, ne voulant pas être tenue à l'écart.

— Max était en train de me parler de certains entrepreneurs d'Abby. Ces gens ont l'air horribles. Pas étonnant que tu fasses autant de choses pour elle.

— Tu ne m'as rien dit sur le magasin d'Abby. Il est où ?

Max s'est agité sur sa chaise, l'air mal à l'aise. — Oh, ce n'est pas loin d'ici.

— Qu'est-ce qu'elle y fait ? a demandé Lexi.

— C'est un peu comme ici, mais avec des produits différents. Elle propose des pâtisseries et des quiches pour le petit-déjeuner. Elle prévoit aussi de faire des gâteaux et différents desserts, avec quelques sandwichs. Mais elle pense que ses gâteaux seront ses meilleures ventes.

— Vous devriez vous voir toutes les deux. Je parie que vous pourriez vous échanger des recettes et très bien vous entendre, s'est exclamée Lexi. C'est dingue que vous fassiez des choses si similaires ! Pas étonnant que Max t'apprécie autant, a songé Lexi avant de plaquer une main sur sa bouche.

Mon regard a passé de Lexi à Max et je me suis demandé ce qui lui avait fait changer d'avis sur lui si rapidement. Quelque chose est passé entre eux, mais aucun des deux n'a repris la parole. Les yeux suppliants de Lexi m'ont empêchée de lui en demander plus, et le regard tendre de Max m'a fait complètement oublier Lexi.

— Bref, tu me parlais des autres magasins du centre commercial.

— Quel centre commercial ? a demandé Max.

— Oh, Charlie a enfin trouvé un endroit où déménager. Il ne lui reste que quelques semaines ici avant de devoir partir, mais sa boutique sera fermée pendant un mois.

— Je ne savais pas.

— Ouais, ai-je répondu. Ça faisait un moment que je cherchais. J'adore le nouvel endroit, mais je déteste devoir fermer pendant un mois.

— Hé ! a dit Lexi d'un ton enjoué. Tu devrais voir si tu peux emprunter la cuisine d'Abby pour cette commande. Tu penses qu'elle accepterait ? Lexi a reporté son attention sur Max.

Il a marqué une pause. Pourquoi n'a-t-il pas répondu tout de suite ? À quoi y avait-il à réfléchir ? Ne voulait-il pas que sa sœur soit au courant pour moi ? Avait-il si honte de moi ?

— Hum, je ne sais pas. Je peux lui demander.

— C'est pas grave, ai-je bafouillé, me sentant blessée et confuse. Je trouverai bien quelque chose.

— Bref, a dit Lexi d'un ton joyeux. Je crois que je vais y aller. Mike doit être en train de faire ses courses de Noël et je dois aller fouiner un peu.

J'ai ri, sachant qu'elle disait la vérité. Lexi ne gérait pas bien les surprises et essayait toujours de deviner ce qu'étaient ses cadeaux avant de les ouvrir. J'étais désolée pour Mike, mais il était bon joueur. Il a vite compris qu'il fallait emballer tous ses cadeaux dans d'énormes boîtes qu'elle ne pouvait pas identifier, l'obligeant à changer de tactique. Il n'avait toujours pas compris qu'elle essayait de trouver l'endroit où il cachait les cadeaux avant qu'il ait eu le temps de les mettre en boîte et de les emballer.

— Au fait, l'endroit est joli, a dit Lexi avec un clin d'œil. Elle a hoché la tête en direction du gui que j'avais au-dessus de la porte et du sapin dans le coin, puis elle est sortie avec un sourire malicieux.

Max a suivi son regard jusqu'à la porte d'entrée et a repéré le gui. — J'espère sincèrement que tu ne te fais pas embrasser par tous ceux qui passent cette porte.

J'ai ri et secoué la tête. — C'est plus une blague qu'autre chose. Et puis, personne qui est entré aujourd'hui ne m'a embrassée, alors j'imagine que ça ne marche pas.

— Alors je crois qu'il faut changer ça, a dit Max en se penchant vers moi. Il m'a fait signe de m'approcher d'un doigt. Alors que nous nous rapprochions, Max a pris une grande inspiration puis a murmuré : Je vais parler à Abby.

J'ai hoché la tête moins d'une seconde avant que ses lèvres n'effleurent les miennes, doucement. Son baiser n'était ni exigeant ni dominateur. Au contraire, il était interrogateur, il demandait la permission. À chaque contact de ses lèvres contre les miennes, je lui donnais ce qu'il demandait, lui accordant tout l'accès à moi qu'il pouvait désirer.

La main de Max's a glissé sur ma joue, inclinant doucement ma tête tandis que sa langue taquinait mes lèvres. Je me suis ouverte à lui et il s'est glissé dans ma bouche, toujours sans se presser. Son baiser était long, lent et doux. Je me suis rapidement perdue en lui, son baiser m'entraînant dans un autre monde. Un monde où je n'avais pas peur de le laisser entrer, où nous pouvions être ensemble, où il n'y avait pas de secrets.

Le baiser s'est terminé trop tôt à mon goût, mais comme nous étions chez Mords-moi !, il fallait bien qu'il s'arrête. Max s'est reculé à contrecœur et a posé son front contre le mien. Il a embrassé mon nez et j'ai senti sa poitrine se soulever alors qu'il luttait pour reprendre son souffle. C'était bon de savoir qu'il était aussi affecté que moi par ce qui aurait dû être un simple baiser.

— Ce soir. À quelle heure tu finis ? Je t'emmène. Plus d'excuses. Il a offert un humble demi-sourire, étant donné que toutes les excuses venaient de lui.

— Je ferme à vingt heures. Aujourd'hui, c'est ma grosse journée. Kendall ne travaillait pas le week-end, donc j'étais là de l'ouverture à la fermeture. Ça faisait de longues journées et à la fin du samedi, j'étais généralement prête à m'effondrer. Même la tentation de Max ne suffisait pas à raviver mon enthousiasme.

— Merde, tu ne vas pas avoir envie de sortir, n'est-ce pas ? Et si je te promets qu'on ira dans un endroit tranquille, que tu pourras t'habiller de façon décontractée et que quelqu'un d'autre s'occupera de toi pour une fois ?

L'enthousiasme dans sa voix et le regard plein d'espoir sur son visage ont suffi à me faire céder. Je savais que je ne pouvais pas dire non à ces yeux de chiot abandonné couleur noisette et à cette fossette. Sans parler de l'homme qui leur donnait vie. Et qui me donnait vie.

— Je serai là à vingt heures trente. À moins qu'il y ait quelque chose que je puisse faire pour t'aider à nettoyer ?

— Pourquoi voudrais-tu nettoyer ?

— Je ferais n'importe quoi pour toi, Charlotte. Je serai là juste avant vingt heures et tu pourras me mettre au travail pendant que tu te détends, que tu te changes, que tu prends une douche, ou quoi que ce soit dont tu as besoin pour te préparer. Et si tu veux aller dîner dans la tenue que tu portes en ce moment… ça ne me pose aucun problème, mais je ne pourrai probablement pas garder mes mains et mes lèvres pour moi quand tu sens les petits gâteaux. Mais en même temps, peu importe.

J'ai rougi en imaginant les mains et les lèvres de Max sur moi toute la nuit. Il a surpris l'expression sur mon visage et ses yeux se sont assombris, le pouls dans son cou s'est affolé. Il s'est léché les lèvres et a pris une profonde inspiration.

— Ok, je me tire d'ici avant de verrouiller cette porte et de t'entraîner à l'étage. On se voit dans quelques heures.

J'ai souri et je l'ai suivi jusqu'à la porte. Il s'est arrêté juste sous le gui et m'a fait un clin d'œil avant de se pencher pour m'embrasser à nouveau. Un baiser rude et exigeant m'a coupé le souffle et a fait flageoler mes genoux. Il a entouré ma taille de ses bras et m'a soutenue tandis qu'il dévorait ma bouche, promettant une nuit incroyable.

Il a reculé, me lâchant bien trop tôt. — Tu es comme une drogue pour moi. Quelque chose qui me donne l'impression de pouvoir tout faire. Je ne pourrais pas t'abandonner même si je le voulais. Il a marqué une pause et a plongé son regard dans le mien. — Vingt heures.

J'ai hoché la tête et l'ai regardé sortir. Je n'ai pas pu m'arrêter de sourire du reste de l'après-midi, surtout quand j'ai lu son dernier texto.

> Quatre heures, trente-neuf minutes, et seize secondes avant que je te revoie.

Pouvait-il être plus adorable ?

15

J'AI REFERMÉ la porte derrière ma dernière cliente et j'ai tourné le verrou. Les yeux de Max se sont assombris à ce bruit, comme l'un des chiens de Pavlov qui savait qu'il allait recevoir une friandise savoureuse. Je devais admettre qu'entre le bruit du verrou et le regard de Max, mon corps s'est tendu et j'ai senti ce délicieux picotement entre mes jambes.

Ouais, il était temps de foutre le camp.

— Bon, je monte me changer en vitesse. Je pourrai nettoyer plus tard, alors détends-toi. Je ne serai pas longue.

Max s'est avancé vers moi, ses yeux pétillants et sa fossette pointant sous la barbe naissante de sa mâchoire. Ce look brut le faisait passer de mignon, magnifique en fait, à carrément sexy. Son jean foncé et son t-shirt noir lui donnaient un air dangereux, mais lorsqu'il m'a adressé son demi-sourire en coin, il a menacé de faire fondre tous mes vêtements sur moi.

Avant que je ne me liquéfie sur place, Max m'a rejointe et a pris ma mâchoire en coupe. — Je suis venu pour aider. Mets-moi au travail. Je peux emballer les quelques muffins et petits gâteaux restants, balayer, nettoyer les comptoirs, peu importe. En plus, ça m'évitera de penser au fait que tu es à quelques mètres seulement, en train de te déshabiller complètement. Si je reste assis là, je n'aurai peut-être pas la force de rester en bas.

J'ai rougi et j'ai levé la tête vers lui, m'offrant pour un baiser. Il s'est exécuté, ses lèvres s'écrasant sur les miennes, dures et puissantes. Sa langue s'est frayé un chemin dans ma bouche et sa main a plaqué fermement mes hanches contre lui, là où j'ai senti son érection déjà dure contre mon ventre.

Max nous a fait reculer jusqu'à ce que je heurte le bord du comptoir en pierre impitoyable. Il m'a soulevée sur le plan de travail et s'est installé entre mes jambes. Mon dos s'est cambré contre lui et il a grogné avant de m'allonger sur le comptoir. Son corps a suivi le mien, et lorsque nos lèvres n'ont plus pu rester unies, sa bouche a glissé le long de ma mâchoire jusqu'à ma clavicule. Une main a remonté le long de ma cuisse et l'autre a enveloppé mon sein. J'ai senti ses dents à travers mon t-shirt, pinçant mon téton. J'ai gémi et je me suis cambrée contre lui.

Puis il s'est arrêté.

Il s'est écarté de moi, traversant la pièce pour s'éloigner. Je me suis redressée, hébétée et confuse, ne sachant pas ce qui venait de se passer ni pourquoi. Max se tenait là, me fusillant du regard, passant frénétiquement ses mains dans ses cheveux. Il a passé une main sur son visage, tirant sa mâchoire vers le bas, ce qui le faisait ressembler au tableau de Munch, Le Cri.

— Charlotte, je suis vraiment désolé. Je ne suis pas venu pour ça. Je voulais te montrer que je suis intéressé par plus que le sexe avec toi, et j'ai tout gâché. Merde, je suis tellement désolé. S'il te plaît, monte avant que je ne t'attaque à nouveau. Je vais nettoyer.

J'ai commencé à m'avancer vers lui pour lui dire que ce

n'était pas grave, mais il a reculé d'un bond, comme si j'allais l'attaquer. Ou peut-être comme s'il allait m'attaquer.

— Charlotte, si tu t'approches assez pour que je puisse te sentir, ou te toucher, ou t'embrasser... putain. Vas-y, s'il te plaît.

J'ai hoché la tête et je suis montée. Une fois dans mon appartement, je me suis mise à sourire en pensant à ce qu'il avait dit. Aussi difficile que cela soit à croire, il semblait que Max était aussi mordu que moi. Je n'arrivais pas à y croire, mais la preuve était juste là, sous mes yeux.

En enlevant mes vêtements de travail, j'ai décidé de sauter sous la douche pour me débarrasser des fatigues de la journée. Si Max me désirait, je voulais m'assurer que c'était bien après moi qu'il en avait, et non après mes petits gâteaux.

Propre et fraîche, j'ai traversé l'appartement, nue, jusqu'à ma commode de l'autre côté. En ouvrant mon tiroir à sous-vêtements, j'ai plissé le nez, essayant de prendre une décision. Mes amies essayaient de me convaincre de porter des strings depuis des années, mais je refusais. J'aimais les jolis sous-vêtements, mais je n'avais jamais eu l'intention de porter un string. Je n'avais jamais non plus eu de mec qui m'excitait autant que Max pour qui me faire belle. J'ai effleuré le satin délicat du string rose vif que Lexi m'avait donné et je ne pouvais nier que le toucher soyeux du tissu me donnait envie de le sentir contre ma peau. Je l'ai sorti du tiroir avant de pouvoir me raisonner et je l'ai fait glisser le long de mes jambes, installant le morceau de satin entre mes cuisses.

C'était comme ne rien porter.

Ce qui me faisait me sentir sexy.

J'ai attrapé un soutien-gorge qui était assez bien assorti, puis j'ai refermé le tiroir. Max m'avait dit de m'habiller confortablement, alors j'ai opté pour un jean, mon pull rose préféré et des bottes marron qui montaient jusqu'aux genoux. J'ai ébouriffé mes cheveux, les laissant lâches sur mes épaules, et j'ai appliqué du mascara et du gloss.

Après un dernier regard dans le miroir, j'ai attrapé mon sac à main et ma veste et je suis descendue. Max m'attendait dans la boutique, en train de manger un petit gâteaux. Il a souri d'un air penaud avant que son regard ne balaie mon corps, lentement, puis ne croise le mien. La chaleur et le désir dans ses yeux m'ont presque fait trébucher, mais heureusement, j'étais près du comptoir et je m'y suis agrippée pour me soutenir.

— Tu es magnifique. Superbe. Fabuleuse, a-t-il dit avec un grand sourire. J'ai pensé à la dernière fois qu'il m'avait dit ça, quand je me plaignais de mes rondeurs. Je pouvais voir que Max s'en souvenait aussi. Avant de me laisser absorber par Max, ou par mes propres rondeurs, je lui ai demandé s'il était prêt à y aller.

Max nous a conduits chez Nicolino's, un super petit restaurant italien dans le centre de Winterville. Quand j'étais enfant, Mamie m'emmenait chez Nicolino's pour les grandes occasions et elle était devenue amie avec la propriétaire, Carla. Je n'avais pas vu Carla depuis des années et je me demandais si elle était toujours là.

— Deux personnes, s'il vous plaît, a dit Max à l'hôtesse d'accueil quand nous sommes entrés.

Elle nous a conduits à une table près de la cuisine et je n'ai pas pu m'empêcher de demander : — Est-ce que Carla est là, par hasard ?

— Oui, a-t-elle rayonné. — Voulez-vous que je lui dise de passer vous voir ?

— Oh, euh, si elle a un moment. Je ne suis pas sûre qu'elle se souvienne de moi, cependant. Je me suis sentie soudainement gênée d'avoir demandé.

— Carla se souvient de tout le monde, et je suis sûre qu'elle sera ravie de vous revoir.

J'ai hoché la tête et elle s'est détournée pour placer les clients suivants. Max a tendu la main pour prendre la mienne et a dit : — Je suppose que tu es déjà venue ici.

J'ai regardé l'espace familier et je me suis souvenue. Les murs bordeaux foncé n'avaient pas changé. Ni la moquette grise, ni les riches tables en bois et les chaises doucement rembourrées. Même les décorations, des photographies des voyages de Carla en Italie, étaient les mêmes. — Ouais, ma mamie m'emmenait ici quand j'étais petite. Ça fait un moment que je ne suis pas venue, par contre.

Une serveuse s'est approchée et a pris notre commande de boissons. Elle nous a annoncé les plats du jour et je n'arrivais pas à me défaire de l'impression que je l'avais déjà vue.

— Pourquoi as-tu arrêté de venir ? a demandé Max quand la serveuse est partie chercher nos boissons.

— Euh, quand Mamie est morte, je me suis un peu effondrée. J'avais du mal à trouver des raisons de faire la fête, ou des gens avec qui la faire.

Max a serré ma main et m'a offert un demi-sourire. — Je suis désolé, Charlotte. Elle devait être quelqu'un de spécial.

— Elle l'était. Elle était tout pour moi. Elle m'a élevée quand mes parents ont décidé que je ne valais pas leur temps ou leurs efforts, mais elle ne m'a jamais fait sentir mal à ce sujet. Mamie m'aimait, tout simplement. C'est elle qui m'a appris à pâtisser.

Max a souri et sa fossette s'est montrée. — Alors je sais qu'elle est spéciale. Seule une personne remplie d'amour peut pâtisser comme tu le fais. Quand est-ce qu'elle est partie ?

J'ai pris une profonde inspiration, pas vraiment prête à partager cette histoire. C'était un premier rendez-vous, bon sang, mais Max voulait savoir. — J'avais vingt ans. Elle était malade, mais elle ne me l'a jamais dit. J'étais une étudiante égocentrique et elle ne voulait pas que j'abandonne mes études ou mes rêves pour être là pour elle. Je suppose que son sacrifice a été vain parce que je l'ai fait quand même, mais elle a essayé.

— Quel rêve as-tu abandonné ? a demandé Max, semblant sincèrement concerné.

— La pâtisserie. J'avais toujours prévu d'ouvrir une pâtisserie, mais quand Mamie est morte, j'ai arrêté de pâtisser. Je ne voulais pas rester à l'université. J'ai terminé parce que je ne savais pas quoi faire d'autre. J'ai trouvé un travail dans une banque et j'ai détesté ça. Finalement, j'ai décidé de retourner à l'école et de suivre d'autres cours de commerce le soir. J'ai fini par y rencontrer Lexi et elle m'a convaincue d'aller de l'avant avec Mords-moi !

— D'accord, il faut que je demande... D'où vient le nom ?

J'ai ri et j'ai hésité à lui dire la vérité. D'habitude, quand on me posait la question, je racontais l'histoire inventée que j'avais créée. L'histoire qui disait que je voulais vraiment un petit gâteaux comme logo et que je me demandais ce qu'un petit gâteaux dirait s'il pouvait parler. D'une manière ou d'une autre, raconter cette histoire à Max ne me semblait pas suffisant. Je voulais qu'il connaisse la vérité. La vérité que seule Lexi connaissait.

— Si je te le dis, tu devras promettre de ne pas le répéter parce que Lexi est la seule autre personne qui connaît la véritable histoire.

Max s'est frotté les mains et ses yeux ont brillé à la lueur de la bougie. Il avait l'air si excité.

— Charlie ! C'est vraiment toi ? ai-je entendu derrière moi.

J'ai souri en me levant. Carla est apparue dans mon champ de vision et m'a serrée fort dans ses bras. La sensation de ses bras autour de moi m'a ramenée à l'époque où Mamie était encore en vie. Les larmes me sont montées aux yeux et je n'ai pas pu les retenir. Noël me la faisait toujours regretter davantage, mais serrer Carla dans mes bras a ravivé mon besoin de Mamie d'un seul coup.

Carla s'est reculée et a essuyé les larmes qui coulaient sur mes joues et a dit avec effusion : — Oh, ma douce Charlie. Ne pleure pas, ma chérie. Assieds-toi, assieds-toi. Comment vas-tu ?

J'ai essuyé furieusement mes joues, essayant de cacher les larmes que tout le restaurant avait vues, j'en étais sûre. Je me suis sentie incroyablement ridicule de m'être autant émue. J'ai évité le regard de Max, ne voulant pas voir l'expression qu'il arborait. J'étais certaine qu'il me prenait pour une folle et qu'il était en train de reconsidérer toute la soirée.

Carla a pris une chaise d'une table voisine et s'est assise avec nous. — Comment vas-tu, ma chérie ? Je ne t'ai pas vue depuis le décès d'Elise.

— Je vais bien, Carla. Je suis désolée de ne pas être venue. Ça a été difficile.

— Bien sûr, ma chérie. J'ai perdu une amie très chère, deux en fait. Mais je comprends pourquoi tu ne voulais pas venir ici. Dis-moi, as-tu finalement ouvert une pâtisserie ?

J'ai hoché la tête. Seule Carla pouvait me faire sourire en pensant à ma mamie. — Oui. Ça a pris un peu plus de temps que prévu, mais oui, je l'ai fait. En fait, je déménage le mois prochain. J'essaie de tout organiser, mais je vais finir par être fermée pendant un mois.

— Tu reviendras plus forte que jamais. Est-ce que tu t'amuses ? Ce beau jeune homme assis en face de toi me le laisse penser.

J'ai rougi et j'ai risqué un coup d'œil à Max. Il souriait jusqu'aux oreilles à Carla. — Oui, Carla, je m'amuse.

— Bien. Où se trouvera cette nouvelle boutique ? Près d'ici, j'espère. Peut-être que je pourrai te convaincre de me faire quelques petits gâteaux. Un peu de ta douceur ne ferait pas de mal par ici. Et ça te ferait revenir.

Je suis rapidement passée en mode affaires, mais je me suis retrouvée troublée par les frontières qui s'estompaient devant moi. Carla n'était pas une affaire, elle était personnelle. Je n'avais jamais eu à mélanger les deux auparavant.

Comme si elle sentait mon malaise, Carla a repris la parole : — Charlie, ne t'en fais pas. Nous trouverons un arrangement qui nous conviendra à toutes les deux. Je me souviens à quel point toi et Elise étiez douées en pâtisserie. Tu sais que si jamais tu as besoin de quoi que ce soit, il suffit de m'appeler ou de passer, n'est-ce pas ? Je ferai tout ce que je peux pour t'aider.

— Merci Carla. Ça me touche beaucoup. Et une fois que je serai installée dans ma nouvelle boutique, je t'appellerai sans faute pour t'apporter des petits gâteaux.

— Excellent. Je ferais mieux d'y retourner, mais profitez bien de votre dîner. Amy s'occupera bien de vous.

— Amy, ai-je murmuré. La fille de Carla. Elle m'avait gardée quelques fois quand j'étais petite. Je n'arrivais pas à croire que je ne l'aie pas reconnue tout de suite. Elle a toujours été ma préférée parce qu'elle me laissait veiller tard et manger tout ce que je voulais.

Amy était à notre table à l'instant où Carla s'est éloignée. — Je me disais bien que c'était toi, a-t-elle dit. — Ça fait des années, Charlie.

Amy m'a serrée dans ses bras et j'ai souri. — Je suis si contente de te voir, Amy. Comment vas-tu ?

— Super. J'ai deux adolescents et un mari merveilleux. Maman lâche petit à petit les rênes et me laisse prendre la relève, ce qui est bien pour elle. Et ta pâtisserie ?

— Comment savais-tu que j'avais une pâtisserie ?

— Charlie Black ? Y avait-il vraiment le moindre doute ? Si j'avais le moindre talent pour la pâtisserie, c'est parce que tu me l'as appris. Je savais que tu y arriverais.

— Merci, Amy. Mon Dieu, j'aurais vraiment aimé venir ici après la mort de Mamie. Ma vie aurait été si différente.

Amy a pris ma main dans la sienne et l'a serrée. — On ne peut pas effacer le passé en le souhaitant, Charlie. D'ailleurs, on dirait que tu t'en sors plutôt bien. Elle a jeté un regard vers Max et il a rougi sous son regard. — Charlie et moi sommes de vieilles amies, évidemment. Vous avez une femme merveilleuse. J'espère que vous réalisez la chance que vous avez.

— Croyez-moi, je le sais. Et chaque jour où elle est prête à me donner une nouvelle chance, je réalise à nouveau à quel point elle est incroyable.

Amy l'a jaugé pendant quelques minutes avant de se tourner de nouveau vers moi. — Il me plaît bien, Charlie. Tu as bien choisi. Bon, qu'est-ce que je vous sers ?

Après avoir passé nos commandes, Amy nous a de nouveau laissés seuls. Je sentais le regard de Max sur moi alors que j'examinais le restaurant qui m'était si familier, et pourtant si étranger. J'attendais qu'il dise quelque chose. Il avait commandé à manger, donc je supposais que c'était bon signe qu'il n'ait pas déjà fui en hurlant, mais je n'étais toujours pas sûre de ce qu'il ressentait.

— Charlotte, regarde-moi, a-t-il demandé doucement.

Après un moment d'hésitation, je me suis forcée à le regarder. J'ai vu de l'acceptation et de la bienveillance dans ses yeux, aucun jugement et aucune pitié. — De quoi as-tu peur ?

La question piège.

La question ultime.

Que voulait-il savoir ? Parlait-il de ce moment précis ou en général ? Parlait-il de mes affaires ou de ma vie person-nelle ? Demandait-il pourquoi je cachais mon cœur ou pour-quoi il était maintenant à vif ?

S'il savait combien de choses me faisaient peur, il commencerait à me facturer à l'heure pour en parler.

— Tu crois que je vais penser différemment de toi parce que ta mamie te manque ? Ou parce que tu étais émue ? Je te le promets, Charlotte, rien ne me fera te mésestimer. J'efface-rais tous tes soucis si je le pouvais, mais ça me tue de te voir souffrir.

Max a rapproché sa chaise de la mienne pour s'asseoir juste à côté de moi. Il a posé sa main sur ma cuisse et s'est penché vers moi. — Je suis content d'avoir choisi cet endroit. C'était vraiment le destin de venir ici et de voir une autre facette de toi.

— Je suis contente que nous soyons là aussi. Ça fait trop longtemps que je ne suis pas venue. Je suis vraiment heureuse d'être ici avec toi.

Max a déplacé sa main pour la poser sur le dossier de la chaise derrière moi en se penchant. — Moi aussi, a-t-il murmuré avant de m'embrasser.

16

QUAND JE NE RÊVASSAIS PAS DE Max, je m'inquiétais au sujet de Gâteaux maigres. Il m'avait fallu tellement de travail pour lancer Mords-moi ! Tout marchait bien maintenant, mais la concurrence, surtout pendant ma fermeture, pouvait détruire tout ce que j'avais bâti.

Pour apaiser mes craintes, je suis allée espionner la concurrence sous prétexte de faire une promenade dans le quartier. La boutique était sombre et silencieuse quand je suis passée devant. Après avoir jeté un coup d'œil aux alentours pour m'assurer que personne ne me regardait, j'ai collé mon visage contre la vitrine.

À l'intérieur, le magasin n'était pas terminé, mais je ne pouvais nier que c'était mignon. Il y avait un grand coin salon sur le côté et un comptoir extralong à l'arrière, qui formait un L en revenant vers la porte d'entrée. Derrière le comptoir se trouvaient une machine à café haut de gamme et un tas de jolis emballages pour les boissons et les pâtisseries. Un menu était détaillé sur le mur du fond, derrière la caisse enregistreuse, mais je ne parvenais pas à le lire en grande partie.

Ils avaient l'air prêts à ouvrir.

Je savais que je ne pouvais rien faire contre l'arrivée d'une autre pâtisserie, mais je l'ai ressenti comme une gifle. J'ai imaginé la propriétaire toute mince qui se tiendrait derrière le comptoir et je l'ai immédiatement détestée.

— Je peux vous aider ? a dit une voix douce derrière moi. Je me suis retournée et j'ai vu une femme familière debout sur le trottoir à quelques mètres de là. Je ne l'aurais pas qualifiée de belle, mais elle était mignonne. Elle avait l'air beaucoup plus jeune que moi, avec des cheveux châtain clair qui lui effleuraient les épaules, des yeux verts et un sourire qui me donnait envie de lui confier tous mes secrets.

— Oh, j'étais juste curieuse. J'ai entendu dire que cet endroit allait bientôt ouvrir.

La femme a sorti un trousseau de clés de sa poche et l'a brandi. — Vous voulez entrer ? Il gèle dehors.

Je ne savais absolument pas quoi dire. — Euh, vous ne me connaissez pas. Pourquoi m'inviteriez-vous à entrer ?

— Vous êtes Charlie, c'est ça ? De Mords-moi !

J'ai hoché la tête.

— Je suis venue quelques fois. Vous faites un café incroyable.

— Je suis désolée, je ne vois pas du tout qui vous êtes.

Elle a déverrouillé la porte et m'a souri. — Je suis Abigail. C'est moi, la propriétaire de cet endroit.

Je voulais vraiment la détester. Je venais de me convaincre que je le ferais, mais elle était si gentille. Je savais que c'était quelqu'un avec qui je préférais être amie plutôt qu'ennemie. — Je ne sais pas si vous le savez, mais j'ai failli louer cet espace moi-même.

— Vraiment ? Mais il vient à peine d'ouvrir. Vous êtes en activité depuis des années.

J'ai hoché la tête. — Mon immeuble a été vendu récemment. Je dois être partie d'ici la fin de l'année.

Les yeux d'Abigail se sont écarquillés. — Dites-moi que vous n'arrêtez pas. J'adore vos petits gâteaux.

J'ai secoué la tête. — Je n'arrête pas. Je serai fermée pendant un mois, mais j'ai déjà loué un nouvel espace. Je suis surprise d'entendre que vous aimez mes petits gâteaux, cela dit. Avec un nom comme Gâteaux maigres, je m'attendrais à ce que vous évitiez le genre de choses que je prépare.

Abigail a renversé la tête en arrière et a ri. — Tout le contraire, en fait. J'adore ça. Bien sûr, c'est en partie pourquoi je n'en prépare pas moi-même. C'est trop tentant d'avoir quelque chose d'aussi bon que ce que vous faites sous la main tout le temps. Je serais encore plus grosse que je ne le suis déjà.

J'ai regardé sa silhouette plantureuse avec scepticisme. Elle n'était pas minuscule, mais elle n'était pas aussi grosse que moi, loin de là. — Tu n'es pas grosse.

Elle m'a souri gentiment. — Merci. J'ai découvert que si je pâtisse avec des produits alternatifs, il y a un grand marché pour ça, mais j'ai tendance à m'en tenir à l'écart, car ils ne sont pas aussi tentants. Si j'en mange, je le regrette moins. J'ai aussi des problèmes de glycémie et j'ai des maux de tête quand je mange trop de sucre. J'ai en quelque sorte commencé tout ça par nécessité plutôt que par désir. Mais j'adore ça. C'est un défi, mais un défi amusant.

Je ne savais pas quoi lui dire. Un problème de santé était une bonne raison d'éviter le sucre, mais je comprenais la difficulté. Inventer quelque chose qui restait délicieux, mais qui ne vous faisait pas vous sentir mal… J'enviais presque sa créativité.

J'ai regardé autour de moi l'espace presque achevé. Elle avait fait beaucoup de choses depuis qu'elle avait repris les lieux. — On dirait que tu es presque prête à ouvrir. C'est incroyable ce que tu as fait ici.

Abigail a balayé la pièce du regard, la fierté évidente sur

son visage. — Je rêve de cet endroit depuis longtemps. Une fois que je suis arrivée ici, c'était assez facile de tout mettre en place. Je devrais ouvrir en janvier.

Juste au moment où j'allais être fermée. Ce qui signifiait qu'elle allait me piquer mes clients.

— Que vas-tu faire pendant le mois où tu seras fermée ? J'ai été à une fête pour laquelle tu étais traiteur une fois. Vas-tu occuper ton temps avec des choses comme ça ?

J'ai haussé les épaules. — Je n'ai pas encore réfléchi à ça. J'ai un événement déjà réservé, mais j'ai accepté il y a des mois, avant de savoir que je n'aurais pas de cuisine. Je ne sais pas ce que je vais faire maintenant.

Abigail a penché la tête et m'a fait signe de la suivre dans sa cuisine. — Ce n'est peut-être pas exactement ce à quoi tu es habituée, mais sers-toi.

Sa cuisine était spectaculaire. Elle avait trois postes de travail, dont un étiqueté « sans allergènes ». D'énormes robots pâtissiers dominaient chaque poste avec des plans de travail en acier inoxydable qui s'étendaient entre eux. Tous ses ustensiles étaient suspendus à des supports au-dessus de la zone de travail, avec un lave-vaisselle distinct pour chaque poste. Des étagères contenaient des moules à petits gâteaux et à muffins vides, prêts à être remplis d'alternatives saines.

— Ouah, ai-je soufflé. C'est spectaculaire.

Abigail a rayonné devant mes éloges et a tourné sur elle-même dans sa cuisine. — J'adore. C'est exactement ce que j'espérais. Je suis désolée de te l'avoir soufflé, cependant.

J'ai secoué la tête. — Tu ne l'as pas fait. L'endroit où je vais m'installer me convient mieux de toute façon. Je déteste juste le fait d'être fermée si longtemps.

— Ma cuisine est la tienne, Charlie. Vraiment. Tu n'as qu'à demander.

∽

J'AI PASSÉ la semaine suivante à débattre de l'offre d'Abigail et à passer du temps avec Max dès que nous pouvions nous voir. Je savais qu'une cuisine comme celle d'Abigail serait parfaite pour moi, mais elle était ma concurrente. Je ne savais pas si je pouvais le faire.

Je n'ai pas mentionné l'offre à Max. Il n'avait rien dit sur le fait de demander à sa sœur et je me suis dit que si j'évoquais l'idée de cuisiner ailleurs, il pourrait de nouveau réagir bizarrement. Au pire des cas, je pourrais cuisiner chez Lexi. Je n'en avais juste pas très envie si je pouvais faire autrement.

Rien de tout cela n'avait d'importance quand la semaine que je redoutais le plus est finalement arrivée. Tous mes clients se situaient à un extrême ou à l'autre. La moitié était heureuse et excitée à l'approche de Noël, et l'autre moitié était stressée et anxieuse. Moi ? Eh bien, j'étais juste à bout.

Quand la veille de Noël est arrivée et qu'il était temps pour moi de fermer, j'étais plus que prête pour quelques jours de congé. Je n'avais aucun projet pour les vacances, ce qui me déprimait et m'excitait à la fois. Je détestais être seule pour Noël, mais j'étais si impatiente d'en finir pour quelques jours que j'avais hâte.

Max avait des obligations familiales pendant deux jours, donc je n'allais pas le voir. Une partie de moi avait espéré qu'il m'inviterait, mais c'était trop tôt. Je le savais, mais ça me dérangeait quand même d'être si seule. Bien sûr, ça n'aidait pas que, pendant les quelques semaines où nous nous fréquentions, il n'ait jamais mentionné l'idée de rencontrer sa famille ou de faire quoi que ce soit avec mes amis.

Je me disais que c'était à cause de nos emplois du temps de folie. Max et moi travaillions tellement d'heures que nous nous voyions rarement pendant la journée, et avec le fait qu'il aidait sa sœur, c'était encore plus difficile de se retrouver. C'était simplement un rappel que je n'étais pas la personne la plus importante dans sa vie. Il fallait juste que je me convainque que ça ne me dérangeait pas.

La veille de Noël a été une soirée tranquille pour moi, une nuit silencieuse, vraiment. J'ai allumé une bougie pour Mamie, une tradition que j'avais commencée l'année de sa mort. La veille de Noël, nous nous asseyions toujours pour parler de notre année, des choses que nous avions appréciées, des choses que nous aurions souhaitées différentes, des choses que nous voulions faire l'année suivante.

Alors je me suis assise à ma table et j'ai parlé de mon année à Mamie. Mords-moi !, c'était aussi son rêve, donc je savais qu'elle adorerait entendre comment la boutique avait changé et s'était améliorée au fil des ans. Je lui ai raconté l'avancement de mon déménagement, ce que j'allais faire. J'ai avoué mes craintes concernant Gâteaux maigres et le fait d'être fermée pendant un mois.

Puis j'ai parlé à Mamie de mes amis, des mariages et de la joie dans leurs vies. Je lui ai dit à quel point j'étais heureuse pour eux et à quel point ils étaient heureux. Je lui ai parlé de la deuxième Elise, la petite fille de Mandy, et à quel point elle était parfaite.

Finalement, j'ai tout raconté à Mamie sur Max. J'ai vidé mon cœur, lui disant à quel point je voulais lui faire confiance, mais que je n'étais pas sûre de le pouvoir. J'ai parlé du temps que nous avions passé ensemble et à quel point j'espérais que ça continuerait. Comment il avait été si adorable en emmenant Mandy à l'hôpital, mais comment il semblait prendre ses distances en présence de mes amis.

J'ai aussi admis que j'étais inquiète, même après son insistance, que Max ne soit pas aussi investi dans notre relation que moi. J'avais peur qu'il s'en aille, et que ça m'anéantisse. Max prenait une part plus importante dans ma vie, et dans mon cœur, que je ne l'admettrais à personne d'autre qu'à Mamie.

Ou même à moi-même jusqu'à ce moment.

— Merde, ai-je marmonné en me levant de table. Mamie, je ne suis pas censée tomber amoureuse de lui. Je n'ai pas le temps en ce moment. Je déménage dans une semaine. Lexi et Mike me laissent rester chez eux, mais je serai leur invitée. Je ne vais jamais chez Max à cause de sa sœur, donc on ne se verra jamais. En plus de ça, j'ai trop de choses à gérer avec l'économie et la relance de Mords-moi ! Je ne sais même pas pourquoi je me suis lancée dans cette histoire avec lui.

J'ai fait les cent pas dans mon appartement, m'inquiétant de ma relation avec Max, sachant que ce n'était qu'une question de temps avant qu'il ne sorte de ma vie. Non pas qu'il soit vraiment dans ma vie. Max partageait mon lit quelques heures, quelques jours par semaine, mais c'était tout. Il ne me tenait pas la main quand nous sortions parce que nous ne sortions pas. Il ne me cherchait pas du regard en entrant dans une pièce, car nous passions du temps uniquement dans mon appartement. Il ne m'achetait pas de petites attentions ou ne connaissait pas mes préférences. Il n'était pas ma moitié.

C'était un mec dont je tombais amoureuse contre toute raison, et ça me faisait me sentir encore plus seule que d'habitude.

— Oh, Mamie, je ne veux plus être seule, ai-je pleuré. Je veux quelqu'un avec qui partager ma vie. Je veux ce que mes amies ont, ce que tu avais avec Papi. Dans mes rêves les plus fous, je peux l'imaginer avec Max, mais je sais que ça n'arrivera pas. Tu me manques tellement, Mamie.

Je me suis accordé quelques minutes pour pleurer, pour sentir le manque de Mamie. Quand j'ai eu fini, j'ai traîné ma carcasse au lit et j'ai noyé mon chagrin dans le sommeil.

Le matin de Noël a commencé comme n'importe quel autre matin. Je me suis levée bien trop tôt, j'ai préparé des litres de café, puis j'ai posé mes fesses sur le canapé. Comme

Noël tombait un samedi, j'étais fermée le lendemain et je n'avais rien à faire. Je suis restée assise à regarder des films de Noël et à m'apitoyer sur mon sort.

Noël, ça craignait.

Des textos de mes amies sont arrivés avec des photos de magnifiques cadeaux de leurs maris. Bijoux, appareils électroniques, vêtements, tout était exposé fièrement par mes amies. J'ai utilisé beaucoup trop d'émoticônes pour montrer à quel point j'étais excitée pour elles toutes, cachant désespérément ma déprime.

À l'heure du dîner, j'ai décidé que je pouvais commencer à boire et j'ai ouvert une bouteille de vodka Firefly que j'avais planquée dans le congélateur. Armée d'une bouteille de jus d'orange pleine, d'un plat préparé au micro-ondes et de ma vodka, je me suis installée pour regarder la chaîne Hallmark et m'apitoyer sur mon sort.

Je me suis réveillée au son de… Je n'avais aucune putain d'idée de ce que c'était. Je me suis redressée sur le canapé pour aller voir, mais le sol s'est mis à tourner et je suis retombée sur le canapé. Merde, j'étais saoule. Complètement torchée, gloussante et stupide.

Alors que j'étais affalée comme une flaque sur mon canapé, riant pour absolument rien, le bruit a continué. C'était un bourdonnement et un cliquetis, et on aurait dit que de la glace frappait les fenêtres. J'étais plus saoule que je ne le pensais. Peut-être qu'il y avait une tempête ?

Je me suis forcée à me relever, titubant jusqu'à la fenêtre pour voir la gravité de la tempête. J'ai trébuché plusieurs fois, sur quoi, je ne sais pas, mais quand j'ai finalement atteint la fenêtre, j'ai regardé dehors.

Il y avait quelques véhicules garés dehors, mais pas de tempête. À moins qu'il y ait juste du vent. Mais alors pourquoi est-ce que j'entendais ce cliquetis ? Avant que je puisse reculer de la fenêtre, une boule de neige a explosé à l'extérieur.

J'ai crié et reculé, trébuchant à nouveau et atterrissant sur le cul. Une autre boule s'est écrasée contre ma fenêtre. Je me suis relevée à l'aide de mon lit et j'ai essayé de regarder à nouveau par la fenêtre pour voir qui me lançait des boules de neige. Une autre boule de neige a volé vers ma fenêtre, mais cette fois-ci, j'ai vu la personne qui la lançait. Du moins une partie de lui.

Il me semblait familier.

J'ai attrapé ma veste, l'ai enfilée par-dessus mon pyjama et j'ai fourré mes pieds dans des chaussons avant de descendre péniblement les escaliers. Sans allumer de lumières, je me suis faufilée dans la cuisine et je suis entrée dans la boutique.

Rassemblés contre la vitrine de la boutique, hors de vue de mes fenêtres à l'étage, se trouvaient Lexi, Mike, Carrie, Drew, Sam, Brady, Claire et Aidan. Mike était en train de former une boule de neige avant de s'avancer lentement hors du porche et de lancer une autre boule sur ma fenêtre.

J'ai souri pour moi-même, m'accroupissant derrière le comptoir, en faisant attention de ne pas les alerter de ma présence. Les vitrines de l'avant ne prenaient pas toute la hauteur du mur donc je pouvais me cacher en dessous, une fois que j'aurais contourné le comptoir. Quand Brady a lancé une boule de neige à son tour et qu'ils étaient tous en train de le regarder, j'ai détalé derrière le comptoir et je me suis baissée sous la fenêtre… du moins, aussi vite qu'une personne grosse et saoule peut détaler.

Ils ne m'ont pas vue.

Je suis restée baissée et près du mur jusqu'à ce que je sois juste en dessous de l'endroit où Lexi et Claire se blottissaient l'une contre l'autre. Ils riaient tous, se trouvant très drôles.

J'ai bondi d'un coup et j'ai commencé à tambouriner sur la vitre. Ils ont tous sursauté et crié, en reculant. Quand ils ont vu que c'était moi, ils ont ri et m'ont fait un doigt d'honneur.

Puis ils ont exigé d'entrer.

— On est venus te kidnapper, a dit Lexi une fois qu'ils furent tous à l'intérieur. — Nos Noëls en famille étaient nuls et on va se saouler la gueule pour avoir le Noël qu'on aurait dû avoir, avec nos amis.

— Je crois que j'ai une longueur d'avance sur la boisson, ai-je hoqueté, l'excitation des dernières minutes me rattrapant.

Sam a gloussé. — Tu peux boire pour moi. Puisque je suis hors-jeu pour neuf mois.

Claire et Carrie ont haleté et ont fait pivoter Sam. — Tu es enceinte ! ont-elles déclaré à l'unisson.

— Merde, a marmonné Sam. — Je suis pas censée le dire à qui que ce soit avant un moment. Je suis nulle pour garder des secrets, s'est-elle plainte.

— C'est pas grave, ai-je dit d'une voix pâteuse en passant mon bras sous le sien. — Je suis nulle en relations amoureuses. On peut être nulles ensemble.

— Allez, l'ivrogne, a ri Lexi. — Allons t'habiller avec autre chose qu'un pyjama. Tout le monde campe chez nous ce soir.

De nous tous, c'étaient Mike et Lexi qui avaient la plus belle maison. Comme ils étaient tous les deux des cadres supérieurs, ils se faisaient un fric monstre. Ils avaient un appartement de trois chambres avec une homme des cavernes et une salle multimédia, et largement assez de place pour que nous puissions tous dormir sur place.

J'ai suivi Lexi à l'étage jusqu'à mon appartement et je me suis assise sur mon lit pendant qu'elle me préparait un sac de vêtements. Elle m'a poussée sous la douche, déclarant que je puais, et a quitté la pièce en exigeant que je mette ce qu'elle avait posé sur le lit pour moi.

Me sentant un peu moins saoule qu'avant, je me suis douchée, j'ai enfilé le jean et le tee-shirt que Lexi avait préparés pour moi et je suis retournée en bas. — Nous te ramènerons demain, m'a dit Lexi en nous conduisant tous vers la porte d'entrée. — Oh, et j'ai pris le reste de ta vodka.

J'ai grommelé mais en vérité, je m'en fichais. Sans la tentation, je n'étais pas susceptible de finir la bouteille aussi vite. Bien sûr, ça voulait aussi dire que je devrais en racheter une bientôt. Bah, peu importe. Je l'apprécierais plus avec mes amis.

Une fois arrivés chez Lexi, j'ai entendu mon téléphone vibrer et je me suis souvenue des bruits que j'avais entendus en me réveillant. — Vous m'avez appelée quand vous bombardiez ma maison de boules de neige ?

— Ouais, on a essayé ça d'abord, mais tu n'as pas répondu.

J'ai attrapé mon téléphone pour supprimer leurs messages et j'ai vu un texto manqué de Max. — Max m'a envoyé un texto, ai-je dit à personne en particulier.

Nous avons tous retiré nos manteaux et sommes allés directement à la cuisine où Lexi et Mike avaient déjà préparé un étalage avec plus d'alcool que les neuf d'entre nous, enfin huit puisque Sam ne buvait pas, ne pouvaient en consommer en une nuit.

J'ai fait glisser mon doigt sur l'écran pour voir le texto de Max.

Tu me manques. Je peux passer ?

Avant que j'aie eu le temps de faire quoi que ce soit, on m'a arraché mon téléphone des mains. Je me suis retournée pour voir Sam sourire comme une idiote. Ses pouces ont dansé sur mon téléphone et j'ai entendu le swoosh familier du message envoyé.

— Qu'est-ce que tu as dit, Sam ? lui ai-je grogné dessus, et peut-être un peu aussi contre mon moi ivre pour ne pas avoir été plus rapide.

— Je lui ai dit que tu n'étais pas à la maison mais qu'il pouvait venir ici. Et j'ai peut-être laissé entendre que tu étais en chaleur pour lui.

— Oh merde, Sam. J'ai déjà assez de mal à m'inquiéter qu'il ne me voie que jusqu'à ce qu'il trouve un meilleur coup. S'il vient, je me demanderai s'il est seulement là en pensant qu'il va avoir de la chance.

— Et s'il n'est là que pour le sexe, utilise-le et essore-le pour qu'il soit foutu pour toutes les autres femmes qu'il rencontrera. Ne te laisse pas faire. Enfin, sauf littéralement.

— Sam ! m'exclamai-je, encore abasourdie par sa crudité.

Mon téléphone s'est mis à sonner et elle l'a regardé. — Oh, petit cœur appelle. Qu'est-ce que je devrais lui dire ? a-t-elle demandé en répondant à mon téléphone. — Appareil de Charlie, comment puis-je vous aider ?

J'ai essayé d'attraper le téléphone mais Sam était trop rapide. Elle s'est détournée de moi, se précipitant dans le salon. — Hum, hum. Ouais. D'accord. Je lui dirai. Salut Max !

Sam m'a rendu mon téléphone avec un sourire narquois. — Qu'est-ce qu'il a dit ? ai-je exigé de mon amie bientôt morte.

— Il voulait juste s'assurer que le texto venait de toi et pas de quelqu'un d'autre. Il a dit de te faire savoir qu'il serait bientôt là.

— Argh, ai-je grogné. — Sam, je n'arrive pas à croire que tu aies fait ça. Il va penser que je l'ai piégé ou quelque chose du genre.

— Pourquoi ? est intervenue Carrie. — Tu n'as rien fait. C'est lui qui t'a envoyé un texto en premier. D'ailleurs, il a l'air complètement dingue de toi.

— Il a l'air, c'est toujours ça le truc. Carrie, je ne suis pas magnifique comme vous. Je suis grosse, je suis banale, je suis ennuyeuse. Pourquoi crois-tu que je suis la seule de notre groupe à être encore célibataire ? Je suis l'amie grosse.

Tout le monde s'est mis à argumenter en même temps mais j'ai levé la main. — Les filles, je vous adore d'essayer, mais je sais que c'est la vérité. J'ai fini par l'accepter. Max va s'intéresser à moi juste assez longtemps pour trouver quelqu'un d'autre et puis il me laissera tomber comme une vieille chaussette.

— Oh. Mon. Dieu. « Vieille Chaussette » ça devrait absolument être ton nom de strip-teaseuse. Je vais commencer à t'appeler comme ça, a ri Sam. — Mais sérieusement, c'est un idiot s'il n'est pas intéressé par toi. Tu es encore célibataire parce que tu es celle qui s'est concentrée sur sa carrière, qui a aidé tout le monde à se caser et qui a été une amie géniale. Combien d'entre nous, au fil des ans, se sont tournées vers toi quand nous avions besoin de quelqu'un ? Je parie que nous toutes. Ce n'est pas seulement parce que tu as toujours de la nourriture réconfortante, Charles. C'est parce que nous t'adorons et que nous savons à quel point tu es merveilleuse. Et si Max ne le voit pas, alors il ne vaut pas ton temps.

— Max t'apprécie vraiment, Charlie, a dit doucement Lexi. — Il me l'a dit. Tu sais que je ne fais pas facilement confiance aux hommes, mais je l'ai cru. Le jour où il est passé, nous avons parlé pendant que tu étais dans l'arrière-boutique. Je l'ai prévenu que je lui ferais du mal s'il te blessait et il a dit qu'il ne le ferait pas. Il a dit que tu lui plaisais beaucoup et qu'il craignait que tu ne sois pas intéressée par lui. Il était là pour t'inviter à sortir afin de te prouver qu'il était intéressé par plus que le sexe.

Lexi a touché une corde sensible. Je me demandais depuis ce jour ce qui avait fait changer Lexi d'avis sur Max, mais je n'aurais jamais pensé que c'était une telle déclaration. En plus, entendre ce qu'il lui avait dit rendait son comportement de ce soir-là beaucoup plus logique. Quand il m'avait embrassée puis m'avait bannie pour pouvoir nettoyer, je m'étais inquiétée qu'il soit sur le point de rompre avec moi puisqu'il n'était pas intéressé par le sexe avant le dîner. Il tenait juste sa promesse. Il voulait me montrer qu'il y avait plus entre nous que le sexe.

— Charlie, je peux te demander quelque chose ? a demandé Sam. J'ai hoché la tête, essuyant les larmes qui perlaient à mes cils. — Est-ce qu'il te touche ? Quand vous êtes ensemble, que vous traînez ou quand vous faites l'amour ? Est-ce qu'il regarde ton corps ?

J'ai hoché la tête, me demandant où Sam voulait en venir. Brady a enroulé ses bras autour de sa taille et l'a serrée contre lui, ses yeux s'adoucissant alors que son étreinte d'acier se resserrait sur elle. Quelque chose est passé entre eux et j'ai su que Brady était parfaitement au courant de ce dont Sam parlait.

— Alors il n'est pas dégoûté par toi. Avant de rencontrer Brady, je sortais avec un type nommé Cade, je ne sais pas si tu t'en souviens. J'ai hoché la tête, reconnaissant le nom. Même saoule, je me souvenais de l'histoire de leur rupture et de la façon dont elle avait rencontré Brady.

— Cade a rompu avec moi parce qu'il disait qu'il ne supportait pas d'être avec une grosse. Il n'est sorti avec moi que parce qu'il avait entendu dire que les filles grosses étaient folles au lit et il voulait tester la théorie avec moi. Une fois qu'il en a eu assez, il est passé à une fille moins grosse, et il s'est assuré de me dire la vérité.

Brady lui a embrassé le côté du cou et s'est blotti contre elle. Je voyais qu'il fallait beaucoup de courage à Sam pour partager à nouveau cette histoire avec nous, même si elle avait Brady. Sam a souri et a embrassé Brady une fois avant de continuer.

— Quoi qu'il en soit, après que ça se soit terminé, j'ai

réalisé qu'il ne m'avait jamais touchée. Il faisait le boulot, mais à peine, puis il s'occupait de ses propres besoins. Il ne m'a jamais dit que j'étais belle ni ne m'a fait de compliments. Il n'a jamais laissé ses yeux me parcourir comme s'il avait hâte de me dévorer. C'était purement sexuel pour nous, pour lui surtout, mais je ne pense pas que ce soit comme ça avec toi et Max. Les quelques fois où je vous ai vus ensemble, il n'avait d'yeux que pour toi. Je ne pense vraiment pas que tu doives t'inquiéter qu'il te largue. Mais tu dois lui donner une chance.

J'ai hoché la tête et j'ai essayé d'assimiler tout ce que Sam avait dit. Et ce que Lexi avait dit. Jamais plus qu'à ce moment-là je n'ai apprécié mes amis. Bien sûr, Max pourrait facilement me briser le cœur et piétiner les morceaux. Mais il pourrait aussi se révéler être tout aussi merveilleux que les hommes que mes amies avaient trouvés.

Je ne le saurais que si je lui donnais une chance.

— Il est là, Charles, a dit Mike.

17

— Que quelqu'un me donne un shot, vite, ai-je exigé.

Carrie a fourré une bouteille débouchée sous mon nez et je l'ai portée à mes lèvres pour boire une longue gorgée. Je l'ai rendue à Carrie tandis que le liquide me brûlait la gorge avant de se répandre dans mon estomac comme une couverture chaude.

— Mieux ? a-t-elle demandé.

— Beaucoup mieux. Merci.

Carrie m'a serrée dans ses bras et m'a murmuré : — Je me suis dit que tu en aurais peut-être besoin.

La sonnette a retenti et nous nous sommes tous retournés pendant que Mike allait ouvrir à Max. La lumière du dehors créait un halo autour de Max, et il a regardé dans la pièce, droit sur moi. Il a souri en me voyant, toujours dans les bras de Carrie, puis m'a fait un clin d'œil avant de se retourner vers Mike.

Il m'avait cherchée du regard en premier.

Soit cette prise de conscience, soit la lente brûlure du shot que j'avais bu s'est insinuée en moi, se déposant au creux de mon ventre dans une chaleur agréable et heureuse.

— Merci pour l'invitation. Désolé de débarquer en plein milieu de votre Noël, cela dit, a dit Max, qui se sentait visiblement mal de s'imposer.

— T'inquiète, mon pote. On se lamentait tous sur nos journées horribles et on venait juste de rentrer après avoir kidnappé Charlie quand tu as appelé. On est contents que tu aies pu venir.

— Merci, a dit Max, clairement plus à l'aise. Il est entré dans la maison et a regardé autour de lui, les yeux écarquillés. — Waouh, vous avez une super maison.

Mike a eu l'air un peu gêné mais je savais qu'il ne l'était pas vraiment. Il était fier de sa maison, et il avait de quoi. Lexi et lui travaillaient dur et leur maison était la preuve de leur labeur et de leurs choix financiers intelligents.

— Merci, a dit Mike en dirigeant Max vers nous, qui traînions près de la cuisine.

Max est venu droit sur moi et a jeté un regard alentour avant de m'embrasser légèrement sur les lèvres. L'alcool se frayait rapidement un chemin dans mes veines, me rendant de nouveau heureuse. Ou était-ce le fait qu'il m'avait cherchée en premier qui me rendait heureuse ? Je me contenterais des deux.

Pour une raison que j'ignorais, le fait que Max m'embrasse en ayant l'air de s'attendre à ce que quelqu'un lui saute dessus pour ça m'a paru incroyablement drôle. J'ai éclaté de rire et tout le monde m'a regardée comme si j'étais folle. Claire s'est mise à rire avec moi, même si elle n'avait aucune idée de ce qui était drôle. Alors que Claire et moi riions comme des folles, Carrie a baissé les yeux sur la bouteille qu'elle m'avait passée. Je la voyais se demander ce qu'il pouvait bien y avoir dedans. Ça n'a fait que me faire rire encore plus fort.

Carrie a bu une gorgée à la bouteille et l'a passée à Lexi

qui a fait de même. Claire leur a emboîté le pas et quand j'ai arrêté de rire, j'ai bu une autre gorgée.

— Quelqu'un veut bien nous dire ce qu'il y avait de si drôle ? a demandé Carrie.

Bien sûr, je me suis remise à rire. Mike est intervenu. — Hey Max, tu veux voir la maison ? Peut-être que les filles se seront calmées d'ici à ce qu'on revienne.

— Euh, ouais, d'accord, a dit Max avec hésitation. Il a suivi Mike hors du salon, avec Brady, Aidan et Drew juste derrière eux. Je ne doutais pas qu'on devrait aller les chercher plus tard dans leur repaire.

Les hommes partis, mes amies se sont tournées vers moi. — Mais qu'est-ce qui s'est passé, bordel ? a exigé Lexi.

J'ai réussi à calmer mon rire pour le transformer en ricanement et j'ai finalement parlé. — Il avait l'air de croire que quelqu'un allait lui sauter dessus parce qu'il m'embrassait. Ou peut-être lui sauter dessus s'il ne le faisait pas. Dans tous les cas, il avait l'air terrifié, et c'était tellement drôle. Je me suis de nouveau esclaffée, m'effondrant sur le canapé quand je n'ai plus pu tenir debout.

— Merde, j'aimerais tellement pouvoir boire, s'est plainte Sam en se laissant tomber à côté de moi. — Ça va être neuf longs mois.

— C'est pas grave, on boira pour toi, l'a taquinée Carrie en portant la bouteille à ses lèvres. — Putain, qu'est-ce que c'est bon.

Étonnamment, les hommes sont revenus tout de suite, parlant et riant en rentrant. Max est venu s'asseoir juste à côté de moi, me serrant contre lui. Drew s'est faufilé de l'autre côté de Carrie, l'embrassant assez fort pour qu'elle bascule en arrière sur moi. Carrie et moi avons commencé à glousser et nous sommes écroulées l'une sur l'autre.

— J'aime bien que tu aies l'alcool joyeux, a dit Max en me

serrant contre lui. — C'est beaucoup mieux qu'un alcool triste ou agressif. Je peux t'apporter quelque chose ?

— Bien sûr, j'imagine que je prendrais bien un vrai verre. Et peut-être quelque chose à manger aussi. Lex, tu as de la nourriture ?

— Ouaip, Mike est en train de préparer des pizzas, des surgelées vu que rien n'est ouvert ce soir, mais c'est de la nourriture.

Max m'a embrassée puis s'est levé. Aidan l'a interpellé depuis un fauteuil surdimensionné où il était blotti contre Claire : — Tu nous fais passer pour des nuls, Max.

— Vous avez tous mis une bague au doigt de vos femmes, moi j'essaie encore d'impressionner la mienne.

Une vague de huées approbatrices a éclaté autour de nous, mais je les ai à peine entendues. Il m'avait appelée sa femme. Putain de merde ! J'ai croisé le regard de Lexi et elle a articulé sans un bruit : « Oh, putain ! » J'ai fait une tête de « OH MON DIEU ! » et nous avons souri toutes les deux.

Quelques minutes plus tard, Max s'est rassis avec moi et m'a tendu quelque chose de bleu. Il a bu une gorgée d'un verre rempli d'un liquide caramel foncé sur des glaçons. Carrie a attrapé mon verre et a bu une gorgée, en vidant la moitié. — Drew, j'en veux un comme ça. S'il te plaît ?

Drew a levé les yeux au ciel, puis a souri et s'est dirigé vers la cuisine pour préparer le verre de Carrie. Avant qu'il ne revienne, elle avait fini le mien et lui a tendu mon verre vide pour qu'il le remplisse.

Tout le monde s'est installé dans le salon, certains sur des coussins posés sur le parquet, d'autres sur des fauteuils, et nous avons parlé de notre Noël. Du moins, ils ont parlé, moi j'ai écouté.

— Le jambon de ta mère était presque immangeable, s'est esclaffée Carrie. — Il était si dur que j'ai dû le mâcher une centaine de fois et je n'ai quand même pas réussi à en venir à bout.

— Ouais, maman n'a jamais été une bonne cuisinière. Elle essaie, alors j'ai toujours fait avec, mais elle est nulle, a ajouté Drew en secouant la tête.

— Je suis juste contente qu'elle n'ait pas passé tout son temps à parler de Brandi et à quel point tu as merdé.

Drew a tiré Carrie sur ses genoux. — Je n'ai rien merdé en larguant cette folle. J'ai pris la bonne décision en t'épousant, bébé. De plus, maman a pratiquement abandonné le sujet de Brandi quand nous nous sommes mariés. Elle ne dit plus grand-chose maintenant.

— Eh bien, tant mieux.

— Au moins, ma mère ne réclamait pas un petit-enfant, l'a taquiné Drew en lui pinçant la jambe.

Carrie a grogné. — Parle-moi de ça. Je pense qu'après la dernière fois, ma mère et Megan pensaient qu'on se lancerait directement dans la parentalité. Non pas que je m'y opposerais. Drew s'est contenté de sourire, me faisant me demander s'ils essayaient de nouveau d'avoir un enfant.

— Imagine à quel point ce serait pire si vous vous étiez mariés en secret. Tout le monde pensait que j'étais enceinte quand on est rentrés de Vegas et du Grand Canyon, a ajouté Claire. — Ce bébé a la plus longue gestation possible !

Nous avons tous ri. Claire et Aidan s'étaient mariés sur un coup de tête après qu'il l'avait emmenée pour les vacances de ses rêves. Il lui avait fait sa demande alors qu'ils étaient au Grand Canyon et ils avaient décidé de se marier quelques jours plus tard à Vegas au lieu d'attendre.

Elle avait raison, cependant, nous pensions tous qu'elle devait être enceinte. Deux ans et demi plus tard, j'étais presque sûre qu'elle ne l'avait jamais été.

— Ils te prennent encore la tête avec ça ? a demandé Lexi à Claire.

Claire a pointé Aidan du doigt. Il a levé les yeux au ciel. — Ce sont mes parents qui veulent désespérément un petit-enfant. Ils ne parlent presque de rien d'autre. Ma mère a même dit qu'on devait se dépêcher parce que Claire sera trop vieille pour en avoir plus de deux si on ne s'y met pas bientôt.

Sam s'est étouffée avec sa boisson et a craché de l'eau à travers la pièce. — C'est une blague. En quoi c'est à eux de dicter combien d'enfants vous aurez et quand ? Putain.

— Un peu sur les nerfs, Sam ? l'a taquinée Lexi.

Brady lui a frotté le dos, essayant de calmer la tempête qui couvait visiblement sous la surface. — On a annoncé à ses parents pour le bébé et ils ont été loin d'être ravis. Ils sont tous les deux revenus à la charge sur le fait qu'on devrait trouver de « vrais boulots » et ils ne pensent pas qu'on soit capables de s'occuper d'un bébé.

— Malheureusement, tu étais d'accord avec eux. Pour le bébé, du moins.

Brady a secoué la tête. — C'était le cas. Tout le monde ici sait à quel point mon enfance a été difficile. Un parent absent dans le meilleur des cas et violent dans le pire, ce n'est pas une façon de grandir pour un gamin. Je n'ai jamais voulu d'enfants parce que je savais qu'ils méritaient mieux, mais entendre tes parents nous le jeter à la figure a été une sorte de prise de conscience pour moi. On va être des parents qui déchirent.

Des larmes ont coulé sur les joues de Sam. Brady l'a attirée à lui et l'a embrassée tendrement sur les lèvres, puis il a murmuré quelque chose que je n'ai pas pu entendre. Sam a hoché la tête et a passé ses bras autour de son cou, l'embrassant à nouveau. Max s'est penché vers moi et a demandé : — C'est à cause du bébé qu'elle est venue l'autre jour ? Elle s'inquiétait pour ça ?

J'ai hoché la tête. — Ce n'était pas prévu et elle pensait que Brady allait péter un câble.

— Ils ont l'air vraiment solides. Pourquoi aurait-elle douté de ça ?

J'ai haussé les épaules. — C'est une longue histoire, mais ça fait toujours du bien d'avoir la confirmation que quelqu'un tient à toi. C'est facile de l'oublier. Avoir quelqu'un qui dit « Je t'aime » ou « Tu es tout pour moi », ça peut soulager de pas mal de merdes, tu sais ?

Max a hoché la tête mais n'a rien dit. J'ai eu l'impression qu'il s'était un peu refermé, mais je n'avais aucune idée de pourquoi.

— Alors, à part le bordel avec tes parents, comment était Noël ? a demandé Lexi à Sam.

— Oh, tout simplement merveilleux. Mon frère et ma sœur étaient là avec leurs familles, donc mes parents nous ont à peine remarqués, sauf pour souligner tout ce qu'on faisait de mal dans nos vies. Ça a commencé par les boulots, ça a enchaîné directement sur l'absence de maison, pour finir sur le fait qu'on serait des parents horribles.

— Je pensais que les choses allaient mieux. Pourquoi y êtes-vous allés ? ai-je lâché, incapable de me retenir. — Je n'ai pas de famille et on dirait que j'ai passé un meilleur Noël que toi. Et le mien n'a consisté qu'à m'apitoyer sur mon sort et à boire jusqu'à tomber dans les vapes. Du moins, c'était ça avant que vous n'arriviez.

Max a bougé sur son siège, probablement mal à l'aise avec la conversation. Il avait une famille formidable, donc les critiques devaient probablement le déranger.

— Honnêtement, je ne sais pas pourquoi on s'est donné cette peine. L'année prochaine, on ne le fera peut-être pas. J'ai toujours passé les fêtes avec ma famille parce que ça semblait être la bonne chose à faire, mais ça fait un an et demi qu'on est ensemble et les deux Noël ont été juste horribles. Mes parents, surtout ma mère, ne nous soutiennent pas. Avec le bébé, je pense qu'elle va seulement empirer. Peut-être que l'année prochaine, ce sera le moment d'établir nos propres règles pour le bien de notre enfant et d'envoyer paître ce que pensent les autres.

— C'est ta famille, ma belle. Si la mienne était encore là, je n'aurais rien à faire avec eux, mais je sais que tes parents ne sont pas aussi terribles que les miens.

Sam s'est mordu la lèvre et a regardé Brady. — On y réfléchira. On a un an pour décider, mais je ne vais pas soumettre notre enfant à la négativité de mes parents. S'ils veulent connaître le bébé, ils devront nous accepter, ensemble et séparément.

— Ça me va, a dit Brady en lui caressant le ventre. — Allez, à quelqu'un d'autre. Max, comment s'est passé ton Noël ? On ne sait presque rien de toi. Des drames familiaux ?

Max a de nouveau bougé sur son siège et a regardé autour de lui. Je voyais bien qu'il ne voulait pas admettre à quel point il aimait sa famille, mais il ne voulait pas non plus les dénigrer.

— Max adore sa famille. Il y a lui, sa sœur Abby, sa mère et sa grand-mère. Il est constamment choyé par trois femmes et je suis presque sûre qu'à leurs yeux, il ne peut rien faire de mal. Tu as frappé à la mauvaise porte si tu veux que la conversation « les familles, ça craint » continue.

— C'est vrai, a admis Max. — Ma sœur vit avec moi en ce moment, donc c'est le plus gros problème que j'aie eu récemment. Je n'ai qu'une chambre, donc je dors sur le canapé et elle squatte la salle de bain, mais la plupart du temps, ma famille est plutôt géniale. Même si on m'a un peu reproché de ne pas avoir amené Charlotte.

— Pourquoi ? me suis-je exclamée.

Max m'a fait un grand sourire. — Elles voulaient te rencontrer. Abby leur a raconté tout le temps qu'on passait ensemble et Maman et Gran étaient furieuses que je ne t'aie pas invitée, surtout quand je leur ai dit que tu n'avais plus de famille. Je suis presque sûr qu'elles vont me déshériter si je laisse passer une autre fête sans t'inclure.

J'ai souri, en espérant que je serais là pour voir ce jour arriver.

— Alors, Max, parle-nous de ton entreprise. Tu conduis un chasse-neige ? a demandé Mike.

— Argh, sérieusement ? Tu vas parler de boulot ? Maintenant ? l'a réprimandé Lexi.

— Quoi ? Je me suis dit qu'on devrait apprendre à connaître le type qui parle d'inclure Charlotte à ses prochaines fêtes.

— Oh, en parlant de fêtes, a interrompu Claire, — Mandy et Xander organisent une soirée pour le Nouvel An. Ils veulent réunir tout le monde, mais ils savent qu'Elise devra aller se coucher tôt, alors ils invitent tout le monde chez eux pour la nuit. Mandy a dit d'apporter des sacs de couchage et que tout le monde pourra pioncer dans le salon, tant que ça ne nous dérange pas qu'Elise nous réveille tôt.

Une nuit avec mes amis semblait merveilleuse. Le Nouvel An a toujours été l'une de mes fêtes préférées. Il y avait quelque chose qui me parlait dans le fait de faire la fête pendant les dernières heures d'une année et d'en commencer une nouvelle avec les gens que j'aimais le plus. C'était purifiant d'être à cheval entre deux endroits à la fois. Un pied dans le passé, à revivre l'année. L'autre dans le futur, à anticiper la suivante. Le tout en quelques secondes à peine.

Bien sûr, je n'aimais pas être la seule à ne pas avoir quelqu'un à embrasser à minuit, mais ça ne durait que quelques secondes.

— Max, tu es pris pour le réveillon du Nouvel An ? a demandé Brady. — Tu pourras te joindre à nous ?

J'ai grimacé. Rien de tel pour le mettre dans l'embarras. La dernière chose que je voulais, c'était que Max pense que c'était un plan élaboré pour me trouver un cavalier pour le réveillon du Nouvel An. J'aurais pu dire que je pouvais me trouver mon propre cavalier, mais nous savions tous que je serais trop trouillarde pour le lui demander. Peu importe, de toute façon, si Max acceptait parce qu'il se sentait obligé, notre relation ne me semblerait jamais sincère.

— Ne te sens pas obligé. Si tu as autre chose de prévu, ce n'est pas grave, l'ai-je pressé d'un ton calme, en essayant de donner l'impression que ça n'avait pas d'importance dans un sens comme dans l'autre. Si j'avais pu foudroyer Brady du regard sans que Max ne le remarque, je l'aurais fait aussi, mais Max me regardait de trop près.

— On dirait que tu ne veux pas que je sois là, Charlotte. Tu as déjà invité quelqu'un d'autre ? Il a gardé une voix basse, maintenant notre conversation entre nous sans y inclure tous mes amis. Ils l'ont senti et ont commencé à parler autour de nous.

— Quoi ? Non ! Je viens juste de l'apprendre. Je ne veux juste pas que tu aies l'impression que tu dois dire oui parce que Brady t'a demandé devant tout le monde. Si tu préfères passer du temps avec tes amis ou ta famille, tu ne devrais pas te sentir obligé d'y aller.

— Charlotte, je ne vois personne d'autre, si c'est ce que tu demandes.

J'ai secoué la tête. — Je ne demande rien, je te le promets. Je ne veux vraiment pas que tu aies l'impression de devoir faire quelque chose si tu n'en as pas envie.

— Est-ce que tu veux que je sois là ?

— Ce que je veux n'a pas d'importance, Max.

— Ça en a pour moi.

J'ai expiré un grand coup et j'ai choisi la vérité. — Oui, je veux que tu sois là, mais je ne veux pas que tu te sentes…

— Je sais, m'a-t-il coupé. — Tu ne veux pas que je vienne par obligation. Est-ce que ça irait si je venais parce que je veux passer du temps avec toi ?

— Tous mes amis seront là. Je sais que tu ne les aimes pas vraiment.

— Qu'est-ce que tu veux dire par je ne les aime pas ? a vivement répliqué Max.

— Je n'essaie pas d'être méchante, mais tu ne veux jamais passer de temps avec mes amis. Tu as toujours l'air mal à l'aise avec eux. Comme quand tu es arrivé ici ce soir et que tu as agi comme si tu n'étais pas sûr de pouvoir m'embrasser parce qu'ils étaient là.

— Il faut qu'on en parle. On peut aller quelque part de plus calme ?

18

J'ai guidé Max dans le couloir jusqu'à la chambre que j'occupais toujours quand je venais chez Lexi et Mike. Mike y avait jeté mon sac plus tôt, quand nous sommes arrivés à la maison, et je savais que personne ne viendrait nous déranger là-dedans.

Il y avait de fortes chances qu'ils s'imaginent qu'on couchait ensemble.

C'était pourtant tout le contraire.

Max a fermé la porte derrière nous, bloquant le bruit de mes amis qui discutaient dans le salon. J'ai traversé la pièce, me sentant encore un peu ivre, mais mon euphorie retombait rapidement. Une fois installée sur le lit, j'ai risqué un regard vers Max.

— Je ne peux pas te regarder sur un lit sans avoir envie de grimper sur toi. Cette conversation va être rapide, parce que si je reste ici avec toi beaucoup plus longtemps, tes amis sauront exactement quel bruit tu fais quand je te fais jouir, et je ne veux personne d'autre que moi pour connaître ce son.

Une bouffée de chaleur m'a parcouru la peau et je me suis mordu la lèvre.

— Putain, Charlotte, ne fais pas ça. S'il te plaît, bébé.

J'ai relâché ma lèvre et levé les yeux vers lui, en essayant d'avoir l'air innocente et non séductrice. C'était assez facile pour moi, vu que je ne saurais pas comment séduire un prisonnier le premier jour de sa sortie après dix ans de réclusion.

Max a passé la main dans ses cheveux et s'est frotté la nuque. — Bon, très vite. Je n'ai aucun problème avec tes amis. Aucun d'entre eux. Je n'ai pas l'habitude des grands groupes, parce que d'habitude, il n'y a que moi et ma famille. Le nombre de personnes que tu fréquentes m'embrouille complètement. Je n'arrive pas à retenir qui est qui et je déteste ne pas pouvoir appeler quelqu'un par son nom.

Il y avait autre chose, je le sentais. Je n'arrivais juste pas à mettre le doigt dessus.

— La première fois que tu as vu Riley, Connor et Mandy, tu n'as même pas voulu leur dire bonjour. Ce n'était pas un grand groupe.

— C'était environ une semaine après t'avoir rencontrée, c'est ça ? J'étais encore juste un client ? J'ai hoché la tête. — À qui Connor parlait ce jour-là ?

J'ai haussé les épaules. — Je n'en ai aucune idée. Un client qu'il connaissait, par hasard. Pourquoi ?

— Le type avait l'air de vouloir te jeter sur son épaule et te faire hurler son nom. J'étais putain de jaloux. Je ne voulais pas traîner avec tes amis et regarder ce mec te draguer, et t'entendre flirter en retour.

J'étais abasourdie. Il était jaloux ? La seule raison pour laquelle je pensais qu'il détestait mes amis, c'était parce qu'il était jaloux ? Ou du moins, une partie de la raison.

— Ce type ne m'a jamais parlé. Et si tu étais si intéressé par moi, pourquoi as-tu mis plus d'une semaine à faire quoi que ce soit ?

Max m'a regardée, ses yeux parcourant mon corps d'une

manière appréciatrice, mais pas trop brûlante. — J'étais intimidé par toi.

J'ai éclaté de rire, tombant rapidement dans un fou rire. J'ai tellement ri que je suis tombée en arrière sur le lit et j'ai commencé à craindre de faire pipi dans ma culotte. Comment diable est-ce que Max, le superbe, doux et magnifique Max, pouvait être intimidé par moi ?

Quand j'ai enfin réussi à me calmer, j'ai demandé : — Pourquoi diable serais-tu intimidé par moi ?

— Charlotte, tu n'as pas idée à quel point tu es incroyable. La première fois que je t'ai vue, j'ai su que tu étais différente. Après avoir passé juste une semaine avec toi, je savais que je te voulais, mais je savais aussi que tous les autres hommes qui te rencontreraient te voudraient aussi. Je ne connaissais pas ta situation jusqu'à ce que nous soyons à l'hôpital et que tout le monde soit en couple sauf toi. Je ne pouvais plus attendre pour t'embrasser après avoir passé toute la journée avec toi.

— C'est vrai, ce que tu dis ?

Il a pris ma joue en coupe et a embrassé le bout de mon nez. — Oui. Peu de femmes m'auraient laissé entrer dans leur boutique, puis m'auraient offert du café et des muffins gratuits, à cinq heures du matin. Tu es magnifique. Et tu m'intrigues depuis le premier instant où je t'ai rencontrée.

— Toi, tu m'apprécies, moi et mes amis. Je crois que tu es trop beau pour être vrai.

Max a ri. — Charlotte, j'apprécie tes amis. Ils sont gentils et tiennent vraiment à toi, ce qui les rend acceptables à mes yeux. Ils sont juste un peu difficiles à cerner d'un coup parce que je n'ai pas l'habitude d'être avec autant de monde en même temps, mais je m'adapterai. Si tu veux que je reste dans les parages, du moins. Tu me plais, Charlotte. Ce que je ressens pour toi dépasse vite le stade de la simple appréciation pour entrer dans un tout autre monde, mais si tu n'en es pas là, je prendrai mes distances et je te laisserai tranquille.

J'ai pris une profonde inspiration. C'était le moment. Pouvais-je le croire ? Pouvais-je lui faire confiance sur le fait qu'il voulait rester ? Qu'il tenait à moi, qu'il sous-entendait qu'il était en train de tomber amoureux de moi ?

— J'ai peur, Max. Je n'ai jamais vécu ça avant.

— Moi non plus. J'ai tout aussi peur que toi. Et si on décidait maintenant qu'on va essayer ? Qu'on va donner notre meilleure chance à ça, à nous. On sera honnêtes l'un envers l'autre sur ce qu'on ressent, si on panique, ou si quelque chose nous dérange. On traversera ça ensemble. Je veux juste une chance avec toi, Charlotte. Je ne suis pas prêt à t'abandonner.

— D'accord, ai-je fini par murmurer, confiant ma confiance à l'homme qui se tenait devant moi.

La semaine suivante, j'ai très peu vu Max. Il avait neigé presque sans arrêt, alors il travaillait comme un fou pour garder ses parkings déneigés. Au moment où le réveillon du Nouvel An est arrivé, je vivais au milieu des cartons, prête à tout mettre dans un garde-meubles. J'étais de plus en plus excitée à l'idée de déménager, mais j'avais une tonne de choses à faire. Le lendemain, nous allions tout transporter dans mon box de stockage et j'allais emménager dans l'appartement de Lexi et Mike.

Mais pour une nuit, j'allais tout oublier pour m'amuser avec mes amis. Et mon petit ami ? C'est ce que Max était ?

J'essayais de ne pas stresser à l'idée de définir ma relation avec Max. On avait accepté d'essayer. Nous. Nous étions un « nous ». Je n'avais jamais vraiment été un « nous » avant. J'étais sortie avec des garçons, oui, mais jamais assez sérieusement avec un homme pour le considérer comme un petit ami, ou l'autre moitié d'un « nous ».

C'était excitant.

Le réveillon du Nouvel An était aussi la première fois que Max allait passer du temps avec tous mes amis depuis qu'on avait vraiment commencé à se voir. Ce serait la première fois que je ferais partie d'un « nous » devant tous mes amis. Serais-je une de ces personnes qui changent ? Serais-je toujours capable d'être moi-même ? Est-ce que mes amis me le feraient remarquer si ce n'était pas le cas ?

J'ai pensé une bonne dizaine de fois à appeler Max et à tout annuler. Je n'étais pas prête à être en couple. J'avais eu tort de lui dire que je pouvais lui faire confiance. J'étais trop jeune pour avoir un petit ami.

Bon, d'accord, ce dernier point était peut-être un peu à côté de la plaque, mais quand même.

Lexi et Mike m'ont proposé de passer me prendre pour aller chez Mandy et Xander. Max allait nous y retrouver et il a dit qu'il me ramènerait à la maison. Nous avions tous décidé de ne pas dormir chez Mandy et Xander, vu qu'Elise serait en train de dormir et… eh bien, après être restés debout jusqu'à minuit, ou plus tard, se lever tôt ne semblait pas très attrayant.

Après avoir fermé le Croque-moi !, pour la dernière fois, je suis montée me changer. Toutes les femmes s'étaient mises d'accord pour s'habiller un peu pour la fête, afin d'avoir l'impression d'être à l'une de ces soirées chics où aucune de nous ne voulait vraiment aller. Une fête tranquille avec nos amis était bien mieux, mais nous aimions l'occasion de nous mettre sur notre trente-et-un.

Une fois sortie de la douche, j'ai enfilé une culotte en dentelle noire, un soutien-gorge assorti, une jupe noire courte et aguicheuse, et mon haut rose préféré. J'ai fait glisser des bas noirs jusqu'en haut de mes cuisses et j'ai enfilé mes bottes noires, les zippant jusqu'à quelques centimètres en dessous de ma jupe.

Je me suis tournée vers le miroir. Mince, même moi, j'avais envie de coucher avec moi. J'étais canon. Max était un homme chanceux, si je puis me permettre.

Je me suis séché les cheveux et j'y ai passé mes doigts pour faire ressortir leur ondulation naturelle. Avec des yeux charbonneux, des joues rosées et des lèvres peintes en rose, je me suis déclarée prête. J'ai enfilé mon long manteau noir et je suis descendue pour retrouver Lexi et Mike.

LA PORTE d'entrée de chez Mandy s'est ouverte quelques secondes après que nous ayons sonné. Tous les autres étaient déjà là, y compris Max. Il se tenait près de l'îlot de la cuisine, en train de parler avec Xander et Aidan. Quand il m'a vue, il s'est éloigné d'eux sans un mot de plus.

— Je peux prendre ton manteau ? m'a-t-il demandé après m'avoir embrassée.

J'ai hoché la tête et lui ai tourné le dos. Mes mains tremblaient alors que je déboutonnais mon manteau. Quand je l'ai retiré, Max a pris le col et m'a aidée à l'enlever. Une fois débarrassée de mon manteau, je me suis retournée et je l'ai regardé.

Ses yeux se sont enflammés en me voyant. Il m'a scannée rapidement, la chaleur grandissant à chaque seconde où il me dévorait du regard. — Wow, a-t-il dit, l'admiration et la faim évidentes dans le tremblement de sa voix. — Tu es incroyable. Fabuleuse, ma chérie, absolument fabuleuse.

— Merci, ai-je murmuré.

Max a suspendu mon manteau dans le placard puis a posé sa main sur le bas de mon dos, me guidant dans la cuisine.

— Purée, Charles, a dit Xander en me serrant dans ses bras. — Tu t'es mise sur ton trente-et-un.

Je lui ai donné un coup de poing affectueux dans le bras. Il a ri, puis m'a tendu un verre. — Tu es pardonné. Qu'est-ce que c'est ?

J'ai pris une gorgée. C'était léger, fruité, et avec très peu d'alcool. C'était bon, cela dit.

— Secret de famille. C'est dangereux, par contre, parce que c'est bourré d'alcool. Tu aimes ?

J'ai hoché la tête. — C'est super bon.

— Je vais en faire un pichet. Évite juste de boire le pichet entier toute seule. Xander m'a fait un clin d'œil. Il savait que j'avais l'alcool joyeux, mais que je tenais mal l'alcool. Aucun de nous ne buvait beaucoup, il n'en fallait donc pas des tonnes pour passer de « boire un verre » à « être ivre », et j'étais la pire de tous. Xander m'avait aidée à rentrer chez moi plus de fois qu'il n'était raisonnable.

— Je dois porter un toast, a dit Mandy en levant un verre de soda. — Alors que l'année touche à sa fin, je dois dire que ce fut une excellente année pour moi. J'ai un mari et une fille merveilleux, mais j'ai aussi la chance d'avoir des amis incroyables. Chacun d'entre vous est très spécial pour moi et je suis très reconnaissante que vous soyez tous venus ici ce soir. De nouvelles personnes se sont ajoutées à notre groupe cette année et cela n'a fait que nous rendre encore meilleurs. Je suis ravie de voir tous mes amis si heureux et que Xander ait d'autres hommes à qui parler, surtout maintenant qu'il est en infériorité numérique à la maison. Donc, je suppose que tout ce que j'ai à dire, c'est que je vous aime, anciens amis et nouveaux, et je suis honorée de vous avoir tous ici ce soir.

Tout le monde a trinqué et s'est dit « Santé » les uns aux autres.

— J'aimerais dire quelque chose aussi, si ça ne vous dérange pas, a dit Max quand nous avons eu fini.

Qu'est-ce que Max pouvait bien vouloir dire ? Ma curiosité était piquée au vif.

— Je voudrais tous vous remercier de m'avoir si bien accueilli. Quand j'ai rencontré Charlotte, je ne savais pas qu'elle venait avec une si grande famille, mais je suis vraiment honoré de vous avoir rencontrés et de faire partie de ce groupe. Je sais que je n'en suis pas officiellement membre, mais j'espère… enfin, on verra comment les choses évoluent. Merci à Mandy et Xander de nous ouvrir votre maison. Bonne année à tous.

— Bonne année, a résonné en chœur dans la pièce, mais je ne pouvais pas bouger. Est-ce que Max venait de faire une sorte de grande déclaration ? C'était quoi ce bordel ?

— Il faut qu'on parle, ai-je murmuré quand j'ai enfin pu parler. J'ai de nouveau trinqué avec tout le monde, puis j'ai fait signe à Max de me suivre vers le salon, qui était calme grâce à tout le monde qui traînait dans la cuisine.

J'ai croisé les bras sur ma poitrine et je lui ai fait face. — C'était quoi, ça ?

Max a jeté un regard vers la cuisine comme si elle pouvait lui donner des réponses. — Qu'est-ce que tu veux dire ?

— Ton toast. Qu'est-ce que ça voulait dire ?

— Je voulais juste remercier tes amis. Après la semaine dernière, quand tu as dit que tu pensais que je ne les aimais pas, j'ai réalisé qu'ils auraient pu penser ça aussi. Au lieu de débarquer et de dire : — Je sais que vous pensez que je vous déteste mais ce n'est pas le cas, je me suis dit que j'allais essayer autre chose.

— Pas cette partie. Ce que tu as dit sur le fait d'être un membre officiel ?

— Oh, ça. Sa tête est tombée et il a refusé de me regarder.

— Ouais, ça. C'était quoi, ce bordel ? Qu'est-ce que tu essayais de dire, Max ?

— Ce n'est pas évident ?

— Je suis un peu lente. Explique-moi clairement.

Il a soufflé et a passé la main dans ses cheveux. — Tu me plais, Charlotte. Je te l'ai dit il y a une semaine. Je n'essaie pas de te forcer la main. Ça fait presque une semaine que je ne t'ai pas vraiment vue. Je voulais juste dire que tu m'avais manqué. Je ne prends pas la fuite et je voulais que toi, et tes amis, le sachiez.

— Pourquoi penses-tu que je m'inquiète que tu prennes la fuite ?

Il a pris mon menton en coupe et a incliné mon visage vers le haut pour m'embrasser. — Je vois la peur dans tes yeux, Charlotte. Tu as été blessée. Je le vois chaque fois que tu t'éloignes de moi, ou que tu me repousses comme tu essaies de le faire maintenant. Je ne veux pas que tu me mettes dans le même sac que celui qui t'a blessée. Je ne le ferai pas.

— Tu ne peux pas le promettre, Max.

Il a soupiré lourdement, me faisant me demander s'il y avait quelque chose qu'il ne me disait pas. Il a dégluti bruyamment puis a hoché la tête une fois, comme s'il avait pris une décision. — Tu as raison. Et il y a quelque chose que je dois te dire. Mais profitons de la soirée avec tes amis.

19

Nous avons rejoint le reste du groupe et Max m'a immédiatement attirée dans ses bras. Il a embrassé le côté de mon front et a gardé son bras autour de ma taille, me serrant fort contre lui. J'ai appuyé ma tête contre son épaule et j'ai simplement savouré sa proximité.

J'ignorais ce qu'il avait à me dire, mais j'étais anxieuse. Si c'était quelque chose qu'il ne voulait pas m'annoncer devant mes amis, c'était probablement quelque chose qui, pensait-il, n'allait pas me plaire. Ce qui me rendait anxieuse.

J'ai eu du mal à mettre mes inquiétudes de côté pour le reste de la soirée. J'ai parlé, j'ai ri et j'ai joué le rôle de celle qui allait parfaitement bien, alors que ce n'était pas le cas. Dans une journée, je perdais l'entreprise dans laquelle j'avais mis toute mon âme et je n'avais aucune idée de ce à quoi elle ressemblerait quand je la rouvrirais enfin. Je doutais encore de pouvoir organiser la fête d'anniversaire le week-end suivant en cuisinant dans la cuisine de Lexi. Était-ce possible ? Bien sûr. Mais ça n'allait pas être facile. Je devrais cuire les petits gâteaux par fournées de 24, soit six heures de cuisson. Sans compter le temps de refroidissement et de glaçage. Si j'avais ma propre cuisine, ma cuisine industrielle, le temps de cuisson serait réduit à environ deux heures, ce qui signifierait que je pourrais tout faire en une seule journée. Avec six heures de cuisson, je devrais étaler le tout sur deux jours, ce qui signifiait que les petits gâteaux ne seraient pas aussi frais. Et je risquerais de perdre des clients.

Il n'y avait rien que je puisse y faire, cependant. Ma seule autre option serait d'accepter la proposition d'Abigail d'utiliser la cuisine de Gâteaux maigres, et je n'étais pas sûre de pouvoir le faire.

Max a interrompu mes pensées avec un nouveau verre du punch de Xander. Il a désigné du menton une causeuse en cuir moelleux et m'a fait asseoir à côté de lui pour regarder l'émission du réveillon du Nouvel An que Xander avait allumée. Nous nous sommes blottis l'un contre l'autre et avons regardé l'heure approcher de plus en plus de minuit.

Alors qu'il ne restait plus qu'une minute, nous nous sommes tous levés pour faire le décompte jusqu'à minuit avec la télé. Max me tenait dans ses bras et nous avons décompté les dix dernières secondes ensemble.

— Dix… neuf… huit… sept… six… cinq… quatre… trois… deux… un ! Bonne année !

Les confettis à la télévision ont recouvert Times Square au moment où les lèvres de Max recouvraient les miennes. Une de ses mains a pris ma mâchoire en coupe et l'autre a glissé le long de ma colonne vertébrale pour se poser au bas de mon dos. Max m'a embrassée doucement, ses lèvres sondant délicatement les miennes. Lorsque sa langue a taquiné la commissure de mes lèvres, je me suis ouverte à lui sans hésitation.

Sa langue a balayé l'intérieur de ma bouche, cherchant et explorant. J'ai fondu contre lui, accueillant la sensation familière de son corps contre le mien. J'ai abandonné tout ce qui me retenait loin de Max, toutes mes hésitations, et je me suis abandonnée à son baiser.

Sa main a glissé de nouveau dans mes cheveux, ajustant ma tête à sa guise. J'étais sa marionnette, de la pâte à modeler entre ses mains, alors qu'il me façonnait en tout ce qu'il voulait que je sois. Je me suis agrippée à sa chemise, ayant besoin d'être près de lui. Tout ce que je ressentais pour lui s'est déversé de mes lèvres aux siennes, notre baiser étant le premier de la nouvelle année et le premier entre nous sans que je me retienne.

Je croyais enfin au désir et à l'affection de Max pour moi. Je me suis laissée aller, je me suis permis de faire confiance, et je me suis permis d'aimer. Je savais que Max le sentait aussi, car ce baiser était différent. C'était un tout nouveau Max. Un tout nouveau baiser. Il me rendait mon baiser avec autant de passion que je l'embrassais, me disant avec ses lèvres exactement ce qu'il ressentait pour moi.

J'ai failli trébucher quand j'ai réalisé que je ressentais de l'amour. Mon amour. Son amour. C'était puissant.

Quand Max et moi nous sommes enfin séparés, mes amis faisaient tous de même. Nous avons tous relâché l'étreinte de nos moitiés respectives et avons fait le tour de la pièce, nous serrant dans les bras et nous faisant la bise. En me déplaçant dans la pièce, j'ai senti mon cœur se dilater, comme celui du Grinch à la fin du livre. Libérer la peur que j'avais gardée si longtemps était une bonne sensation, meilleure que tout ce que j'aurais pu imaginer.

J'étais entourée de gens qui m'aimaient, de gens que j'aimais, et rien n'aurait pu mieux commencer mon année.

— Oh, merde, s'est exclamée Mandy. J'ai oublié le champagne !

Elle s'est précipitée dans la cuisine et a sorti des bouteilles du frigo. Xander était juste derrière elle, attrapant des flûtes et faisant sauter les bouchons pour nous servir à boire. Nous les avons tous suivis dans la cuisine et les boissons ont été distribuées.

— Ceux-ci sont sans alcool, a dit Mandy en désignant les verres que Xander remplissait. Max a pris un de chaque et m'a tendu le verre plein.

— À nous. À nous tous. À une année merveilleuse et à beaucoup d'autres ensemble, a dit Xander une fois que nous tenions tous nos verres en l'air. Max m'a pressé la hanche et je lui ai rendu son coup de hanche. Nous pensions à la même chose... que nous voulions beaucoup d'autres années ensemble.

Peu de temps après, nous nous sommes tous souhaité bonne nuit et sommes partis. J'étais impatiente de passer du temps seule avec Max, car nous ne nous étions pas beaucoup vus la semaine dernière. Même si mes amies vivaient toutes avec leurs maris, elles semblaient tout aussi prêtes que Max et moi à se retrouver seules à la maison.

Notre trajet de retour à mon appartement était tendu. Je sentais à quel point il me désirait, et mon propre besoin était à la hauteur du sien. S'il devait s'arrêter à un autre feu rouge, j'étais presque sûre que j'allais grimper sur lui dans la voiture et lui sauter dessus.

Max s'est garé derrière mon appartement. Pendant que je déverrouillais la porte, ses lèvres ont trouvé mon cou. Sa main a pris mon sein en coupe à travers ma veste et il a pressé son érection contre mes fesses. J'étais déjà mouillée et prête pour lui, désespérant de le sentir en moi. Ses baisers à bouche ouverte sur mon cou m'ont donné le tournis et j'ai tâtonné avant de faire tomber mes clés. Max m'a retournée et m'a embrassée avec fougue, pressant mon dos contre la porte.

Mon Dieu, je le voulais. Je voulais lui faire l'amour. Ce

soir, ce n'était pas juste du sexe, et nous le savions tous les deux.

Max s'est détaché de moi et a attrapé mes clés. Il a enfoncé la clé dans la serrure et a ouvert la porte, me propulsant à l'intérieur avant de claquer la porte et de la verrouiller derrière nous.

— Je compte faire de toi mon dessert ce soir, bébé. Toute la nuit, je vais te montrer à quel point je te trouve douce. Et cette robe… j'ai bandé toute la soirée en te regardant dedans. Je vais te déballer comme le plus beau des cadeaux de Noël en retard.

Ma peau a frissonné à ses mots. Littéralement frissonné. J'avais l'impression que j'allais exploser, là, tout de suite, juste à cause de la façon dont il me regardait. Jamais un homme ne m'avait regardée comme ça. C'était un mélange de désir brut et d'adoration totale.

Et ça ne me faisait pas peur du tout.

— Est-ce qu'il te reste du glaçage ? a demandé Max en regardant autour de la cuisine.

— Euh, oui, pourquoi ? Je ne savais pas d'où venait ce changement soudain, mais peu importe. Il devait avoir faim.

— Je te l'ai dit, ses yeux aussi affamés que sa voix, je fais de toi mon dessert.

Oh, merde ! Ces frissons se sont transformés en tremblements. Il n'aurait même pas besoin de me toucher pour que j'aie un orgasme. J'étais sur le point de basculer, juste à cause de sa voix. Bon sang.

Sans un mot, j'ai attrapé un pot de glaçage dans le réfrigérateur. J'en avais toujours en plus au cas où j'aurais une envie de sucré à minuit, mais je le gardais en bas pour que je doive vraiment faire un effort pour l'avoir. Quelque chose me disait que Max n'allait pas me faire faire d'efforts ce soir.

Il a retiré le couvercle du récipient et a souri en voyant le glaçage rose. Il était assorti au rose de mon logo et c'était l'un de mes préférés, une base de crème au beurre avec une touche de framboise.

Max a gardé les yeux rivés sur les miens tandis qu'il glissait un doigt profondément dans le pot de glaçage. Il l'a sondé plusieurs fois, comme il le faisait habituellement avec moi, et je jure devant Dieu que j'ai eu un mini-orgasme rien qu'en le regardant faire. Il a retiré son doigt et l'a sucé, gémissant en le débarrassant du glaçage.

— Presque aussi doux que toi, bébé. Presque.

Putain de merde, j'allais encore jouir. La fois suivante, il a plongé son doigt dans le pot et a tracé une ligne de glaçage le long de mon cou et entre mes seins. Il a regardé son doigt comme s'il ne comprenait pas pourquoi il y avait encore du glaçage dessus, puis l'a étalé sur mes lèvres, me taquinant jusqu'à ce que mes lèvres s'entrouvrent pour lui.

J'ai maintenu son poignet en place pendant que je léchais son doigt, roulant ma langue dessus et suçant fort, m'assurant qu'il comprenait exactement ce à quoi je pensais vraiment. Il a fermé les yeux et a dégluti difficilement, et j'ai souri. J'aimais le dessert.

Max n'avait pas fini, cependant. Il a retiré son doigt et a posé sa bouche sur le glaçage de mon cou, embrassant et suçant son chemin le long de la traînée de glaçage jusqu'à ce qu'il se pose entre mes seins. Il est remonté et a scellé ses lèvres sur les miennes, m'embrassant à nouveau comme il l'avait fait à minuit, y déversant tous ses sentiments jusqu'à ce que je n'aie plus aucun doute sur l'intensité de son affection pour moi.

— Je meurs d'envie de savoir ce qu'il y a sous cette petite jupe, bébé. Je peux voir ?

— Tu sais, ai-je dit en me dirigeant vers le plan de travail en acier inoxydable de l'autre côté de la cuisine, ça a toujours été un de mes fantasmes de faire l'amour ici. L'endroit où je me sens le plus à l'aise. J'ai toujours imaginé un homme arrivant de la boutique et me trouvant ici, assise sur ce comptoir, incapable de me résister. Je suppose que ce soir est ma dernière chance.

Max m'a plaquée contre la surface en acier inoxydable, puis m'a soulevée pour m'y asseoir comme si je ne pesais pas plus qu'une plume. — Ne pensons pas à ça pour l'instant, bébé. Il m'a adressé un sourire triste, puis il a ajouté : — Et si ton homme mystérieux était ici parce qu'il t'aime et qu'il veut être avec toi partout et de toutes les manières possibles ?

— Quoi ? ai-je dit d'une voix étranglée. — Qu'est-ce que tu viens de dire ?

Max a souri, parfaitement à l'aise avec le fait qu'il venait de prononcer le mot commençant par A. — J'ai dit que je t'aime, Charlotte. Je n'ai jamais rencontré quelqu'un comme toi. Tu es tout pour moi. Je sais que c'est rapide. Merde, ça fait seulement une semaine qu'on a décidé de nous donner une vraie chance. Mais je ne peux plus garder ça pour moi. Charlotte, je t'aime. Je t'aime tellement et j'espère que ça ne te fait pas fuir. J'espère que tu me laisseras te le dire chaque jour et que tu me laisseras t'aimer chaque nuit, et j'attendrai que tu en sois là aussi. Je sais que tu n'es pas prête, mais il fallait que je te le dise, bébé.

— Je t'aime aussi, ai-je murmuré.

— Quoi ? a demandé Max. Je n'étais pas sûre s'il ne m'avait pas entendue ou s'il n'y croyait pas.

— Je t'aime, Max.

— Charlotte, je ne veux pas que tu te sentes obligée de le dire. Je ne te l'ai pas dit pour que tu sentes que tu devais me le dire aussi.

— Je sais. Mais l'entendre m'a donné le courage d'admettre ce que je ressens. Je l'ai enfin accepté la semaine dernière.

— C'est pour ça que tu avais si peur. C'est pour ça qu'on parlait dernièrement de ce qui se passait. Oh, bébé, je ne vais nulle part, je te le promets. Tu peux m'aimer et je peux t'aimer, et rien ne changera ça.

J'ai embrassé Max, lui livrant mon âme. Alors que nos langues glissaient l'une contre l'autre, je savais que les baisers de personne d'autre n'auraient jamais le même goût que les siens. Et j'ai prié pour ne jamais avoir l'occasion de le découvrir. J'espérais embrasser Max chaque jour pour le reste de ma vie.

— Bon, où en étions-nous ? a-t-il demandé d'une voix séductrice quand nous nous sommes séparés. — Oh, c'est vrai. Je suis l'homme qui vient d'entrer dans la cuisine et qui t'a trouvée avec un bol de glaçage, et je ne peux pas te résister.

J'ai gloussé devant son jeu de rôle. Il se prenait au jeu, et j'étais de plus en plus excitée à chaque seconde qu'il jouait le jeu. Ouais, j'allais avoir besoin d'un peu d'eau de Javel avant de partir le lendemain.

— Maintenant, il faut que je voie ce qu'il y a sous cette jupe, a-t-il dit en faisant remonter ses mains le long de mes jambes. Ses doigts ont quitté le haut de mes bottes et ont effleuré mes bas, disparaissant sous le bord de ma jupe. Quand il a touché le haut en dentelle de mes bas autofixants, il s'est arrêté et m'a regardée, confus.

— Qu'est-ce que c'est que ça ? a-t-il demandé. Sans attendre de réponse, il a soulevé ma jupe et a vu la dentelle. — Putain de merde, bébé. Qu'est-ce que tu as d'autre là-dessous ?

— Pas grand-chose, ai-je haussé les épaules, parce que c'était la vérité. Ma culotte était à peine plus qu'un ruban de dentelle.

Max a continué de remonter ma jupe jusqu'à ce que le tissu soit amassé autour de ma taille. — Jésus. Christ.

— Ils te plaisent ? ai-je demandé innocemment.

Ses yeux ont enfin rencontré les miens. Le brun profond

a viré au noir sous l'effet de son désir. Je pouvais voir la sueur perler à la lisière de ses cheveux et je savais à quel point il luttait pour garder le contrôle.

— Ils me plaisent tellement que je veux te les arracher, mais alors je ne pourrai plus jamais te voir dedans. C'est le pire dilemme interne du monde.

— Eh bien, j'aime plutôt cette réaction, alors je pense qu'on devrait les garder.

— Moi aussi, j'aime cette réaction, a-t-il grogné en passant un doigt sur ma culotte. Je me suis agrippée au bord du comptoir pour rester stable, mais j'étais déjà perdue. Un simple contact et j'ai frémi, submergée par un mini-orgasme délicieux et doux. — Oh, putain, maintenant tu l'as bien cherché, a gémi Max.

Avant que je ne m'en rende compte, son pantalon était sur ses chevilles et ma culotte, déchirée, volait à travers la pièce. Il a glissé en moi, dur et rapide, nos corps s'entrechoquant violemment. Max a empoigné mes hanches et m'a tirée tout au bord du comptoir. J'ai encore plus aimé avoir un homme grand quand j'ai réalisé qu'il avait la taille parfaite pour me faire l'amour sur le comptoir.

La bouche de Max était sur la mienne alors qu'il m'assaillait de ses hanches. Ses doigts se sont enfoncés dans ma chair pendant qu'il s'enfonçait en moi, encore et encore. Mon cœur battait à tout rompre dans ma poitrine et ma respiration est devenue courte. Je me suis accrochée à Max de toutes mes forces, enroulant mes jambes autour de sa taille et mes bras autour de son cou.

Ma peau s'est couverte de sueur, une chaleur intense montant en spirale à travers moi alors que Max me poussait de plus en plus près du bord. Je bondissais vers la falaise, presque arrivée à chaque poussée de nos corps l'un contre l'autre.

Quand j'ai joui, ce fut comme mon propre tremblement

de terre personnel. Mon corps a été secoué de tremblements incontrôlables et je me suis débattue sous Max. J'ai crié son nom comme si c'était mon dernier souffle, une déclaration et une promesse tout à la fois. Je l'ai entendu crier mon nom alors que ses coups de reins devenaient plus profonds et plus durs, mon orgasme le poussant vraisemblablement vers le sien. Il a frémi au-dessus de moi, puis s'est effondré sur moi.

Nous sommes restés là pendant quelques minutes, moi à plat dos sur le plan de travail et Max étendu sur moi comme une couverture. Quand il a retrouvé un peu de force, il s'est relevé. — Désolé, bébé. Je t'ai fait mal ?

— Non. C'était incroyable. Parfait.

— Fabuleux, avons-nous dit à l'unisson.

Max m'a aidée à me relever, puis s'est penché pour attraper son jean. — Bébé, je suis désolé, mais je n'ai pas mis de préservatif. J'ai complètement oublié. Oh, Charlotte, je suis tellement désolé.

— Max, ai-je dit doucement, lui prenant le visage en coupe et le forçant à me regarder. — C'est bon. Je prends la pilule et je suis clean. On n'en a pas vraiment besoin, enfin, sauf si tu… Ma voix s'est éteinte. Nous n'avions jamais parlé de notre passé ou de notre santé. Peut-être… Oh, merde.

— Non, bébé, tout va bien pour moi. J'en mets toujours un mais… eh bien, je n'ai jamais été amoureux avant et je n'ai jamais envisagé de ne pas en mettre. Bon sang, je me demandais pourquoi les sensations étaient différentes. Je suis un vrai idiot.

— Max, ce n'est rien. Vraiment. J'ai aimé sentir juste toi, sans rien entre nous, et ça me va pour toujours si ça te va aussi.

— Vraiment ? a-t-il souri.

— Vraiment, ai-je hoché la tête.

— Tu serais partante pour… maintenant. Je suppose

qu'on pourrait prendre une douche et je rêve de t'y emmener depuis notre rencontre.

— Vilain, vilain garçon, l'ai-je taquiné.

— Ouais. C'est pour ça qu'on a besoin de la douche, a-t-il dit avec un clin d'œil. — Oh, et apporte le glaçage. Il y a encore quelques endroits où je veux le lécher avant de laver ton corps de la tête aux pieds. Et tous mes endroits préférés entre les deux.

20

Après notre douche, Max et moi nous sommes blottis sur mon lit. Je n'aurais pas pu imaginer un meilleur début pour la nouvelle année, même si nous étions entourés de cartons et que j'étais sur le point d'être sans logement pendant un mois. J'avais Max et je savais que l'année serait tout ce que j'avais toujours imaginé. J'aurais à nouveau quelqu'un pour moi, quelqu'un qui se tournerait d'abord vers moi. Quelqu'un qui ferait toujours passer mes besoins en premier. Quelqu'un qui m'aimerait.

— Parle-moi de ta famille, — m'a demandé Max alors que nous étions blottis l'un contre l'autre. Je les avais mentionnés brièvement, mais je n'étais jamais entrée dans les détails. Il était temps de tout lui dire.

— Tu sais que c'est ma Mémé qui m'a élevée, n'est-ce pas ? — Il a hoché la tête. — Eh bien, je ne t'ai jamais dit pourquoi.

Max a recouvert ma main de la sienne et l'a portée à ses lèvres. Il a embrassé ma main et le sommet de ma tête alors que je me blottissais plus profondément contre sa poitrine.

— Rien ne changera ce que je ressens pour toi. J'espère que tu le sais.

J'ai hoché la tête. — Je sais, Max, je te le promets. Ma mère était jeune quand elle m'a eue, dix-neuf ans. Elle n'était pas prête à être mère et mon père n'était pas prêt à être père. Quand elle lui a parlé de moi, il l'a quittée. Il ne voulait pas d'enfants et n'allait pas se laisser enchaîner. Elle ressentait la même chose. Dès que je suis née, elle m'a emmenée chez sa mère, ma Mémé, et m'a laissée là-bas. Mémé m'a élevée parce que mes parents ne voulaient pas de moi.

— C'étaient des imbéciles, Charlotte. De parfaits imbéciles de ne pas vouloir faire partie de ta vie.

— Peut-être, mais ça ne change rien au fait que je ne leur suffisais pas. Ma mère est morte d'une overdose quand j'étais au lycée, et nous n'avons plus jamais entendu parler de mon père. J'ai toujours cru que si j'étais une enfant assez sage, ils reviendraient, que ça suffirait pour qu'ils aient envie d'être avec moi. Mais ça n'a jamais marché.

— Oh, ma chérie, ils étaient égoïstes. Ce n'était pas toi, c'était eux.

— Je sais, mais ça fait mal, tu sais. — J'ai essuyé furieusement les larmes qui menaçaient de ruiner mon maquillage. Mes tarés de parents n'allaient pas gâcher ma soirée. Ils m'avaient déjà volé trop de soirées. Ils n'en auraient pas une de plus.

— Alors tu as peur que je parte comme ils l'ont fait ? Que d'une manière ou d'une autre, je te trouve pas assez bien et que tu te retrouves à nouveau toute seule ?

J'ai haussé les épaules, incapable de dire quoi que ce soit.

— Charlotte, regarde-moi, ma chérie. — Il a doucement tourné mon menton pour que je lui fasse face. Il a encadré ma mâchoire de ses mains et m'a embrassée tendrement. — Je t'aime. Je ferais n'importe quoi pour toi. Et tu es bien plus qu'assez bien. Probablement trop bien pour moi. Je ne vais nulle part.

J'ai hoché la tête, mais je n'avais toujours pas l'impression que toutes mes inquiétudes avaient disparu. Je ne savais pas grand-chose de sa famille. J'avais l'impression qu'il changeait toujours de sujet quand je posais une question qui allait un peu plus loin que les généralités. Je n'avais aucune idée de ce qu'était la boutique de sa sœur, il ne m'avait jamais dit comment son père était mort, et je ne savais rien de sa mère ou de sa grand-mère.

Il me manquait quelque chose, mais je n'étais pas sûre de quoi.

Mais je me suis souvenue qu'il avait quelque chose à me dire. Quelque chose qu'il n'était pas prêt à me dire chez Lexi.

— Tu voulais me dire quelque chose tout à l'heure. Tu es prêt à en parler maintenant ?

J'ai entendu son rythme cardiaque s'accélérer. Il a pris une profonde inspiration et l'a retenue, m'incitant à faire de même. Quoi qu'il s'apprête à me dire, ce ne serait pas quelque chose de facile à entendre. Mais si nous devions avoir une vie ensemble, il fallait que je sache.

— Je n'avais que neuf ans quand mon père est tombé malade. Mes parents ne voulaient pas qu'Abby et moi sachions ce qui se passait, mais je savais que quelque chose n'allait pas, — m'a raconté Max alors que nous nous tenions dans les bras.

— Papa a commencé à perdre du poids et ne se sentait pas bien tout le temps. Cet été-là, pendant les vacances, il est beaucoup allé chez le médecin, presque toutes les semaines. Au moment de la rentrée des classes, je voyais bien qu'ils nous cachaient quelque chose, à moi et à Abby. Papa continuait à passer des examens et à voir des médecins, mais ça n'avait jamais l'air de s'arranger. Il ne se sentait tout simplement pas bien tout le temps.

Max a pris une profonde inspiration et m'a serrée un peu plus fort contre lui. J'ai écouté son cœur battre dans sa poitrine et j'ai prié pour ne pas me mettre à pleurer contre lui.

— Bref, environ neuf mois se sont écoulés avant qu'ils ne découvrent enfin que papa avait un cancer du côlon. Ils lui avaient fait passer des examens pour toutes sortes de problèmes intestinaux et d'estomac, mais pendant tout ce temps, le cancer le rongeait. Quand ils l'ont découvert, le cancer s'était propagé. Papa est mort au début de l'été, quand j'avais dix ans.

— Je suis tellement désolée, Max. Je ne peux pas imaginer traverser une telle épreuve si jeune.

Il a serré ma main. — Mais tu l'as fait, ma chérie. Tu as traversé pire parce que tu n'as jamais connu tes parents. Tu les as perdus encore plus jeune.

J'ai enroulé mon bras autour de sa taille et j'ai embrassé sa poitrine. — Oui, mais je ne les connaissais pas. Ça faisait mal de savoir qu'ils ne se sont jamais souciés de moi, mais ce n'est pas comme si je les avais vraiment perdus. Je ne les ai jamais eus, pour commencer.

— Je parie que tu étais mieux sans eux.

J'ai hoché la tête. — Je sais. À 31 ans, c'est plus facile à accepter que quand j'étais enfant. J'aurais quand même aimé que les choses soient différentes.

— Tu n'aurais peut-être pas été aussi proche de ta grand-mère si ta mère ne t'avait pas laissée avec elle. Tu ne ferais peut-être pas de la pâtisserie. Nous ne nous serions peut-être pas rencontrés.

J'ai souri. — Tu as raison. J'ai eu une belle vie. Mais c'est agréable de ne plus être seule.

Le cœur de Max a commencé à battre plus vite dans sa poitrine. Ça m'a rendue nerveuse, comme s'il ne disait peut-être pas la vérité quand il disait qu'il m'aimait. Peut-être qu'il était en train de me quitter. Peut-être que je n'étais pas assez bien pour lui non plus.

— Qu'est-ce qui ne va pas ?

— Qu'est-ce que tu veux dire ? — a-t-il demandé, l'air aussi anxieux que moi.

Je me suis redressée et j'ai tiré le drap autour de ma poitrine, me protégeant de lui. De ce qui allait arriver. — Quand j'ai dit que c'était agréable de ne plus être seule, ton cœur s'est mis à battre la chamade. Tu vas rompre avec moi ?

Max s'est assis et m'a fait face. Il a pris ma main dans les siennes et s'est concentré sur nos doigts entrelacés. — Je t'aime, Charlotte. Mais il y a quelque chose que je dois te dire et je ne suis pas sûr de comment tu vas le prendre.

J'ai retiré ma main de la sienne et je suis sortie du lit. Je ne pouvais pas rester assise là à l'écouter m'annoncer une mauvaise nouvelle. Je devais m'éloigner de lui, m'assurer d'avoir les idées claires, pour ce qu'il allait me dire.

J'ai attrapé un pantalon de survêtement dans ma valise ouverte et je l'ai enfilé avec le t-shirt Mords-moi ! que j'avais porté au travail ce jour-là. Max a soupiré en me regardant m'habiller, puis est sorti du lit à son tour. Il a lentement remis ses vêtements pendant que je me demandais si ce serait la dernière fois que je le verrais nu. S'il acceptait la défaite avant même de me dire ce qui se passait, ça allait être grave.

Quand il a été habillé, il a pris ma main et m'a conduite jusqu'au canapé. Il s'est assis près de moi, assez près pour que sa jambe frôle la mienne. Assez près pour que nos mains enlacées reposent sur ma cuisse. Puis il a commencé à parler. — Quand mon père est mort, j'ai pris la responsabilité de m'occuper de ma mère et de ma sœur, et de ma grand-mère aussi quand elle me le permettait. J'ai trouvé un travail après l'école dès que j'ai eu l'âge et j'ai ajouté tout l'argent que je gagnais pour aider à payer les factures ou les courses ou tout ce que je pouvais payer d'autre. Ma mère et ma grand-mère ne voulaient pas que je mette mon argent pour les dépenses du ménage, mais je savais que nous avions des difficultés, alors je l'ai fait quand même.

J'ai pris une profonde inspiration. S'il allait me dire qu'il les soutenait financièrement ou quelque chose comme ça, il était fou de penser que ça me contrarierait. Il les aimait. C'était logique qu'il fasse tout ce qu'il pouvait pour les aider.

— Une fois que j'ai pris les rênes de À l'extérieur de votre maison, j'ai commencé à injecter plus d'argent dans la famille. Quand Abby a divorcé, l'argent a servi à l'aider. — Il a fait une pause, a pris une profonde inspiration, puis a serré ma main. — Je t'ai dit qu'elle ouvrait une pâtisserie. Ce que je ne t'ai pas dit, c'est qu'elle a ouvert celle en face d'ici. C'est la propriétaire de Gâteaux maigres.

Si je n'avais pas été assise, je serais peut-être tombée à la renverse. La femme que j'avais rencontrée, celle qui m'avait proposé ses fours, Abigail, c'était Abby. La sœur de Max.

— Est-ce qu'elle savait qui j'étais quand j'y suis allée ? — Max a penché la tête et m'a regardée comme s'il n'avait aucune idée de ce dont je parlais. — J'y étais il y a quelques semaines. Elle m'a fait visiter l'espace et m'a proposé de me laisser utiliser sa cuisine. Est-ce qu'elle savait qui j'étais ?

Max a secoué la tête. — Je n'ai aucune idée de quoi tu parles. Mais ça m'étonnerait. Elle sait que je sors avec quelqu'un qui s'appelle Charlotte, mais je ne suis pas souvent à la maison. Je ne pense pas qu'elle sache qui tu es.

J'ai soupiré, me sentant à la fois mieux et pire après sa confession.

D'un côté, je l'admirais d'aider sa sœur, de la soutenir et de l'aider à lancer son entreprise. Gâteaux maigres était un endroit magnifique et je savais qu'il aurait du succès.

Mais c'était ça le problème. Il avait choisi sa sœur plutôt que moi. Il savait que j'étais inquiète de l'ouverture de Gâteaux maigres. Il savait que je ne savais pas quoi faire pour que Mords-moi ! continue. Mince, Lexi lui avait demandé s'il pouvait demander à sa sœur si je pouvais utiliser ses fours et non seulement il ne lui avait pas demandé, mais il ne lui avait même jamais parlé de moi.

— Je crois que tu devrais partir, — ai-je dit avec un calme étrange.

Max a retenu ma main quand j'ai essayé de la libérer de la sienne. — Non, Charlotte, je ne pars pas. Je t'aime.

J'ai retiré ma main d'un coup sec et je me suis levée. — Je sais que tu m'aimes, Max, mais je ne peux pas être avec quelqu'un qui ne me fait pas confiance, en qui je ne peux pas avoir confiance. Tu aurais dû me parler d'Abigail, ou d'Abby, depuis le début.

— Je ne pouvais pas, Charlotte. Tu le sais.

J'ai secoué la tête et j'ai souri tristement. — Non, en fait, je ne le sais pas. Il n'y a aucune raison pour que tu n'aies pas pu me le dire. Tu étais là depuis le début, depuis le moment où je n'ai pas eu le local. Bien sûr, au début, tu n'étais qu'un client, mais quand tu m'as embrassée, quand nous avons couché ensemble ou que nous sommes sortis ensemble, les choses ont changé. Tu aurais pu me le dire à n'importe lequel de ces moments. Ça fait un mois, Max.

— J'aurais dû te le dire, mais je ne savais pas comment. Les choses ont toujours été si fragiles entre nous. Tu avais peur que je te quitte et…

— N'ose même pas faire comme si c'était de ma faute. Ce n'est pas moi qui gardais des secrets. Ce n'est pas moi qui ai décidé que ce n'était pas assez important pour parler de ce qui se passait vraiment. Tu savais à quel point j'étais inquiète de l'ouverture de Gâteaux maigres. Je vais être fermée pendant un mois. Un mois, c'est une éternité quand on parle d'une entreprise comme la mienne. Je ne peux pas compter sur le fait que tout ira bien quand je rouvrirai. Et au lieu de me dire à quoi je faisais face, ou d'essayer de me rassurer, tu m'as menti.

— Je n'ai jamais menti.

— Tu n'as pas vraiment dit la vérité non plus, Max. Lexi t'a demandé si tu pouvais demander à ta sœur si je pouvais utiliser ses fours pour mon événement à venir et tu ne l'as même pas fait. Je comprends que c'est ta sœur et que tu dois la protéger et prendre soin d'elle, mais tu l'as choisie, elle, plutôt que moi, encore et encore. Je comprends, vraiment, mais ça ne veut pas dire que je suis d'accord avec ça. Ça ne veut pas dire que je vais passer le reste de ma vie à être le second choix après ta sœur. Ou le quatrième, derrière ta sœur, ta mère et ta grand-mère. Je veux passer en premier pour quelqu'un. Je veux que quelqu'un pense à moi avant tout le monde, pas seulement quand les autres personnes dans sa vie sont heureuses. Je suis désolée, Max, mais je sais que cette personne, ce n'est pas toi.

— Charlotte, je t'ai…

— Non, Max. Ne fais pas ça. J'ai une longue journée demain à tout déménager. J'ai besoin de me reposer. J'espère sincèrement qu'Abby réussira avec Gâteaux maigres. Je veux que tu sois heureux, Max. Mais pour l'instant, j'ai besoin que tu partes.

— Je n'abandonne pas, Charlotte.

Je n'ai pas répondu. Il s'est penché et m'a embrassée avec fougue. Je me suis laissée embrasser, sachant que c'était la dernière fois. Je voulais être son premier choix, mais je ne le serais jamais. Je n'étais pas prête à être une option secondaire. Je préférais être seule.

Après le départ de Max, je me suis allongée sur le canapé et j'ai fermé les yeux. J'étais fatiguée. Fatiguée de parler, fatiguée de réfléchir, fatiguée de Max. J'étais juste fatiguée. J'ai envoyé un rapide texto à Lexi pour lui demander toute l'aide possible le lendemain matin, en mentionnant que Max et moi avions rompu, puis j'ai coupé le son de mon téléphone et je me suis effondrée dans mon lit.

Quand je me suis réveillée, Carrie et Lexi étaient assises au comptoir de la cuisine, buvant du café et parlant à voix basse. Le soleil entrait par les fenêtres et j'avais les yeux qui piquaient. — Quelle heure est-il ? — ai-je grogné, sans même me soucier de la façon dont elles avaient réussi à entrer.

— Presque huit heures. Drew va bientôt arriver. Mike, Brady et Connor sont en route aussi, avec Xander, Aidan et Joey en renfort. À eux quatre, on s'est dit qu'ils pourraient te déménager en un rien de temps et repousser toute tentative d'apparition de Max, mais les autres viendront si on les appelle, — m'a informée Carrie.

J'ai hoché la tête et j'ai senti les larmes me monter aux yeux. C'était ma famille, les gens qui m'aimaient et prenaient soin de moi. Mes amis qui étaient devenus tout pour moi. Qui étaient là pour moi quand j'en avais le plus besoin et qui feraient n'importe quoi pour me protéger, même si c'était de Max, un type avec qui ils devenaient tous amis jusqu'à ce matin.

Ça me donnait envie de pleurer.

Ils m'aimaient et ça signifiait tout. Mais maintenant, ils détestaient Max, et c'était entièrement de ma faute.

Non ! C'était de la faute de Max. Je n'avais rien fait de mal, lui si. Je n'allais pas le laisser s'en tirer comme ça juste parce qu'il me manquait.

— Ça va ? — a demandé Lexi, traversant l'appartement pour venir vers moi.

J'ai secoué la tête. — Pas vraiment.

Lexi et Carrie m'ont entourée et m'ont serrée dans leurs bras. Nous nous sommes balancées toutes les trois, moi pleurant pendant qu'elles essayaient de me calmer. La sonnette a retenti en bas et nous nous sommes toutes figées.

Carrie est descendue pour voir qui c'était. Peu de temps

après, nous avons entendu des voix monter les escaliers. Drew était le premier, suivi de Carrie, puis de Brady. Brady s'est frotté les mains et a dit : — Par où on commence ?

Lexi a bondi et a immédiatement pris les choses en main. Elle m'a poussée dans la salle de bain pour que je prenne une douche et a ordonné aux hommes de commencer à tout charger dans leurs véhicules. J'ai fermé la porte derrière moi et je me suis concentrée sur moi-même, sachant que Lexi et Carrie s'occuperaient du déménagement.

Quand je suis sortie de la douche, l'appartement était vide. Je me suis habillée rapidement, puis je suis descendue pour voir où tout le monde était.

— On n'a pas besoin de lui dire. Elle est déjà assez contrariée, — ai-je entendu dire Brady.

— On ne peut pas le lui cacher. Si elle l'apprenait plus tard, ça la mettrait en rogne, — a argumenté Connor.

— Elle a le droit de savoir, — les a interrompus Lexi. — Ça risque de lui faire mal, mais elle doit savoir. Maintenant, tout le monde continue à charger ce bordel pour qu'on puisse la déménager et qu'elle puisse passer à autre chose.

— Le droit de savoir quoi ? — ai-je dit en entrant dans la cuisine. J'avais le sentiment de déjà le savoir, mais j'avais besoin de l'entendre. J'avais besoin d'en être sûre.

Tout le monde m'a regardée, effrayé à l'idée de dire quoi que ce soit. J'ai regardé chaque visage et j'ai vu de la pitié dans chacun d'eux.

— Max était là, Charlotte. Il est passé pour aider, — a finalement dit Lexi.

21

— Qu'est-ce que tu lui as dit ? ai-je demandé à Lexi, puisque c'était la seule qui parlait.

— Mike lui a dit de partir. Il a dit qu'il voulait juste t'aider et avoir une chance de te parler. Brady s'est interposé et lui a dit que les gars s'occuperaient de ton déménagement et que tu ne voulais pas lui parler.

J'ai hoché la tête. Je ne pouvais pas le voir. Je ne le voulais pas. C'est ce que je me suis dit.

— Il a dit autre chose ?

Lexi a hésité. Elle a regardé les autres et personne n'a parlé. — Qu'est-ce qu'il a dit ? Je savais qu'il y avait quelque chose, sinon ils n'auraient pas tous l'air si mal à l'aise.

Connor s'est finalement avancé et a passé ses bras autour de moi. De tous les hommes dans la vie de mes amies, Connor était celui avec qui je me sentais le plus à l'aise. Quand Connor sortait avec Riley, il a appris à quel point elle aimait mes petits gâteaux et a campé chez Mords-moi ! pour découvrir tout ce qu'il pouvait sur ce qu'elle aimait. Nous étions devenus amis. De bons amis.

— Il a dit qu'il t'aime et qu'il n'abandonne pas, Charles. Je déteste dire ça, mais j'ai vu dans ses yeux à quel point il tient à toi. Les mecs ne parlent pas de ce genre de conneries, mais il était prêt à nous livrer son âme. Il avait les yeux rouges et une mine affreuse. Je sais que tu es blessée, ma belle, et je sais que tu es en colère, mais un de ces jours, je pense que tu devras lui parler.

J'ai secoué la tête contre le torse de Connor. — Je ne veux pas lui parler, Connor. Rien de ce qu'il pourra dire ne pourra arranger les choses. Il a trahi ma confiance. Il me cache quelque chose d'énorme depuis un mois. Comment puis-je pardonner ça ?

Connor m'a serrée plus fort. — Je ne sais pas, ma belle. Ce que je sais, c'est qu'il t'aime et que tu l'aimes. Parfois, c'est tout ce dont on a besoin.

Je me suis écartée de Connor pour pouvoir le regarder. Tous les autres nous avaient laissés seuls dans la cuisine, disparaissant pendant que nous parlions. — Mais on a besoin de confiance, non ? Est-ce que Riles et toi seriez ensemble si tu ne pouvais pas lui faire confiance ?

— Non, bien sûr que non. La confiance est importante. Elle est essentielle, mais je crois aussi que si tu aimes quel-qu'un, si tu l'aimes vraiment, alors tu ne le trompes pas intentionnellement pour le blesser. Max t'a peut-être caché la vérité, il ne t'a pas dit tout ce qu'il aurait dû, mais peut-être que ce n'est pas aussi grave que tu le penses.

J'ai haussé les épaules et j'ai passé mes mains dans mes cheveux. Je n'arrivais pas à envisager de pardonner à Max. Imaginer passer l'éponge était impossible. Presque aussi impossible que d'imaginer ma vie sans Max.

— Est-ce que ça a de l'importance ? Il a menti, à plusieurs reprises, pendant un mois. La raison a-t-elle de l'im-portance ?

— Il n'y a que toi qui puisses répondre à cette question. Je ne peux pas te le dire. C'est ta relation, pas la mienne, et si tu ne peux pas surmonter ça, alors c'est toi qui devras vivre avec.

J'ai hoché la tête en signe d'accord. Connor avait raison. Je ne connaissais simplement pas la réponse. Parler à Max était… Je ne pouvais tout simplement pas. Je savais que si je lui parlais, je céderais.

Le reste de la journée, j'ai agi comme un automate, dirigeant mes amis qui me déménageaient de mon ancien appartement et de la chambre d'amis de Lexi, ainsi que les déménageurs que j'avais engagés pour déplacer les affaires de Mords-moi ! dans mon garde-meuble. Quand tout le monde est parti et qu'il ne restait plus que Lexi, Mike et moi, je me suis effondrée. Tout ce que je voulais, c'était dormir. Ou pleurer.

— Qu'est-ce que vous voulez pour dîner ? a demandé Mike depuis la cuisine. Lexi était assise à côté de moi sur le canapé.

— Ce que tu veux, mon chéri, a répondu Lexi. — On n'est pas difficiles.

Mike a laissé passer l'occasion, une chose sur laquelle il aurait normalement fait un commentaire. Vivre avec eux pendant un mois allait être difficile parce qu'ils allaient marcher sur des œufs autour de moi. Je détestais savoir que je leur avais infligé ça.

— Je peux prendre un hôtel, Lex. Vous n'êtes pas obligés de m'héberger.

— Tu ne vas nulle part, Charles. Ne sois pas folle. Nous sommes parfaitement heureux de t'avoir ici. Tout le monde se battait pour savoir où tu allais rester. On t'aime tous.

J'ai ri sans joie. C'était comme avec Max, encore une fois. Mes amis m'aimaient, mais quelqu'un d'autre passait en premier. Bien sûr, ils m'avaient ouvert leurs portes, mais si l'un d'eux avait dit non, la porte se serait refermée violemment.

— Je crois que je vais aller m'allonger un peu, ai-je dit. — Je n'ai pas très bien dormi la nuit dernière.

Lexi a hoché la tête, mais je pouvais voir dans ses yeux qu'elle ne me croyait pas. Elle a ouvert la bouche comme si elle allait dire quelque chose, mais l'a refermée et m'a laissée sortir de la pièce.

Dans le calme de la chambre d'amis, je me suis laissée tomber sur le lit. Je ne désirais rien de plus que de laisser couler les larmes qui montaient en moi, mais je ne pouvais pas le faire. Pas avec Lexi et Mike dans la maison. Ils n'avaient pas besoin d'assister à ça. J'allais devoir me retenir jusqu'à ce qu'ils partent travailler lundi. Deux jours. Je pouvais le faire.

La sonnette a retenti un peu plus tard. J'étais en train de déballer mes vêtements pour remplir la commode qui serait la mienne pour le mois à venir. J'ai entendu des voix et j'ai supposé que le dîner qu'ils avaient commandé était arrivé. Quand les voix se sont tues, j'ai fermé le dernier tiroir et j'ai quitté la pièce. Mike portait une boîte. Il a jeté un coup d'œil vers Lexi et elle a suivi son regard jusqu'à moi.

— C'est le dîner ? ai-je demandé.

Lexi s'est levée avant que l'un ou l'autre ne réponde. Mike a posé la boîte sur l'îlot et n'a pas croisé mon regard. — C'est de la part de Max, a dit Lexi. — C'était lui à la porte. Il savait que tu étais ici et il a apporté ça pour toi.

— Qu'est-ce que c'est ? ai-je demandé, comme si la boîte allait bondir et me mordre. Oh, l'ironie.

— Je ne sais pas. Il n'a pas voulu nous le dire. Il a juste demandé qu'on fasse attention parce que c'est fragile.

— Je ne sais pas si j'en veux. Max ne m'avait jamais rien acheté. Une partie de moi voulait sourire au fait qu'il m'ait offert quelque chose, mais une autre partie savait que ça ne compensait pas tout le reste.

Mike s'est avancé et s'est appuyé de l'autre côté de l'îlot.

— Je sais que tu es blessée en ce moment, Charles. Tu as le cœur le plus grand de presque toutes les personnes que j'ai rencontrées. Ce qu'il a fait est inexcusable. Je comprends. Mais je ne veux pas que tu regrettes de ne pas lui avoir donné une autre chance.

— Je ne sais pas si je le peux, Mike.

Il a hoché la tête. — Je comprends. Vraiment. Quand j'ai perdu Lex, j'ai cru que j'allais mourir. Je voulais abandonner mon travail. Je voulais démissionner, la kidnapper et déménager dans un endroit isolé où elle n'aurait pas d'autre choix que d'être avec moi. Quand je l'ai vue embrasser Luke, j'ai failli lui arracher sa putain de tête. Je voulais le virer et lui botter le cul, mais ce n'était pas lui le coupable. C'était moi. Je ne lui avais jamais dit ce que je ressentais pour elle. J'ai accepté d'être son sex-friend parce qu'elle le voulait, mais ça me tuait à chaque fois que je devais la quitter ou la regarder partir. Je mourais d'envie de la tenir dans mes bras toute la nuit, de me réveiller à ses côtés. Mais j'ai été assez stupide pour laisser d'autres choses se mettre en travers de notre chemin. Je sais que Max ressent la même chose en ce moment. J'ai reconnu le regard sur son visage, c'est celui que je voyais dans mon miroir à l'époque. Il souffre aussi, Charles.

J'ai haussé les épaules. — Mais c'est différent. Toi, tu as fait passer Lex en premier. Tu l'aimais, tu ne voulais juste pas le lui dire parce que tu savais qu'elle prendrait la fuite. Max ne m'a pas fait passer en premier. Il a fait passer sa sœur en premier. Et je ne le lui reproche pas, mais je ne peux pas passer toute ma vie à être le second choix. Je le lui ai dit, d'ailleurs.

— Peut-être que c'est pour ça qu'il t'a parlé d'Abby. Parce que tu n'es plus le second choix dans sa vie.

J'ai secoué la tête alors que la sonnette retentissait. — Je vais chercher le Thaï, a dit Mike en embrassant le côté de la tête de Lexi en passant à côté d'elle.

— Je sais ce que tu ressens, Charles. J'avais peur aussi, mais–

— Je n'ai pas peur, Lex. Je sais que c'est difficile à croire, mais ce n'est pas le cas. Je l'étais. Mais avant qu'il ne me dise tout, j'ai laissé tomber mes peurs. J'avais décidé que j'étais prête à être heureuse avec Max. Et pour la première fois, mes peurs ne me retenaient pas, mais la même chose est arrivée quand même. Il n'était pas prêt à me faire passer en premier.

Mike est revenu avec la nourriture, déposant des sacs sur l'îlot. — Mangeons. Après ça, tu pourras décider si tu veux ouvrir la boîte, a suggéré Mike.

J'ai hoché la tête.

Nous avons tous rempli nos assiettes et les avons emportées dans le salon. Mike et Lexi ont mis un film pendant que nous mangions. Quand j'ai eu fini, j'ai repoussé mon assiette, mais la boîte m'appelait depuis la cuisine. Je savais que je ne pourrais pas l'ignorer éternellement. Avec le film toujours en cours pour me distraire, j'ai sorti une paire de ciseaux d'un tiroir de la cuisine et j'ai emporté la boîte dans le salon.

Mike et Lexi ont arrêté de regarder le film pendant que je coupais le ruban adhésif qui fermait le carton. J'ai soulevé les rabats en carton et j'ai trouvé une enveloppe posée dessus, avec mon nom griffonné sur le devant.

J'ai pris une grande inspiration et je l'ai ouverte.

Charlotte,

Je sais que tu aimes tous tes clients, mais je voulais que tu aies ces mugs pour les personnes vraiment spéciales dans ta vie. Un pour chacune de tes meilleures amies, leurs « mecs » (comme tu les appelles), un pour moi (en espérant que je compte), et un pour Mamie, qui, je le sais, est toujours avec toi.

Je t'aime,

Max

La boîte était lourde et à l'intérieur, il y avait un tas de papier de soie. J'ai fouillé dans le papier et j'ai senti quelque chose de dur. J'ai sorti un amas de papier enroulé autour d'un objet circulaire. Quand je l'ai déballé, j'ai trouvé un mug à café… avec le logo de Mords-moi ! dessus.

Les larmes me sont immédiatement montées aux yeux. Encore. De tous les mugs que j'avais collectionnés au fil des ans, je n'en avais jamais fait faire avec mon logo. J'avais envie de le faire, c'est quelque chose que j'avais dit à Max un soir où il m'avait posé des questions sur les mugs. Le fait qu'il s'en soit souvenu et qu'il se soit donné la peine de le faire, ça m'a fait mal.

Dans le bon sens du terme.

Dans le mauvais sens du terme.

J'ai tourné chaque mug dans ma main et j'ai lutté contre les larmes qui voulaient couler sur mes joues. Lutté et perdu.

Quand le film s'est terminé, j'ai lavé les mugs et je les ai posés sur le comptoir de la cuisine de Lexi et Mike, incapable de me résoudre à faire autre chose. Une partie de moi voulait les jeter contre le mur, mais Max avait raison… ces mugs étaient pour des personnes spéciales. Je ne pouvais pas détruire quelque chose de si merveilleux juste parce que j'étais contrariée. Mes amies méritaient mieux.

Même si voir ces mugs tous les jours allait me rappeler ce que j'avais perdu.

Le lendemain, Mike a ouvert la porte et a trouvé un autre

paquet de Max. Il n'a rien dit, d'après Lexi, il a juste tendu la boîte et il est parti. À l'intérieur, il y avait une photo encadrée de Mamie et moi, ma photo préférée de nous deux. Le mot disait...

Charlotte,

Cette photo signifie autant pour toi que tu signifies pour moi. Elle mérite une place d'honneur, alors je l'ai encadrée pour que tu puisses la voir tous les jours, tout comme je veux te voir. Peut-être que tu pourras mettre la photo avec le mug de Mamie. Elle a été la première dans ta vie pendant longtemps, et tu es la première dans la mienne. Maintenant et pour toujours.

Je t'aime,
Max

Le lundi, Lexi et Mike sont retournés travailler, ce qui m'a rendue nerveuse à l'idée d'accepter un cadeau de Max toute seule. J'ai été anxieuse toute la journée, attendant que la sonnette retentisse. Je ne pouvais pas nier que j'étais déçue qu'il ait abandonné si vite. Ça faisait trois jours. Qu'est-ce que ça disait sur moi, ou sur nous, qu'il puisse m'oublier et passer à autre chose aussi rapidement ? Trois jours, ce n'était pas assez pour que je me remette de lui. Trois ans ne seraient pas assez. Trois vies ne seraient probablement pas assez.

Peu après le retour de Lexi et Mike du travail, le son strident de la sonnette a retenti dans l'appartement. Mike a ouvert la porte pour découvrir Max. Lexi et moi étions assises à l'îlot, bien en vue de la porte.

C'était la première fois que je le voyais depuis que je lui

avais demandé de quitter mon appartement. Max n'avait pas l'air en meilleure forme que moi. Son visage était couvert d'une barbe plus longue que d'habitude et ses yeux étaient cernés et enfoncés. On aurait dit qu'il avait à peine dormi, une chose à laquelle je pouvais m'identifier sans même essayer.

Max a fait un pas vers moi, mais Mike a levé la main pour l'arrêter dans sa progression. J'ai aspiré une bouffée d'air, indécise si je voulais qu'il se batte pour venir à moi ou qu'il me laisse tranquille. Mais ça n'avait pas d'importance. Max n'a pas insisté. Il a tendu la boîte qu'il tenait et s'est détourné.

À l'intérieur de la boîte se trouvait un présentoir à petits gâteaux pour que je puisse en poser quelques-uns sur ma vitrine, une autre chose que j'avais mentionnée un jour vouloir.

Charlotte,

Je suppose que ce n'est pas un cadeau si personnel, mais *Mords-moi !* est personnel. C'est l'endroit où nous nous sommes rencontrés, c'est l'endroit où tu te donnes corps et âme chaque jour, c'est l'endroit où j'ai su que je t'aimais, c'est l'endroit où je veux être chaque jour. Peut-être que ce présentoir pourra aider à attirer des clients pour des événements spéciaux, pour qu'ils puissent voir le travail magnifique que tu fais.

Je t'aime,

Max

Le mardi, Max est arrivé avec un ensemble complet de sucrier et crémier avec le logo de Mords-moi ! dessus.

> Charlotte,
> Pour le look professionnel que tu disais vouloir. Je sais à quel point tu travailles dur et que tu ne t'achèteras jamais ça, même si tu en as envie. J'espère que tu prendras plaisir à voir tes clients les utiliser, puisque tu n'ajoutes jamais de crème ou de sucre dans ton propre café !
> Je t'aime,
> Max

Le mercredi, il a tendu une petite boîte, à nouveau sans un mot. Quand Mike a fermé la porte, il m'a passé la boîte. Les mains tremblantes, je l'ai ouverte. À l'intérieur se trouvait un magnifique collier en forme de petit gâteaux avec des pierres roses en guise de glaçage.

> Charlotte,
> Tu te souviens du vendredi soir... dans la cuisine... avec le glaçage rose ? Je ne regarderai plus jamais ce truc sans penser à toi. Et je n'en mangerai plus jamais sans souhaiter qu'il soit sur toi. Les diamants roses sont loin d'être aussi précieux que toi.
> Je t'aime,
> Max

Je n'ai pas dîné ce soir-là. Je ne pouvais pas m'asseoir avec Lexi et Mike et prétendre que j'allais bien. J'étais plus confuse que je ne l'avais jamais été. Je l'aimais, ça n'avait pas changé. Je ne pensais pas que ça changerait un jour, mais je ne pouvais pas rester les bras croisés et laisser ma vie se dérouler autour de moi. Je ne pouvais pas permettre à Max de prendre des décisions qui m'affecteraient sans penser à la façon dont je réagirais. Je ne pouvais pas être une partie passive d'une relation.

Et pardonner à Max de ne pas m'avoir parlé d'Abby et de Gâteaux maigres lui ferait comprendre que ça ne me dérangeait pas qu'il me cache des secrets. Et que j'acceptais d'être mise de côté quand ça l'arrangeait.

Je me suis réveillée tôt le lendemain matin, comme toujours. Même si j'avais un mois de congé, j'étais toujours debout à quatre heures tous les jours. Je me suis faufilée discrètement dans la cuisine, ressentant le besoin de faire de la pâtisserie. Je ne l'avais pas fait souvent depuis que j'avais emménagé chez Lexi et Mike, mais je ne pouvais pas perdre cette partie de moi aussi.

J'ai mélangé la pâte à la main, ne voulant pas réveiller Lexi et Mike. Quand elle a été parfaite, je l'ai versée dans le moule à petits gâteaux que Lexi gardait sous le four. J'ai glissé les muffins dans le four chaud et je me suis retournée pour préparer une cafetière.

Alors que je sortais la plaque du four, j'ai entendu des pas derrière moi. — Tu es levée tôt, a grogné Lexi.

J'ai souri. — J'essayais de ne pas vous réveiller.

Lexi a secoué la tête. — Nous nous levons tôt aussi, mais généralement pas avant environ 30 minutes. Mike a senti tes muffins.

— Ils devraient être assez refroidis pour être mangés bientôt.

— Comment vas-tu ?

C'était une question assez simple, mais à laquelle je ne savais pas vraiment comment répondre. — Je suis perdue.

— Alors tu fais de la pâtisserie ?

J'ai souri. — C'est ce que je fais. Peut-être que si j'arrive à surmonter tout ça en pâtissant, ça me semblera plus clair. Je ne sais juste pas si je peux lui pardonner d'avoir menti.

— En quoi a-t-il menti, Charles ? a demandé Lexi.

— Il ne m'a rien dit de tout ça. Je lui ai demandé encore et encore où elle travaillait et il ne me l'a jamais dit. Lexi, tu sais ce que je pense de l'honnêteté.

Lexi a hoché la tête et s'est versé une tasse de café. — Je sais ce que tu penses de l'honnêteté. C'est pourquoi je dois dire quelque chose. Lexi a pris une grande inspiration et a posé son mug. — Je ne savais rien de ce que Mike t'a raconté l'autre jour. Mais même sans savoir ce que Mike ressentait, je savais que j'aurais regretté de ne pas être avec lui. J'ai pensé le pire de lui après mon entretien. Mais même en pensant qu'il ferait quelque chose comme me donner un travail que je ne méritais pas, je le voulais quand même. Ça faisait mal parce que je tenais à lui. Je pense que c'est ce que tu ressens. Tu es blessée. Et si tu pouvais surmonter cette blessure, je pense que tu te rendrais compte qu'il a fait ce qu'il a fait parce qu'il ne voulait pas te perdre.

— Je sais qu'il ne voulait pas me perdre, Lex. Mais est-ce que ça rend le fait de me cacher des choses plus acceptable ?

Lexi savait qu'elle ne pouvait rien dire de plus. Elle savait que j'avais raison. — Pense juste à ce que j'ai dit, d'accord ?

J'ai hoché la tête et Lexi est retournée dans sa chambre. Un peu plus tard, elle et Mike sont revenus dans la cuisine. Nous avons tous mangé des muffins frais dans un silence relatif, puis ils sont partis travailler, me laissant seule pour pâtisser toute la journée.

22

J'ai sorti tous mes ingrédients de ma chambre temporaire. Je les y avais rangés pour ne pas envahir la cuisine de Lexi et Mike. Elle était grande, mais pas assez pour les fournitures de 200 petits gâteaux. Je savais que je devrais travailler par étapes, en mélangeant un parfum à la fois en petites quantités et en les faisant cuire, mais j'allais y arriver.

Je n'avais pas le choix.

Au moment où j'organisais tout sur l'îlot surdimensionné, on a frappé à la porte. Mon cœur s'est emballé, de peur ou d'excitation, à l'idée que ce puisse être Max. Je ne savais pas si je voulais qu'il soit là ou non, mais je ne pouvais pas ignorer la porte. Si c'était quelqu'un qui livrait quelque chose pour Lexi et Mike, je m'en serais voulu de ne pas l'accepter.

J'ai jeté un œil par le judas pour voir qui c'était et j'ai été surprise de trouver Abigail, ou Abby, sur le pas de la porte. Elle m'a souri chaleureusement et j'ai ouvert la porte en grand.

— Je peux t'aider ? ai-je demandé, ne comprenant pas pourquoi elle était là.

— Tu te souviens de moi ? Je suis Abigail, enfin Abby pour Max. Je suis sa sœur.

J'ai croisé les bras sur ma poitrine. — Je sais.

Elle a pincé les lèvres en un petit sourire. — J'imagine que je mérite ta haine. C'est à cause de moi que vous n'êtes plus ensemble.

Ça a attiré mon attention. — De quoi tu parles ? Ça n'a rien à voir avec toi.

Elle a haussé les épaules comme si elle ne me croyait pas et a demandé si elle pouvait entrer. Je me suis reculée pour la laisser entrer dans la maison qui n'était pas la mienne et j'ai refermé la porte derrière elle, en jetant un œil dehors pour voir si Max était avec elle.

— Il n'est pas là, a dit Abby, lisant dans mes pensées. Il m'a envoyée seule. Avec ça.

Elle m'a tendu un mot écrit d'une écriture maintenant familière. Je l'ai ouvert et j'ai lu ses mots.

Charlotte,

Je sais que tu as un gros événement dans deux jours. Tu as dit que je n'avais jamais demandé à Abby de partager son espace. Tu as raison. J'aurais dû te faire passer en premier. Mais je ne l'ai pas fait passer avant toi, c'est moi que j'ai fait passer avant toi. J'avais peur que tu me quittes si tu savais que j'avais aidé l'entreprise que tu craignais le plus à ouvrir. Il s'avère que j'avais raison, mais pas pour les raisons que j'avais imaginées.

Le cadeau d'aujourd'hui n'est pas quelque chose de tangible, mais le cadeau le plus sincère que je puisse t'offrir. Abby a accepté de te donner l'usage exclusif de l'un des postes de travail chez Gâteaux maigres aussi longtemps que tu en auras besoin. Elle a aussi accepté de t'aider si tu as besoin d'un coup de main. Je serai là aussi si tu as besoin de moi, même si je doute que tu veuilles me voir. S'il te plaît, laisse-moi, laisse-nous t'aider. Je ne veux pas être la cause de la chute de tes rêves.

Je t'aime,

Max

J'ai soupiré lourdement. Je ne voulais pas déranger Abby. Je savais qu'elle s'en ficherait, bon sang, elle l'avait proposé avant même que Max ne le demande, mais je ne savais pas comment accepter de l'aide. Comment accepter quelque chose de quelqu'un d'autre.

— Je ne sais pas exactement ce que dit le mot, mais je sais que Max te dit que tu es la bienvenue pour cuisiner chez Gâteaux maigres. J'ai trois postes de travail et je n'en utilise que deux. Tu ne vas pas me gêner, mais même si c'était le cas, je le ferais pour toi. Nous avons des produits très différents, même si nous sommes toutes les deux pâtissières, et je ne te vois pas comme une concurrente. J'adorerais pouvoir t'aider, peu importe ce que tu penses de mon frère, parce que je crois qu'il faut t'aider, pour que Mords-moi ! reste viable.

J'ai secoué la tête. — Je ne sais pas si « viable » sera une option quand je rouvrirai.

— Alors on va faire en sorte que ça reste viable maintenant. Allez, viens. Emballe tes affaires et viens avec moi. On parlera en pâtissant.

J'avais encore des doutes, mais je savais que si je n'acceptais pas son offre, pas celle de Max mais celle d'Abby, je ne pourrais pas m'en sortir pour mes clients. Et l'échec n'était pas une option.

— TU PENSES que tu peux travailler ici ? a demandé Abby une fois que nous avons eu déchargé toutes mes fournitures. Tu auras ton propre frigo et ton propre poste de travail. J'ai déjà fait faire un double des clés et tu peux aller et venir comme tu veux.

— Pourquoi tu fais ça ?

Abby m'a fait un petit sourire. — C'est évident que mon frère t'aime. Il n'a jamais eu personne dans sa vie vers qui il se tournerait autant qu'il s'est tourné vers toi…

— Il ne s'est jamais tourné vers moi. C'était juste du sexe.

J'ai grimacé. Elle n'avait probablement pas besoin de savoir ça sur son frère. Mais Abby n'a pas semblé affectée.

— Je ne te crois pas. Il ne venait peut-être pas te voir autant que tu l'espérais, mais il était avec toi chaque fois qu'il n'était pas avec moi, à m'aider à ouvrir cet endroit, ou à travailler. Peut-être qu'il ne se confiait pas beaucoup à toi, mais Max est un type assez simple. C'est la personne la plus positive que j'aie jamais rencontrée. Rien ne l'atteint. Jusqu'à toi. Je sais que tu l'aimes, mais il t'a blessée. Je comprends. Si j'avais su ce qu'il faisait, je lui aurais botté le cul si fort qu'il n'aurait eu d'autre choix que de te le dire. Mais il ne me l'a dit que quand il était trop tard.

— Je ne sais pas si ça a de l'importance. Dans ma tête, il m'a menti. Ce n'est pas quelque chose que je peux simplement ignorer et accepter.

Abby a hoché la tête. — Je comprends. Mon ex m'a trompée. Le fait qu'il ait couché avec quelqu'un d'autre ne m'a pas dérangée autant que le fait qu'il m'ait menti à ce sujet. Bien sûr, ça n'aurait pas été une liaison si je l'avais su, parce qu'on se serait juste séparés à ce moment-là, mais le plus dur a été de passer pour une idiote.

— Je suis désolée, Abby. Tu dois me trouver tellement ridicule. Je suis contrariée pour rien en comparaison de ce que tu as vécu.

Abby a levé la main. — Non. Charlie, ce n'est pas un concours. Je ne te parle pas de mon ex pour que tu penses que tu n'as pas de raison d'être contrariée. Je te le dis pour que tu saches que je comprends. Perdre la confiance est difficile, parfois irréparable. Je ne sais pas si je serai un jour capable de sortir de nouveau avec quelqu'un. Tu dois te laisser aller et faire confiance à quelqu'un pour être dans une relation et je suis tellement à vif que je ne sais pas si je m'en remettrai un jour.

J'ai eu une envie irrépressible de la serrer dans mes bras. — Je suis désolée, Abby. Je ne peux pas imaginer vivre quelque chose comme ça.

Abby a hoché la tête. — Ça craint, mais j'ai quelque chose de nouveau dans quoi me jeter à corps perdu. Grâce à Max. Sans son aide, je n'aurais jamais réussi à faire ça.

J'ai ravalé la boule que j'avais dans la gorge. Je savais qu'elle essayait de me remonter le moral, d'essayer de me convaincre que son frère était un type bien. Le problème, c'est qu'elle ne m'apprenait rien que je ne savais déjà sur lui. Je savais à quel point Max était merveilleux. C'est exactement pour ça que le fait qu'il m'ait menti m'a fait si mal. Je voulais croire qu'il ne mentait pas, qu'il avait été le type simple, heureux et honnête que sa sœur idéalisait. Au lieu de ça, il m'avait caché des choses.

— Et si on commençait ? ai-je suggéré, incapable de rester là à contempler mon avenir avec Max. Abby a hoché la tête et j'ai poussé un soupir de soulagement.

Deux heures plus tard, je me sentais de nouveau moi-même. Je m'étais habituée à l'équipement d'Abby et je me sentais mieux à propos de tout ce qui concernait Max. Je ne voulais toujours pas le voir ou lui parler, mais j'avais les idées plus claires.

— D'habitude, je commande à manger pour le déjeuner. Tu veux te joindre à moi ?

— Bien sûr. Ça me semble une excellente idée. Qu'est-ce que tu commandes ?

Abby a haussé les épaules. — Je ne sais pas. Avec le froid qu'il fait dehors, je pensais à Soup's On. Tu as déjà goûté leur soupe ?

J'ai hoché la tête et ravalé la nouvelle boule dans ma gorge. Bien sûr qu'elle mentionnait l'endroit d'où Max m'avait envoyé le déjeuner. Je ne pouvais pas lui échapper, pas avec sa sœur dans les parages.

— Je vais en commander de plusieurs sortes. On pourra mettre les restes au frigo et finir demain. Celui-ci n'est pas encore utilisé.

Abby a appelé le restaurant, inconsciente de mon humeur qui s'assombrissait. Je voulais apprendre à la connaître, mais je ne pensais pas pouvoir supporter les rappels constants de Max. Abby était adorable, cependant, et nous travaillions bien ensemble. Si elle n'avait pas ouvert sa propre pâtisserie, on aurait formé une sacrée équipe.

— Le déjeuner sera bientôt là. Je vais...

Quelqu'un a frappé à la vitre de la devanture, interrompant les paroles d'Abby. Mon cœur a martelé dans ma poitrine, mais il n'y avait aucune raison de penser que ce serait Max.

Sauf que c'était son frère.

Merde.

— Reste ici. C'est probablement Max. Ne sors pas de la cuisine et il ne saura jamais que tu es là.

Je me suis collée contre le mur derrière la porte pour que le battant ne me révèle pas. J'ai entendu le clic de la serrure quand Abby a ouvert la porte à son frère. Elle l'a salué chaleureusement et j'ai entendu le froissement de tissu que j'ai supposé être leur étreinte. Je n'ai pas pu m'empêcher de me demander si Abby s'était déjà cachée derrière une porte pour espionner son mari infidèle, parce que c'est ce que j'avais l'impression de faire.

— Tu as vu Charlotte ? a demandé Max, sa voix portant facilement jusqu'à la cuisine.

— Oui.

— Qu'est-ce qu'elle a dit ?

— Elle sera là demain.

— Bien. Moi aussi.

— Non, Max. Tu ne le seras pas. Elle me fait confiance. Je ne vais pas te laisser détruire ça. Elle a besoin de cette opportunité. Elle s'inquiète que Mords-moi ! ne s'en sorte pas quand elle rouvrira. Si tu es là demain, elle ne pourra pas pâtisser et elle ne terminera pas sa commande. Si tu veux qu'elle te fasse à nouveau confiance, tu dois lui prouver qu'on peut te faire confiance. Tu ne lui as pas envoyé ce mot pour la piéger, n'est-ce pas ?

Je l'ai entendu soupirer tandis que je retenais ma respiration. — Non, pas du tout. Bon sang, Abby, à quoi est-ce que je pensais ? Je n'arrive pas à croire que j'ai tout foiré avec elle. Je veux juste la voir. La serrer dans mes bras. Elle me manque.

Sa voix s'est brisée en prononçant les derniers mots, me faisant déglutir difficilement. Mon Dieu, il me manquait aussi. Je voulais courir là-bas et jeter mes bras autour de son cou, enfouir mon visage contre lui et ne plus jamais partir.

Mais je ne pouvais pas.

Je n'allais pas accepter de ne pas être sa priorité. Je n'étais pas assez égoïste pour ne pas vouloir qu'il ait quelqu'un d'autre dans sa vie, mais j'avais besoin de savoir qu'il me ferait passer en premier. Et il ne me l'avait pas encore prouvé.

Un peu plus tard, Max est parti. Le livreur de Soup's On est arrivé alors qu'Abby verrouillait la porte. Elle est revenue dans la cuisine en apportant notre déjeuner. — J'imagine que tu as tout entendu ?

J'ai hoché la tête, sans la regarder.

— Je suis désolée. Je ne savais pas qu'il allait venir aujourd'hui, sinon je n'aurais pas insisté pour que tu viennes.

J'ai secoué la tête. — Ce n'est pas grave. Je suis juste contente qu'il n'ait pas débarqué ici.

— Charlotte, je peux te demander quelque chose ?

J'ai acquiescé.

— Est-ce que c'est vraiment juste une question de confiance ? C'est la raison principale pour laquelle tu ne pardonnes pas à Max ?

Je me suis mordu la lèvre. Comment dire à sa sœur que j'étais jalouse d'elle ?

— Je ne lui dirai pas si c'est ce qui t'inquiète, a dit Abby, interprétant mal mon silence.

— Je sais. Tu m'as montré que je pouvais te faire confiance en lui disant de ne pas revenir demain. Bien sûr, s'il vient, alors je saurai que je ne peux pas lui faire confiance. J'ai soupiré. Ce n'est pas seulement la confiance. Quand ma grand-mère est morte, j'étais seule. Je n'avais personne vers qui me tourner, personne qui ne se tournait vers moi. Quelques années plus tard, j'ai rencontré ma meilleure amie, Lexi. Quand elle s'est mise avec son mari, je suis passée de la première à la seconde place dans sa vie. Personne ne m'a fait passer en premier depuis longtemps, et...

— Tu as l'impression que Max ne le fait pas non plus. Merde. Il est encore plus idiot que je ne le pensais. Je suis désolée, Charlotte, je le suis vraiment. Il a toujours été là pour moi. Il ne m'est jamais venu à l'esprit qu'il ne le serait pas. Je suis désolée d'avoir tout gâché pour toi.

J'ai secoué la tête. — Ce n'est pas toi. C'est Max. Je n'aime pas lui mettre toute la faute sur le dos, mais s'il m'avait fait passer en premier, nous n'en serions pas là. En ne me faisant pas passer en premier, il t'a gardée secrète pour moi. J'ai eu une peur bleue que ta pâtisserie me vole tous mes clients et que je n'aie plus personne qui vienne à Mords-moi ! quand je rouvrirais.

— Eh bien, alors nous devons nous assurer que ça n'arrive pas, n'est-ce pas ?

23

ABBY et moi avons réfléchi à des idées le reste de la journée pour assurer le succès de nos deux pâtisseries. Nous allions lancer des campagnes marketing communes. Pendant mon mois de congé, j'allais travailler pour nous décrocher des événements d'entreprise à fournir toutes les deux. Nous avons aussi ébauché quelques idées pour nous faire connaître.

La fête d'anniversaire, ce week-end-là, s'est bien passée. Les clients ont chanté mes louanges et j'ai distribué des cartes de visite pour Mords-moi ! et pour Gâteaux maigres.

Mardi, nous avons envahi Abby et Gâteaux maigres pour notre soirée entre filles. Abby m'a laissé préparer les gâteaux préférés de mes amies, nous avons donc eu nos petits gâteaux habituels, mais nous avons toutes goûté certains de ses gâteaux. À contrecœur, j'ai admis qu'ils étaient vraiment excellents.

Janvier est passé vite. Je me suis retrouvée beaucoup plus occupée que je ne l'aurais cru. Entre mon travail avec Abby et la promotion de Mords-moi !, j'ai à peine eu le temps que Max me manque.

À peine.

Une semaine plus tôt que prévu, j'ai pu m'installer dans le nouvel emplacement de Mords-moi ! J'ai programmé la livraison de tout mon équipement entreposé après le passage de l'entreprise de nettoyage pour m'assurer que tout était conforme aux normes d'hygiène alimentaire. Pendant que je rendais la cuisine fonctionnelle, une autre équipe a peint la salle. Avant même de m'en rendre compte, j'étais prête à rouvrir.

— Pâtisser avec toi tous les jours va vraiment me manquer, a dit Abby, les larmes aux yeux. Je suis passée discuter lors de ma dernière matinée de libre. J'avais décidé d'organiser une grande réouverture privée pour mes clients les plus fidèles et un événement public séparé pour tout le monde. Je voulais inviter Abby à l'événement privé.

— Moi aussi. Mais maintenant, tu peux t'agrandir. C'est fou que tu sois déjà en rupture de stock pour tout.

Abby a hoché la tête. — Je n'y serais pas arrivée sans toi. Même si ça n'a pas marché entre toi et Max, je te considère toujours comme une sœur. La sœur que je n'ai jamais eue.

J'ai serré Abby dans mes bras, souhaitant avoir pu être sa sœur. Max me manquait encore tous les jours, mais ça allait mieux. Une fois que j'ai commencé à pâtisser avec Abby, il a arrêté de m'appeler et de m'envoyer des messages. Je savais qu'elle devait y être pour quelque chose, mais je n'ai jamais posé la question. Après ce premier jour, nous avons gardé nos conversations sans Max.

— Eh bien, on peut être des sœurs de pâtisserie. Dieu sait qu'on a partagé assez de farine. Abby a ri avec moi et nous nous sommes à nouveau serrées dans les bras. — J'espère vraiment que tu viendras demain à la fête. Le reste de la bande sera là.

— Jamais je n'aurais pensé qu'ils m'accueilleraient aussi chaleureusement, mais j'aime beaucoup tes amis.

— Je pense que ce sont aussi tes amis, Abby.

Ses yeux se sont embués et je me suis demandé ce qui n'allait pas. — Je n'ai jamais eu un grand groupe d'amis comme ça. C'est agréable d'avoir des gens avec qui passer du temps.

J'ai hoché la tête. Abby avait raison. Même si je n'étais la première pour aucun d'entre eux, je les aimais. Je n'avais pas besoin d'être la première pour savoir que j'étais aimée, ou pour aimer.

Le lendemain, je me suis levée tôt pour me préparer à ouvrir. Mon appartement à l'étage était parfait, sauf qu'il était solitaire. Je n'avais toujours pas trouvé quoi faire de la deuxième chambre, mais ça viendrait avec le temps.

J'ai vérifié mon téléphone en descendant et j'ai failli trébucher dans les escaliers. Max m'avait envoyé un texto à quatre heures du matin pour me souhaiter bonne chance pour la grande réouverture. Je n'étais pas surprise qu'il soit au courant, mais avoir de ses nouvelles après si longtemps sans un mot m'a coupé le souffle. J'avais supposé qu'il était passé à autre chose puisqu'il ne m'avait jamais contactée.

La distance m'a donné du recul. Plus j'apprenais à connaître Abby, plus je l'aimais, et plus j'aimais Max de l'avoir aidée. Je regrettais toujours qu'il ne m'ait pas dit ce qui se passait. Abby et moi aurions pu devenir amies plus tôt. Mais j'ai aussi décidé que je n'allais pas gâcher ma vie avec des « si seulement ».

Si je pouvais être amie avec Abby, peut-être que je pouvais l'être avec Max aussi.

Je lui ai renvoyé un texto pour le remercier, puis j'ai rangé mon téléphone pour pouvoir me mettre à pâtisser.

Quand j'ai ouvert la porte quelques heures plus tard, j'ai retenu mon souffle. J'espérais à moitié que Max serait sur le trottoir, attendant que je le laisse entrer, mais il n'y était pas. J'ai essayé de chasser ma déception et je me suis réfugiée dans la cuisine en attendant que les gens arrivent pour la fête.

Quand la cloche au-dessus de la porte a tinté, j'ai poussé les portes battantes de la cuisine pour trouver les O'Neill à l'intérieur. J'ai souri et me suis précipitée autour du comptoir pour les serrer tous les deux dans mes bras.

— Charlie, ma chère. Cet endroit est magnifique, s'est exclamée Mme O'Neill. — Vous avez fait un travail merveilleux, même si cela ne nous surprend pas.

— Merci beaucoup d'être venus jusqu'ici. Je sais que c'est un peu plus loin pour vous.

— Oh, nous irions n'importe où pour vous, ma chère. Et puis, nous sommes à la retraite. Ce n'est pas comme si nous avions un emploi du temps à respecter.

J'ai souri et j'ai commencé à préparer leur commande habituelle. — Vous êtes mes premiers clients.

— Merveilleux, ma chère. C'est formidable. Comment allez-vous ?

— Je vais très bien. Ça a été un mois chargé même si je n'étais pas ouverte. J'ai rencontré la propriétaire de Gâteaux maigres et nous sommes devenues amies. Elle m'a laissé utiliser sa cuisine et nous avons travaillé sur quelques promotions ensemble.

— Oh, c'est merveilleux. Comment sont ses gâteaux ? Nous n'avons jamais voulu y aller pour vous être infidèles.

J'ai souri en leur tendant leurs petits gâteaux et leurs cafés et j'ai repoussé leur tentative de payer. — Aujourd'hui, c'est pour remercier mes clients. Personne ne paie aujourd'hui. Nous sommes juste là pour nous amuser. Et les gâteaux d'Abby sont bons. Meilleurs que ce à quoi je m'attendais. Mais elle fait aussi plein d'autres choses. Son pain est incroyable.

— Eh bien, il faudra peut-être qu'on essaie un de ces jours.

— Vous devriez. Est-ce que votre famille vient aujourd'hui ?

Mme O'Neill a hoché la tête. — Oui, Molly sera bientôt là et quelques autres.

— Comment va Molly ? Elle en est à cinq mois maintenant, c'est ça ?

— Oui, presque. Vous a-t-on dit qu'elle attend un garçon ?

— Oh, c'est formidable. Mon amie, Sam, vient d'apprendre qu'elle attend un garçon aussi.

— Il faudra organiser une rencontre entre les garçons quand ils seront nés. Je sais que Molly cherchera d'autres mamans avec des enfants de l'âge du sien.

— Sam aussi. Ont-ils choisi un prénom ? ai-je demandé.

Mme O'Neill a secoué la tête. — Non. Ils ne sont pas encore sûrs. Et votre amie ?

— Non, elle non plus n'est pas sûre. Son bébé a été un peu une surprise et ils sont encore en train de… s'habituer à l'idée d'être parents.

— Oh, eh bien, un bébé est toujours un peu une surprise, même s'il était prévu. Le papa est-il impliqué ?

J'ai hoché la tête. — Oui, elle est mariée. Ils n'avaient pas vraiment décidé s'ils voulaient ou non des enfants. Brady a eu une enfance difficile et avait peur d'être un père comme le sien.

— Qu'en pensez-vous ?

J'ai souri et j'ai hoché la tête. — Brady est l'un des hommes les plus incroyables que je connaisse. Il va être un père formidable. Leur enfant a beaucoup de chance.

— Bien. Je prierai pour eux. Seront-ils là aujourd'hui ?

— Oui. Je vous les présenterai.

— Merci. Molly sera ravie de rencontrer une autre maman. On pourra les asseoir ensemble pour qu'elles puissent échanger leurs histoires de grossesse.

J'ai souri. Sam avait vraiment été frappée par de nombreuses anomalies de grossesse et aurait bien besoin de quelqu'un à qui parler. — Ça plairait à Sam.

La porte a tinté et Sam et Brady sont entrés. Je leur ai fait un signe de la main tandis que les O'Neill se tournaient pour sourire. Je leur ai désigné Sam derrière eux. — Justement, voici Sam, et son mari, Brady.

— Oh, s'est exclamée Mme O'Neill. — Nous étions justement en train de parler de vous.

Sam a souri. — Dois-je m'inquiéter ?

Mme O'Neill a ri. — Ma petite-fille est enceinte de cinq mois d'un garçon. Charlie et moi complotions pour vous réunir aujourd'hui.

— Si elle est comme moi, nous serons toutes les deux difficiles à manquer.

Mme O'Neill a ri. — Eh bien, j'imagine que c'est vrai. Mais seulement parce qu'une femme enceinte est magnifique.

Sam a rougi et a souri. Brady a passé un bras autour d'elle et l'a serrée contre lui. — Je suis d'accord, a-t-il dit.

Les O'Neill leur ont souri, puis se sont éloignés pour choisir une place. J'ai enlacé Sam et Brady par-dessus le comptoir. — Comme d'habitude ?

Sam a souri. — À moins que tu ne penses que j'ai besoin de la Spéciale Charlie aujourd'hui.

J'ai ri. Chaque fois qu'ils passaient une mauvaise journée, je choisissais quelque chose dont ils avaient besoin, selon moi, et je les forçais à le manger. Mes amis l'avaient surnommé « la Spéciale Charlie » et se taquinaient mutuellement quand elle se retrouvait dans leur assiette. C'était un signal involontaire que quelque chose n'allait pas, pour que les autres puissent bondir.

Je voulais dire aider.

J'ai observé Sam attentivement et j'ai ri de son sourire malicieux. J'ai secoué la tête et j'ai déclaré : — Tu vas bien. Tu peux prendre ce que tu prends d'habitude.

Sam m'a rendu mon sourire. — Merci. Comment tiens-tu le coup ? Tu es excitée d'être de retour aux affaires ?

J'ai hoché la tête. — Oui. C'est super d'être à nouveau ouverte. Je pense que tout va bien se passer aujourd'hui. Samedi prochain, j'espère que ça se passera aussi bien. Tu es sûre que ça te va de proposer tes services pour la fête ?

Sam a hoché la tête. — Carrément. Une séance photo gratuite est une excellente idée. Et Brady adore la publicité qu'il obtient en offrant un abonnement gratuit depuis une pâtisserie. J'adore que tu organises des prix pour l'événement. Ça devrait aider à créer un peu plus d'engouement.

— On dirait bien. Même Connor en fait la promotion dans son émission de radio. Rien de tout cela n'aurait été possible sans vous tous.

— Nous sommes heureux de t'aider. Tu retrouveras ta routine en un rien de temps.

— Je l'espère.

Sam et Brady se sont éloignés du comptoir alors que d'autres clients entraient. Quand tous nos amis étaient là, ainsi que les autres que j'avais invités, à l'exception d'Abby, j'ai souri. Les gens que j'aimais étaient tous dans la même pièce. Je me suis retournée et j'ai levé les yeux vers la photo de Mamie et moi que Max m'avait offerte. Elle était sur une étagère au-dessus de la table à crème et à sucre, avec sa tasse et une unique orchidée blanche. J'ai souri à Mamie et je l'ai remerciée de croire en moi, de m'avoir menée si loin.

J'étais aimée.

Et c'était suffisant.

J'espérais que ce soit suffisant. Le vide dans mon cœur me disait que ce n'était pas le cas, mais ça finirait par disparaître. J'oublierais Max. Je passerais à autre chose. Je tomberais à nouveau amoureuse.

Mais est-ce que ce serait suffisant ?

Honnêtement, je ne le savais pas.

24

ALORS QUE JE m'apprêtais à remercier tout le monde de s'être déplacé, le carillon de la porte a de nouveau retenti. Abby est entrée, l'air désolé. J'ai froncé les sourcils, me demandant ce qui pouvait bien l'inquiéter, puis le carillon a sonné une nouvelle fois.

Et Max est entré.

Connor s'était déjà levé de sa chaise avant même que j'aie pu quitter la pièce. Il m'a fait un signe de tête et j'ai su qu'il n'allait pas laisser Max s'approcher de moi. Max savait à quel point Mords-moi ! était important pour moi et il ne mettrait pas ça en péril, j'en étais sûre.

Max n'a pas quitté mes yeux des siens pendant que Connor s'approchait de lui. Il tenait un bouquet de fleurs roses à la main. Je sentais mon cœur se déchiqueter dans ma poitrine à chaque seconde où nos regards étaient accrochés. J'ai fini par fermer les yeux et détourner le regard, essuyant les larmes qui menaçaient de couler.

— Max, qu'est-ce que tu fais ici ? a demandé Connor à voix basse, en jetant un coup d'œil dans ma direction.

— Connor, je voulais juste lui souhaiter bonne chance pour son premier jour. J'ai quelque chose pour elle.

Connor m'a regardée, me demandant du regard ce que je voulais faire. J'ai secoué la tête et il s'est retourné vers Max.

— Elle n'est pas prête à te parler. Écoute, je sais que tu l'aimes. Mais pas aujourd'hui. Elle a besoin de cette journée pour elle.

Max a secoué la tête. — Je ne peux pas faire ça, Connor. J'ai un immense respect pour toi et je sais que tu essaies de la protéger, mais moi aussi. Je suis resté assis dehors toute la nuit, à souhaiter être à l'intérieur avec elle comme j'étais censé l'être pour sa première nuit ici. J'ai vu les premières lumières s'allumer. J'ai failli me ruer à l'intérieur quand je l'ai vue déverrouiller la porte. Je savais que vous seriez là. Je te le demande, d'homme à homme, est-ce que tu laisserais tomber si Riley t'en voulait ?

— Tu sais bien que non. Connor a croisé les bras sur sa poitrine, ce qui le faisait paraître encore plus imposant.

— Alors tu sais ce que je ressens. Je n'abandonne pas. Je ne suis pas là pour gâcher sa journée…

— Sauf que c'est ce que tu fais, l'a interrompu Brady en venant se placer épaule contre épaule avec Connor. — Charlie est là-bas, comme si elle avait peur de bouger. Si sa réaction ne suffit pas à te convaincre qu'elle ne veut pas de toi ici, rien ne le fera.

Max m'a regardée. Je savais qu'il m'observait, cherchant à déterminer par lui-même ce que je ressentais vraiment. Max avait toujours été capable de lire en moi, comme si j'étais un livre dont il était l'auteur. Il n'y avait aucun secret pour Max quand il voulait découvrir quelque chose. Le problème, c'est que je ne voulais plus qu'il apprenne mes secrets. Il avait perdu ce droit.

Surtout qu'à cet instant, il risquait de voir à quel point il m'avait manqué. À quel point je le désirais encore. À quel point j'espérais qu'il puisse tout expliquer et que nous puissions être de nouveau ensemble.

— Les gars, sans vouloir vous manquer de respect, j'aimerais que ce soit Charlotte qui me dise qu'elle ne veut pas de moi ici. Qu'elle ne veut plus jamais me voir. J'ai besoin d'entendre ces mots franchir ses jolies lèvres. Si elle peut me le dire, en face, alors je partirai et je ne l'embêterai plus jamais.

Il a adressé ces mots à Brady et à Connor, mais ses yeux sont restés rivés aux miens tout le temps. Max savait que je ne pouvais pas le faire. Je ne serais jamais capable de lui dire de s'en aller.

Je l'aimais toujours, malgré tout ce qu'il avait fait.

Et il le savait, rien qu'en me regardant dans les yeux.

— Elle n'a rien à te dire, Max. On te l'a dit pour elle. On a répété les mots qu'elle a prononcés. Tu l'as laissée tranquille le mois dernier. Pourquoi maintenant ? Pourquoi alors qu'elle commence enfin à se retrouver ? Aujourd'hui, c'est la première fois qu'on la voit redevenir elle-même. S'il te plaît, ne gâche pas cette journée pour elle.

— Mais pas une seule fois Charlotte ne m'a dit de partir. Quant à revenir aujourd'hui… Je savais que je devais respecter ses souhaits. Je savais que si je ne la laissais pas tranquille, elle ne me croirait pas quand je lui dirais que j'allais la faire passer en premier. Ça m'a tué chaque jour d'écouter Abby me raconter ce qu'elles faisaient. D'entendre ma sœur passer du temps avec la femme que j'aimais. Ce n'était pas juste, mais c'est ce dont Charlotte avait besoin. Je n'allais pas lui enlever ce temps. J'espérais qu'Abby glisserait un mot en ma faveur et nous aiderait à nous remettre ensemble, mais elle a refusé. Abby savait que si elle continuait à parler de moi, Charlotte se renfermerait et partirait. Abby a gagné une amie, un groupe d'amis, a dit Max en désignant d'un geste l'endroit où Abby était assise au milieu de notre groupe. — Et moi, j'ai tout perdu. Je sais que vous êtes là pour la protéger, mais c'est mon travail. Je l'aime. Je l'ai fait passer en premier pendant un mois pour qu'elle puisse guérir. Pour qu'elle puisse me pardonner. Je me suis dit que si tu répondais à mon texto ce matin, je viendrais ici pour te dire que je t'aime et te demander une autre chance. Rien ne m'a rendu plus heureux que d'avoir de tes nouvelles après un mois de silence. Quand je t'ai vue chez Lexi et Mike, j'ai eu peine à ne pas foncer à l'intérieur et à ne pas te traîner de force à la maison. Quand je suis allé chez Gâteaux maigres et que j'ai su que tu étais dans la cuisine, il m'a fallu toute ma force pour ne pas faire la même chose.

— Comment savais-tu que j'étais là ?

— J'ai vu ta voiture. J'espérais qu'Abby te trahirait, mais elle ne l'a pas fait. On s'est disputés à ce sujet ce soir-là.

J'ai jeté un coup d'œil à mon amie qui a baissé la tête, me confirmant que Max ne mentait pas.

— Je suis passé en voiture devant la maison de Lexi et Mike tous les jours en espérant t'apercevoir. Je suis resté assis devant Gâteaux maigres à attendre que tu sortes. Abby et moi nous sommes à peine parlé parce qu'elle ne voulait pas m'aider. Mais elle avait raison. Tu avais besoin de temps pour toi. Pour décider si tu pourrais un jour me pardonner. Ce que j'ai besoin de savoir, c'est si tu le peux.

Je savais que tout le monde me regardait. C'était difficile de rester là et d'écouter tout ce que Max disait devant un public, mais je savais que les gens présents m'aimaient.

Tout comme je savais que Max m'aimait.

— Je ne sais pas si c'est suffisant.

— Qu'est-ce qui sera suffisant ? Que puis-je faire pour te prouver que je te dis la vérité ? Pour te montrer que je ne vais nulle part et que tu es la première dans ma vie.

J'ai regardé Abby, me demandant si elle lui avait répété ce que j'avais dit. Elle a légèrement secoué la tête, indiquant qu'elle n'avait pas dit un mot. Ce qui signifiait que Max avait écouté. Et qu'il avait pris mes paroles à cœur.

— Je ne sais pas, Max.

— Est-ce que tu m'aimes toujours ?

J'ai aspiré une bouffée d'air, ne voulant pas lui donner la réponse, mais sachant que je ne pouvais pas lui mentir.

— Si tu peux me dire que non, dis-le-moi en face, alors je te laisserai tranquille. J'accepterai que tu en aies fini avec moi, avec nous. Mais tant que je n'entendrai pas ces mots, je ne peux pas renoncer à nous. Parce que je t'aime toujours. Avec chaque parcelle de mon cœur et de mon âme. À chaque souffle de mon corps. Avec chaque goutte de mon sang, je t'aime, Charlotte. Ça ne changera jamais. Ni aujourd'hui, ni demain, ni dans un mois, ni dans un an, ni dans une vie entière. Mais si tu peux te tenir là et me dire que ça a changé pour toi, que ce que nous avons partagé est terminé pour toi… alors je te laisserai continuer ta vie. Parce que je t'aime assez pour vouloir que tu sois heureuse. Et si je ne suis pas ce bonheur, alors je me retirerai. Mais tu seras toujours tout pour moi. Tu seras toujours l'amour pour moi. Tu seras toujours la vie pour moi. Tu me suffiras toujours. C'est pour-quoi… a-t-il dit en sortant une boîte et en posant un genou à terre, «je suis venu ici aujourd'hui pour te demander de me laisser te suffire. De me donner la chance de te suffire chaque jour. S'il te plaît, Charlotte, veux-tu être ma femme ?»

À QUOI RESSEMBLAIT une crise cardiaque ? Je ne connaissais personne qui en avait eu une, mais j'avais lu des choses dessus une fois. En plus de la douleur à la poitrine, on ressent des douleurs dans les bras, le cou ou le dos, on se sent essoufflé et on se met à avoir des sueurs froides.

J'étais clairement en train de faire une crise cardiaque.

Parce qu'il était hors de question que Max me demande en mariage pour de vrai.

Tout mon corps s'est mis à trembler. Je tremblais littéralement. La sueur coulait dans mon dos et je frissonnais du froid que je ressentais. Quelqu'un a ouvert la porte d'entrée et les sueurs froides se sont transformées en glace.

Mon dos s'est raidi, comme si tous les muscles de mon corps s'étaient crispés. Mes poings se serraient et se desserraient de façon rythmée. Ma mâchoire est devenue douloureuse à force de grincer des dents. J'ai sérieusement cru que ma tête allait exploser.

Puis j'ai commencé à hyperventiler. Honnêtement, je n'arrivais plus à respirer. Mon souffle s'était coupé après qu'il avait posé un genou à terre et une fois qu'il a repris, il était erratique et j'avais l'impression de me noyer. Il fallait que je sorte.

Après lui avoir dit exactement ce que je pensais de lui.

— Comment oses-tu ! Penses-tu vraiment que je suis une femme si pathétique que je sauterais sur une demande en mariage après n'avoir eu aucune nouvelle de toi pendant un mois ? As-tu si peu d'estime pour moi ? M'as-tu jamais vraiment aimée ? Aucun homme qui m'aime vraiment, comme tu l'as professé tant de fois, ne me demanderait jamais en mariage comme ça. Ne penserait jamais qu'il pourrait se pointer après un mois et me dire qu'il l'a fait pour moi et qu'il était prêt à me faire passer en premier.

Carrie était à mes côtés. — Charlie, pas ici. Sors, ou monte à l'étage, bon sang, même dans la cuisine, mais pas ici, ma chérie. Tu as trop travaillé pour ça.

J'ai balayé la salle du regard, observant les visages choqués de mes clients, puis j'ai fusillé du regard Max, toujours agenouillé devant moi. — Dehors. Tout de suite, lui ai-je grogné.

Je me suis faufilée entre les tables et j'ai claqué la porte d'entrée. Il était encore assez tôt pour qu'il n'y ait pas beaucoup de monde dehors pour le dîner, donc nous avions le trottoir pour nous seuls.

— Comment as-tu pu faire ça, Max ? As-tu la moindre idée à quel point c'était humiliant pour moi ?

Max a penché la tête sur le côté et m'a regardée comme s'il était confus. — Pour toi ? Chérie, c'est moi qui viens de me faire rejeter alors que je te suppliais de m'épouser. Tu parles d'une humiliation.

— Pourquoi est-ce que tu me fais ça, Max ? Pourquoi es-tu là aujourd'hui ? Pourquoi ne veux-tu pas simplement me laisser partir ?

Max a passé une main dans ses cheveux. J'ai remarqué que l'écrin noir était toujours dans son autre main, mais il était fermé. L'aperçu que j'avais eu de la bague était époustouflant, mais une jolie bague n'était pas une raison suffisante pour épouser quelqu'un. La confiance devait aussi être là. Et le dévouement.

Max a tendu la main vers moi, mais j'ai reculé. S'il me touchait, je savais que je serais foutue. Je savais que je ne pourrais jamais lui dire non, quoi qu'il demande. Un seul contact et j'accepterais sa bague, son mariage, et n'importe quelle version du bonheur éternel qu'il pourrait m'offrir.

— Charlotte, je ne renonce pas à toi. Je sais que tu m'aimes encore. Je viens de te dire que je n'arrêterai jamais de t'aimer. Tant que tu ne m'auras pas dit que tu n'es plus amoureuse de moi, je continuerai à essayer. Je t'ai laissé du temps. J'ai respecté ton souhait d'avoir un peu d'espace. Mais c'est fini, je ne te laisserai plus filer entre mes doigts. Je serai là tous les jours, comme avant. Et chaque jour, tu devras me dire de partir. Tant que tu ne seras pas capable de me dire que tu ne m'aimes pas, je reviendrai.

— Tu m'as fait du mal, Max. Oui, je t'aime encore. Mais je ne suis pas sûre de pouvoir revenir en arrière.

— Charlotte, s'il te plaît, crois-moi. Je n'ai jamais voulu te faire de mal.

— C'était quoi, cette demande en mariage, bordel ? l'ai-je coupé. — Pourquoi as-tu cru que j'accepterais une chose pareille ?

Max a affiché un grand sourire. Sa fossette m'a fait un clin d'œil et j'ai senti mes entrailles faire des bonds, s'agiter dans tous les sens et essayer d'attirer son attention. J'étais tellement foutue.

Mais pourquoi souriait-il ?

— Je savais que je pourrais t'avoir seule si je faisais ça. Ça te mettrait suffisamment en rogne pour que quelqu'un nous dise d'aller voir ailleurs.

— Alors tu voulais ruiner mon commerce avec ta petite mise en scène ? Tu l'as filmé avec ton téléphone pour le poster sur YouTube plus tard ? « Une propriétaire de pâtisserie pète les plombs : Gâteaux maigres immortalise la faillite d'une entreprise.» Ça te semble correct ? Faire passer Abby en premier ?

Max a secoué la tête solennellement. — Non. Ça ne m'a jamais traversé l'esprit. Je ne ferais jamais rien qui puisse compromettre ton avenir. Tout ce que je voulais, c'était une chance de te parler, sans les gardes du corps entre nous.

— Max, je ne sais pas. Tu m'as vraiment blessée. Je t'ai dit à quel point c'était difficile pour moi de faire confiance et tu l'as trahie.

— Non, ma chérie, je ne l'ai pas trahie. Je l'ai ébranlée, oui, et j'ai été stupide. Je suis désolé de t'avoir blessée, Charlotte, vraiment. Tu n'as jamais fait d'erreur ?

— Ne fais pas ça, Max. N'essaie pas de faire croire que ce que tu as fait n'était pas grave.

Il a secoué la tête. —Ce n'est pas ce que je fais. J'ai fait une erreur parce que je voulais apprendre à te connaître, passer du temps avec toi. Tout ce que j'ai fait, c'était par pur égoïsme, parce que je ne voulais pas te perdre. Ce n'était pas juste pour toi, je le sais, mais chaque mot que je t'ai dit était la vérité. Je t'aime, Charlotte. Et je pensais chaque mot que j'ai prononcé là-dedans. Il a fait un geste en direction de Mords-moi !

Je ne voulais pas penser à ce qu'il avait dit à l'intérieur. Sa déclaration d'amour. Sa demande en mariage. C'était un stratagème. Une mise en scène, apparemment, pour m'avoir seule.

— Max, je sais que tu ne me demandais pas vraiment en mariage. Je sais que tu m'aimes…

— Non, Charlotte, tu ne sais pas. Ce que je ressens pour toi, ce n'est pas de l'amour, c'est plus que ça. Je t'ai apporté ça. Il m'a tendu le bouquet de fleurs. — Ça s'appelle des onagres. Elles signifient « Je ne peux pas vivre sans toi.» C'est ce que je ressens pour toi. Ce que j'ai dit à l'intérieur, que si tu me dis de partir, je le ferai, mais je n'irai nulle part tant que tu ne m'auras pas dit toi-même que c'est fini entre nous.

Je me suis couvert le visage de mes mains. Je n'arrivais toujours pas à le dire. Je ne pouvais pas lui dire que c'était fini. Je le voulais. J'étais blessée. Mais le perdre pour toujours était trop douloureux à envisager.

— Charlotte, je le vois bien. Je sais que tu n'as pas tourné la page. S'il te plaît, donne-moi une autre chance. Je te promets que je ne te mentirai plus jamais, que je ne te tromperai plus jamais, que je ne te cacherai plus jamais rien.

J'ai pris une profonde inspiration. Il avait raison. —Je ne suis pas prête à te laisser partir, mais je ne sais pas si je te ferai à nouveau entièrement confiance, sachant avec quelle facilité tu m'as caché quelque chose d'aussi important la première fois.

— Oh, ma chérie, ce n'était pas facile. Chaque jour, je voulais te le dire. Chaque instant que je laissais passer sans te dire la vérité… je savais que je faisais une erreur. Je te promets que ça n'arrivera plus. Laisse-moi te le prouver.

Je me suis mordu la lèvre. Il était convaincant. À chaque mot, je commençais à voir son point de vue. Je le croyais. Il savait que ce qu'il avait fait allait me blesser, mais il l'avait fait pour être avec moi. Je m'adoucissais et commençais à voir cela comme quelque chose de touchant plutôt que comme la chose horrible à laquelle je m'étais accrochée tout le mois.

Pouvais-je lui donner une autre chance ? Toutes mes amies avaient donné une autre chance à leur homme. Elles avaient toutes eu la force d'essayer à nouveau, et chacune d'elles en était plus heureuse. Quand Max et moi étions ensemble au début, j'étais heureuse. Plus heureuse que jamais. Je ne voulais pas être sans Max. C'était la vérité.

— Si tu déconnes encore une fois, Max… ai-je commencé.

Il m'a interrompue avant que je puisse finir. Les lèvres de Max se sont posées sur les miennes, pressantes et possessives. Il a séparé mes lèvres facilement et je me suis enivrée de lui autant que je le pouvais. Ses bras se sont refermés autour de moi, ses doigts plongeant dans mes cheveux tandis que son autre main me serrait contre lui.

Les plans durs de son corps ont rencontré mes courbes douces. Mes mains se sont agrippées à lui, parcourant avidement son corps et se souvenant de ses sensations. Max. Muscles fermes et chaleur m'ont accueillie. Il était bien dans mes bras, et je me sentais bien dans les siens. Je me sentais enfin à nouveau normale, comme si j'étais là où je devais être.

Beaucoup trop tôt, Max s'est retiré. Mes yeux ne voulaient pas s'ouvrir et mon corps ne voulait pas se séparer du sien. Il a eu un petit rire et a niché ma tête sous son menton. — Ma chérie, je suis désolé. Mon Dieu, tu es si parfaite. Je ne désire rien de plus que de finir ce que nous avons commencé là, mais je dois savoir une chose.

— Quoi donc ? ai-je demandé d'une voix ensommeillée.

— Eh bien, Charlotte, tu n'as jamais répondu à ma question. Je me demandais si tu pouvais me donner une réponse.

— De quoi tu parles ? Quelle question ? ai-je demandé. J'étais sincèrement confuse. J'ai reculé pour pouvoir regarder Max.

Max a reculé encore plus et s'est agenouillé devant moi. — Je pensais chaque mot que j'ai dit à l'intérieur. Tu me suffis. Tu es la seule pour moi. Je sais que ça semble soudain, mais ça a été une lutte pour moi d'attendre aussi longtemps. Je sais depuis un bon moment que je veux t'épouser. Je le prépare depuis un certain temps. Ces cadeaux préparaient ma demande. Bien sûr, après ça tu ne voulais plus me parler, mais c'était de ma faute. Je sais que ce mois n'a pas été ce que nous attendions, mais ça n'a pas changé à quel point je t'aime ni mon désir ardent de t'épouser. Alors, encore une fois, Charlotte Elise Black, veux-tu être ma femme ?

Oh merde, cette crise cardiaque était de retour. Sueurs froides ? Oui. Douleurs thoraciques ? Oui. Courbatures ? Oui.

— Max, tu ne peux pas être sérieux.

— Complètement. Je t'aime. Je ne peux pas vivre sans toi, et plus important encore, je ne le veux pas. Je sais que j'ai merdé, mais je compte passer le reste de ma vie à me faire pardonner et à te prouver que tu es la première dans mon monde. S'il te plaît, Charlotte, donne-moi cette chance.

Mariée ? À Max ? J'en avais rêvé. C'est seulement dans mes fantasmes que j'avais jamais pensé me marier, et encore moins avec Max. Je savais, sans l'ombre d'un doute, que ces rêves ne se réaliseraient jamais.

Sauf que c'était en train d'arriver. Max était devant moi, un genou à terre, sur le trottoir devant Mords-moi !, en train de me demander de l'épouser.

Pourquoi est-ce que j'hésitais ?

— Tu es sûr ? lui ai-je demandé, n'arrivant toujours pas à croire qu'il me voulait.

— Plus sûr que de n'importe quoi d'autre dans ma vie.

— Oui, ai-je finalement murmuré.

— Oui ? Tu as dit oui ? a demandé Max, me regardant avec un grand sourire. Sa fossette est apparue et m'a fait sourire.

— Oui, Max, j'adorerais t'épouser.

Max a poussé un cri de joie et s'est relevé d'un bond, me soulevant dans ses bras par la même occasion. — Oh, Charlotte, je t'aime tellement. Je te rendrai heureuse, ma chérie, si heureuse.

— Tu me rends déjà heureux, Max.

Max a rouvert la boîte et j'ai vu un gros diamant rose taille émeraude avec des diamants triangulaires sur les côtés, menant à un anneau en platine. Elle était stupéfiante.

— Oh, Max. Elle est magnifique.

— Non, Charlotte, c'est toi qui es magnifique. Je pense qu'elle ira bien avec le collier que tu portes, a-t-il dit avec un sourire en coin.

J'ai souri. Oui, j'avais porté son collier. Il était magnifique et me faisait penser à lui. Le poids autour de mon cou me donnait l'impression qu'il était avec moi. Même si j'étais en colère contre lui, je l'aimais. Et j'aimais mon collier.

— Ouais, ouais. Alors tu avais raison. Je t'aime, même si j'étais blessée et en colère.

— Je sais, a-t-il dit, sa voix redevenant sobre. — Ça n'arrivera plus. Maintenant, tu penses qu'on peut retourner à l'intérieur et mettre fin à leur supplice ?

J'ai jeté un coup d'œil à la vitrine et j'ai vu mes fidèles clients et mes meilleures amies le nez collé à la vitre. Souriants.

— Ouais, je suppose qu'on devrait partager la bonne nouvelle. Charlie a enfin trouvé un mari.

— Et elle ne va pas s'en débarrasser. Oh, et au fait, on se marie bientôt. Je ne vais pas attendre longtemps pour t'appeler ma femme.

— Ça me va, ai-je dit alors que nous passions la porte sous les acclamations, les larmes et les sourires des personnes qui comptaient le plus pour moi. J'ai levé les yeux vers la photo de Mamie et moi, et j'ai su qu'elle m'avait envoyé Max. Mon amour. Ma vie. Mon homme.

ÉPILOGUE

ABBY

J'avais toujours voulu une sœur. Par miracle, quand j'en ai trouvé une, j'en ai eu huit. Heureusement que mon frère s'est enfin décidé à se bouger et à arranger les choses avec Charlie. Quand elle est retournée chez Mords-moi !, je savais que nous allions nous éloigner l'une de l'autre.

Mais je n'avais plus à m'en faire pour ça.

Je me tenais à côté de Max dans une robe noire, attendant que Charlie remonte l'allée. Ils n'avaient pas perdu de temps pour se marier, organisant leur mariage en deux mois. Il allait emménager avec elle, car c'était plus simple pour Charlie d'être sur place chez Mords-moi !, mais il n'avait pas encore déménagé. Pour la première fois depuis mon divorce, j'allais être seule. Complètement seule.

C'était une bonne chose pour moi. J'avais besoin de me reconstruire.

J'ai souri à côté de mon frère, priant en silence pour que son mariage réussisse mieux que le mien. Mais je savais que je n'avais pas besoin de prier avec ferveur, parce que Brett ne m'avait jamais regardée comme Max regardait Charlie. Je pouvais voir à quel point il l'aimait, rien qu'en l'entendant prononcer son nom, ou même l'entendre. Brett et moi nous nous connaissions à peine quand nous nous sommes mariés. Je pensais que c'était une romance éclair. Pour lui, c'était une question de commodité.

— Vous pouvez embrasser la mariée, a annoncé le pasteur, me tirant de mes rêveries. Je détestais avoir laissé mes pensées sur Brett m'empêcher de me concentrer sur le mariage de Max et Charlie. J'ai souri en le voyant l'embrasser, tous deux souriant à travers leur baiser. Quand ils se sont enfin séparés, des acclamations et des sifflements ont rempli l'église.

J'ai passé mon bras sous celui de Lexi et nous avons descendu l'allée ensemble. Elle était sublime dans sa robe de demoiselle d'honneur rose vif. Elle lui tombait aux chevilles, laissant voir des escarpins noirs ornés de strass sur le bout. Ses cheveux étaient relevés en un chignon sophistiqué, assorti à ceux de Mandy et Riley qui nous suivaient.

— Comment vas-tu ? a demandé Lexi.

Je leur avais tout raconté sur mon divorce. Elles comprenaient toutes à quel point il était difficile pour moi d'assister à un mariage sans penser au mien, et à mon échec.

— Je vais bien, ai-je fini par dire. Je suis heureuse pour Max et Charlie.

— Tu n'as pas besoin de jouer les dures avec nous, tu sais. Tu as le droit d'être blessée.

J'ai hoché la tête et j'ai recollé un sourire sur mon visage tandis que nous continuions à descendre l'allée. — Je sais. Mais mon mariage n'avait rien à voir avec ce que sera le leur. J'ai compris pourquoi Charlie en voulait autant à Max. Mon ex-mari ne m'a jamais fait passer en premier non plus. Pour lui, il y avait toujours le travail. Ou son assistante, je m'en rends compte maintenant.

— Je suis désolée que tu aies dû traverser ça. Lexi a serré mon bras.

— Moi aussi. Mais il fait partie de mon passé maintenant. Je suis libérée de lui.

— Et tu peux prendre un nouveau départ. On va te trouver quelqu'un de super.

J'ai secoué la tête. — Non. Je ne suis pas prête pour ça. J'ai toujours eu quelqu'un sur qui m'appuyer. Je pense qu'il est temps que je commence à compter sur moi-même.

— Tu es une femme forte, a dit Lexi, en me prenant dans ses bras alors que nous arrivions au bout de l'allée.

Nous nous sommes tournées toutes les deux et avons enlacé Max et Charlie pour les féliciter. Max était magnifique dans son smoking noir avec un cummerbund assorti. Il avait proposé de porter du rose pour s'accorder aux robes, mais Charlie le voulait en noir. Elle disait qu'il avait l'air distingué.

Charlie était splendide dans l'ancienne robe de sa grand-mère. C'était celle qu'elle portait quand elle avait épousé le grand-père de Charlie, et Charlie l'avait gardée, s'accrochant depuis toujours à l'espoir de se marier un jour. La robe convenait parfaitement à ma nouvelle sœur, avec son tissu de satin sous une couche de dentelle délicate. Elle avait une courte traîne et avait ajouté une couche de crinoline rose vif sous sa robe pour une petite touche d'impertinence. Tout Charlie.

— Allez, ma femme, sortons de là avant de nous faire piétiner, a dit Max, en tirant Charlie sur le côté alors que le reste du cortège nous rejoignait dans le vestibule. Nous nous sommes tous réfugiés dans la pièce où Charlie avait attendu avant la cérémonie et avons écouté le reste de l'église se vider.

Peu de temps après, quelqu'un a frappé à la porte. Je l'ai ouverte juste assez pour voir Sam nous sourire. « Nous sommes prêts. »

J'ai ouvert la porte en grand et j'ai dit à tout le monde que

Sam était prête pour nous. Je suis restée en arrière pendant que Charlie et Max nous guidaient vers l'autel de l'église. Sam nous a dirigés pendant les trente minutes suivantes, prenant photo après photo de Max et Charlie, de notre mère et de notre grand-mère, et de tous les amis de Charlie, sa famille.

Quand Sam a décidé qu'elle avait assez de clichés, elle nous a tous libérés pour aller à la réception. Charlie et Max voulaient quelque chose d'intime, mais ça s'est vite transformé en quelque chose de plus grand. Charlie espérait que nous pourrions tous tenir chez Mords-moi !, mais ce n'était pas assez grand. J'ai proposé Gâteaux maigres, mais nous n'avions pas assez de place là non plus. Drew et Xander ont dit qu'ils pouvaient utiliser XD restauration de maison, mais Max ne voulait pas s'imposer. En revanche, Charlie n'a pas hésité à s'imposer chez la vieille amie de sa grand-mère, Carla. La réception avait lieu chez Nicolino. Ils avaient fermé pour la soirée, nous accueillant tous.

— Bienvenue, bienvenue, a dit Carla alors que nous entrions tous, tapant des talons pour faire tomber la neige. Le cortège a une table à l'avant. Les amis et la famille sont tout autour d'eux.

J'adorais l'ambiance familiale du restaurant. La première fois que j'y suis allée avec Max et Charlie, j'avais presque pleuré tellement je m'y sentais bien. Carla m'avait serrée dans ses bras comme si j'étais sa petite-fille perdue de vue. J'aimais ma propre grand-mère, mais j'avais l'impression d'avoir manqué quelque chose en n'ayant pas une plus grande famille. C'était en partie ce qui m'avait attirée chez Brett.

J'ai secoué la tête. Je n'allais pas penser à Brett.

La nourriture était délicieuse et la musique, merveilleuse. J'ai bu, j'ai ri et j'ai pleuré en portant un toast à mon frère. — Max a toujours été là pour moi, ai-je commencé. Quand notre père est mort, Max a pris les choses en main et s'est occupé de tout. Je n'avais que deux ans, donc je ne pouvais pas faire grand-chose de toute façon, mais en grandissant, j'ai réalisé à quel point Max avait toujours été là pour moi. Au cours des derniers mois, j'ai eu la chance d'apprendre à connaître mon grand frère en tant qu'adulte, et il est encore plus incroyable que le gamin que j'ai idolâtré toute ma vie. Charlie a révélé une toute nouvelle personne en Max. Il a toujours été très positif, mais Charlie l'a rendu invincible. Je suis ravie d'avoir Charlie dans notre famille, et d'être accueillie dans la sienne… Quelqu'un a applaudi, probablement Carrie. J'ai souri. Je ne pourrais pas imaginer ma vie sans vous, et même si c'est Max qui s'est marié, j'ai gagné une toute nouvelle famille moi aussi.

J'ai levé mon verre pour porter un toast à mon frère et à ma nouvelle sœur. Souriant et applaudissant avec tout le monde quand Max l'a penchée en arrière pour un baiser passionné.

J'ai essuyé mes yeux, prétendant que mes larmes étaient des larmes de joie pour mon frère et Charlie. En réalité, elles étaient pour moi. J'étais passée à côté de quelqu'un qui m'embrasserait de cette façon. J'étais passée à côté d'un mariage rempli d'amour et de dévotion. J'étais passée à côté de quelqu'un qui ne désirait rien de plus que de partager sa vie avec moi.

J'étais contente que Max ait trouvé ça avec Charlie. Il méritait l'amour après tout ce qu'il nous avait donné toute sa vie. Il avait besoin de quelqu'un comme Charlie, qui prendrait soin de lui autant qu'il prendrait soin d'elle. Peut-être qu'un jour, je trouverais la même chose. Quand je serais prête. Je savais, sans l'ombre d'un doute, que je ne me contenterais de rien de moins que ce que Max et Charlie avaient, ce que le reste de mes nouvelles amies avaient avec leurs maris.

Le reste de la réception est passé rapidement. J'ai parlé à tout le monde et bu un verre ou deux de vin, mais quand Charlie et Max sont partis, j'ai été heureuse de les suivre. J'ai souhaité une bonne nuit à tout le monde pendant que nous nous entassions dans les voitures pour rentrer.

À la maison.

Non pas que j'en aie vraiment une. Je partageais la maison de Max. Il m'avait donné les clés sans hésiter, mais ce n'était pas mon chez-moi. Avant ça, j'avais vécu dans la maison de Brett, et avant Brett, j'habitais avec Maman et Mamie. Je n'avais jamais été seule. Mais je devais apprendre à l'être. Avec le départ de Max, sa maison serait à moi seule. Je me sentais coupable de vivre là, empêchant Max de la vendre, mais il n'avait jamais rien dit à ce sujet. Je savais qu'il ne le ferait jamais.

Peut-être que je devrais commencer à chercher mon propre appartement. Gâteaux maigres marchait assez bien pour que je puisse être indépendante. Pendant que Max et Charlie seraient en lune de miel, je devais m'atteler à trouver un nouveau logement. Un endroit qui serait à moi. Rien qu'à moi.

Je suis entrée dans la maison de Max en souriant. Je me sentais mieux en sachant que j'allais de l'avant. Je prenais soin de moi. J'allais m'en sortir. La douleur de mon divorce s'était estompée. Je n'étais plus accablée par la culpabilité de ne pas avoir su rendre mon mari heureux. J'avais accepté que ce n'était pas de ma faute s'il était allé voir ailleurs, c'était de la sienne.

J'ai allumé les lumières de la cuisine et j'ai pris une bouteille d'eau dans le réfrigérateur. Après avoir parlé à tant de gens, je devais apaiser ma gorge sèche. Je venais de porter la bouteille à ma bouche quand j'ai entendu un bruit. J'ai laissé tomber la bouteille par terre, éclaboussant toute ma robe, en le voyant assis là, dans le noir. J'ai crié et il s'est jeté sur moi.

— Chut, Abby, ne crie pas. S'il te plaît. J'ai besoin de ton aide, a dit Brett.

MERCI beaucoup d'avoir lu *Duveteuse et Délectable*. J'ai adoré Charlie et je devais trouver quelqu'un qui la verrait pour la femme merveilleuse qu'elle est. Quand Max est entré dans ma tête, j'ai su qu'il était le seul pour Charlie.

La série continue avec l'histoire d'Abby. Abby poursuit enfin son rêve, et avec le sexy Graham qui l'aide à le réaliser, elle sait où elle va. Jusqu'à ce que son ex débarque et ait besoin de son aide. Abby doit décider à quoi elle veut vraiment que son avenir ressemble, et qui en fera partie. Commencez à lire **Potelée et Précieuse** maintenant !

DE NOUVEAUX LIVRES en français sortent chaque semaine. Découvrez tous mes livres aujourd'hui.

Les abonnés reçoivent des ebooks gratuits et d'autres choses amusantes, comme du contenu exclusif réservé aux membres et des concours, et sont les premiers à connaître les nouvelles parutions et les promotions ! Retrouvez dès maintenant tout mon contenu exclusif réservé aux abonnés !

À PROPOS DE L'AUTEUR

Auteure à succès classée au *USA TODAY*, Mary E Thompson a passé la majeure partie de son enfance à souhaiter avoir quelques courbes en moins. Elle se cachait dans les pages des livres parce que ses personnages préférés ne se souciaient jamais de sa taille de vêtements. Aujourd'hui, Mary non plus, et elle écrit des histoires qui célèbrent les femmes comme elle. Des femmes réelles qui ont des courbes, poursuivent leurs rêves et trouvent l'amour, parce que nous devrions tous être heureux, quelle que soit notre taille.

Mary passe son temps hors écriture avec son mari et ses deux enfants, à regarder trop de télévision, à encourager l'équipe de football de sa ville natale (Allez les Bills !) et à cacher du chocolat à sa famille.

Inscrivez-vous maintenant à la newsletter de Mary. Les abonnés reçoivent des ebooks gratuits et d'autres choses amusantes, comme du contenu exclusif réservé aux membres et des concours, et sont les premiers à connaître les nouvelles parutions et les promotions !

www.ingramcontent.com/pod-product-compliance
Lightning Source LLC
Chambersburg PA
CBHW020747310726
48969CB00002B/464